Harper
Collins

Andrea Willson

Alles Liebe, wuff

Roman

HarperCollins

HarperCollins®

FSC
MIX
Papier
FSC® C014496

1. Auflage: Oktober 2018
Originalausgabe

Umschlaggestaltung: HarperCollins Germany / Deborah Kuschel,
Artwork © 2018 DCM
Umschlagabbildung: Artwork © 2018 DCM, All Rights Reserved
Satz: GGP Media GmbH, Pößneck
Printed in Germany
Dieses Buch wurde auf FSC®-zertifiziertem Papier gedruckt.
ISBN 978-3-95967-255-9

www.harpercollins.de

»Die meisten Hunde sind treu.
Es kommt auf das Frauchen an.«

WUFF! BOZER

»Ella! Wie konntest du an so eine Dummheit überhaupt denken?! Wegen so eines Idioten?! Oscar hat dich die letzten fünf Jahre nur benutzt, um karrieremäßig aufzusteigen!«

Ellas Freundin Silke schaute sie fassungslos an, und Ella spürte, wie ihr die Röte ins Gesicht stieg. Sie biss sich auf die Lippen und dachte: Es kann nicht sein, dass Silke recht hat … *Oscar hat mich geliebt …*

»Jetzt sei doch nicht so streng mit Ella«, schimpfte Isabel, Ellas extravagante Freundin, die sich Lulu nannte, weil sie den Namen Isabel langweilig und für sich nicht passend fand. Wie so oft trug Lulu auch heute einen Turban und eine bunt bedruckte, flatternde Tunika, die zur Einrichtung ihrer Jurte passte. Ja. Lulu lebte in einer Jurte auf dem Dach eines Wohnhauses, welches sie von einer reichen Tante geerbt hatte. Die Jurte hatte sie direkt neben ihrer kleinen Penthouse-Wohnung aufgebaut. Diese hatte mit Küche und Wohn- und Schlafbereich nur fünfzig Quadratmeter, dafür aber eine sensationelle Aussicht über die Stadt. Trotzdem verbrachte Lulu, wie auch ihre Katzen, die meiste Zeit in der Jurte. »*Welcome to the cozy life!*«, rief Lulu immer begeistert, wenn sie Gäste empfing. Tatsächlich hatte der Zeltraum mit seinen Stoffwänden, der runden anthroposophischen Form und den vielen schönen Teppichen, die aufeinanderlagen und den Boden bedeckten, eine ganz besondere Atmosphäre: eben, *cozy*, wie die Engländer und Amerikaner sagen und was die Dänen *hygge* nennen. Aber das schönste Wort haben die Deutschen. Die Jurte strahlte eine Urgemütlichkeit aus. Und die Partylichter, die Lulu kreuz und quer unter der Krone gespannt hatte, leuchteten wie Sterne am Nachthimmel und setzten dem Ganzen noch das i-Tüpfelchen auf.

Die vier Freundinnen saßen mitten im Raum auf weichen farbigen Kissen, an einem niedrigen runden Tisch. Darauf standen vier Gläser und zwei bereits leere Flaschen Prosecco. Kerzen verbreiteten ein schummeriges Licht, und Ella dachte, welch ein Glück es war, dass ihre Freundinnen ihre verheulten Augen nicht sehen konnten.

»Dir könnte kein Mann das Herz brechen, weil du für Männer ja gar kein Herz hast. Nur für deine Hunde«, sagte Lulu zu Silke. Dabei hob sie demonstrativ das kleinste und liebste ihrer sechs Kätzchen auf und fing an, mit ihm zu schmusen. Poppie, so hieß die kleine weiße fluffige Katze, schmiegte sich an Lulus Gesicht und schnurrte immer lauter, je mehr Lulu ihr das Fell kraulte – gerade so, als ob sie und ihre Katzenmutter Silke ärgern wollten. Denn Silke konnte Katzen nicht ausstehen. Sie war durch und durch eine Hundefrau und schüttelte sich innerlich jedes Mal, wenn ihr Blick auf den riesengroßen Kratzbaum fiel, der neben dem kleinen Tischchen in die Höhe der Jurte ragte und auf dem Lulus anderen Katzen thronten.

Bevor Silke zum verbalen Gegenschlag ausholen konnte, erhob Cecile ihre sanfte aber bestimmte Stimme. Cecile war immer schlicht und elegant gekleidet. Wenn sie sprach, hörte jeder zu. Ella fand, dass ihre Freundin eine natürliche Autorität besaß, die sie über die Jahre als Mutter und Ehefrau perfektioniert hatte.

»Ich versteh Ella«, sagte Cecile bedacht in die Runde. »Heute früh war sie noch glücklich und ahnungslos … und ein paar Stunden später … Karriere weg, Mann weg, Träume zerplatzt. Dass man sich dann mit dem Fahrrad in die Spree stürzen will …«

»Aber ich hab mich nicht reingestürzt!«, protestierte Ella jetzt. »Ich hab gebremst … in letzter Sekunde. Weil ich eine innere Stimme gehört hab.«

Lulu horchte neugierig auf und hörte auf, Poppie zu streicheln. »Und was hat sie gesagt?«

Ella schluckte und erinnerte sich, wie sie ein paar Stunden zuvor, als sie so schnell wie möglich wegwollte – vom Büro und von Oscar, einen Uferweg entlanggeradelt war und plötzlich das Lenkrad ihres Fahrrads nach links gerissen hatte. Mit einem Wahnsinnstempo war sie den Hang hinuntergerast und drohte in der Spree zu landen. Doch kurz bevor sie und ihr Rad vom Ufer abhoben, sah sie das Schiff. So ein Sightseeingboot für Touristen, wie man sie in Berlin ständig den Fluss rauf und runter gondeln sieht. Musik schallte vom offenen Deck. Menschen tanzten und lachten in der Nachmittagssonne. Und in dieser kurzen Millisekunde schoss ein klarer Gedanken durch Ellas Kopf: *Ich werde auch ohne Oscar glücklich*. Dieser ließ sie gerade noch abbremsen.

»Natürlich wirst du wieder glücklich!«, sagte Silke mitleidig, einen Hauch genervt.

»Ja, Ella, du wirst ganz bestimmt einen neuen Kerl finden, so wie ich. Ich bin den Sternen gefolgt und habe nächste Woche ein Treffen mit einem richtigen Gentleman«, fügte Lulu theatralisch hinzu.

»Gentleman!« Silke machte sich über den Begriff lustig.

»Ich sag denen immer gleich, das Gentleman-Getue können sie sich sparen … Ich hol mir, was ich brauch. Take the best, leave the rest.«

Silke unterstrich ihre nonchalante Haltung gegenüber dem männlichen Geschlecht mit einem Schulterzucken.

Cecile warf Silke und Lulu einen strengen Blick zu, der so viel bedeutete wie »Haltet mal die Klappe«, dann legte sie ihre Hand auf die von Ella.

»Ich weiß, du kannst es dir nicht vorstellen, aber der Trennungsschmerz wird vergehen«, sagte Cecile sanft.

Ella guckte in die besorgten Augen ihrer Freundinnen und spürte, dass sie es alle nur gut mit ihr meinten. Dennoch durchzuckte sie wieder ein unerträgliches, hoffnungsloses Gefühl, ihr Herz wurde schwer, und eine neue Flut Tränen sprudelte aus ihren Augen. Ella konnte es einfach nicht fassen, dass sich ihr Lebensglück an einem einzigen Tag aufgelöst und in Unglück verwandelt hatte.

Am Morgen, als Ella die Augen aufgeschlagen hatte, war die Welt noch in Ordnung gewesen. Oscars Seite des Bettes war leer. Er stand immer ein bisschen früher auf als sie. Ella rekelte sich, in Vorfreude auf den Kaffee, den Oscar ihr gleich ans Bett bringen würde. Sie rollte auf seine Seite und roch an seinem Kissen. Der vertraute Geruch brachte sie zum Lächeln, löste aber auch ein wehmütiges Gefühl in ihr aus. In letzter Zeit hatten sie kaum noch Sex gehabt. Ella wusste nicht, ob es an ihr lag oder ob Oscar der Sexmuffel war – oder ob beide in letzter Zeit einfach nur beruflich zu eingespannt gewesen waren. Sie kuschelten zwar abends beim Fernsehen auf dem Sofa, und Oscar erwiderte ihre Küsse, spätestens aber wenn sie im Bett lagen, war die erotische Lust irgendwie verpufft.

Ellas Blick war an ihrer grauen Schlabberlieblingstrainingshose hängen geblieben, die über einem Stuhl hing. Sie hatte sie gestern Abend getragen, so wie fast jeden Abend. Die mahnenden Worte ihrer Mutter gingen ihr plötzlich durch den Kopf. *»Eine Frau sollte auch nach Feierabend auf ihr Aussehen achten.«* Damals hatte Ella sich über ein so veraltetes Frauenbild aufgeregt und ihre Mutter ironisch gefragt, ob sie Oscar jeden Abend im Negligé empfangen sollte? Aber jetzt dachte Ella, dass sie in Zukunft auf die

Schlabberhose verzichten und sich öfter ein bisschen verführerischer geben sollte. Ella hörte, wie Oscar ins Schlafzimmer trat. Auch wenn der Sex nach fünf Jahren nicht mehr ganz so leidenschaftlich war wie zu Anfang ihrer Beziehung, machte Ellas Herz immer noch einen kleinen Sprung, wenn sie ihn sah. Sie setzte sich auf und lächelte Oscar verliebt an, als der ihr ihre Lieblingstasse reichte, mit der Aufschrift KEEP CALM and CARRY ON, ein Motto, mit dem sie gerne den Tag begann.

Sie atmete den herben Duft des Kaffees ein, nahm einen Schluck und genoss die wohltuende Wärme. Dabei beobachtete sie Oscar, wie er sich ein frisches blaues Hemd aus dem Schrank nahm und anzog. Es waren solche kleinen alltäglichen Momente, die Ella am Zusammenleben so liebte. Während Oscar sich das Hemd zuknöpfte, erinnerte sich Ella. Sie hatte ihm das Hemd gekauft, weil das Blau besonders schön war und so gut zu seinem Teint und seinem bräunlich blonden, vollen Haarschopf passte. Oscar bemerkte ihren Blick und lächelte.

»Und?«

»Immer wieder perfekt«, erwiderte Ella.

Für Ella stand fest: Sie hatte unendlich großes Glück gehabt. Sie war zusammen mit einem Mann, den sie liebte, der ihr oft Blumen kaufte und der keine Panik kriegte, wenn sie das Thema »Kinder« ansprach. Denn ein Kind war das Einzige, was ihnen beiden in Ellas Augen noch zu ihrem perfekten Glück fehlte.

Als sie dann zusammen zur Redaktion radelten, war der

Himmel genauso blau wie Oscars Hemd. Die Morgensonne tauchte Berlin in ein strahlendes Herbstlicht. Ella hatte Oscar noch lachend mit ihrem neuen Sportrad überholt und gedacht, wie schön doch das Leben sein kann, *wenn man fast wunschlos glücklich ist*.

»Derr Scheff will Eusch sehen«, hatte François gesagt, als er ihnen auf den Treppen der Redaktion entgegenkam. François arbeitete als Controller für das Magazin, und sein Gespür für Zahlen war besser als sein Akzent, den er auch nach zehn Jahren in Deutschland nicht verloren hatte. »Merci, Chéri«, antwortete Ella charmant und flüsterte Oscar flirtend zu: »Wir waren schon lange nicht mehr in Paris, mein Schatz.« Oscar erwiderte das Lächeln. »Aber erst zum Scheff.«

Der Chef war ein alter Haudegen im Verlagsgeschäft. Obwohl die meisten Verlage mit schwindenden Kundenzahlen kämpften, waren die Abonnenten von *Radial*, der Wochenzeitschrift, für die Ella und Oscar arbeiteten, relativ stabil.

Der Chef saß hinter seinem aufgeräumten, auf Hochglanz polierten Schreibtisch, auf dem ganz zuvorderst ein Messingschild stand, auf dem sein Name eingraviert war: *Harald Lauenstein.* Der Chef räusperte sich. Ella mochte ihn und dachte, dass er mit seinen langen silbernen Haaren, der edlen Hornbrille und dem schwarzen Rollkragenpulli ziemlich cool aussah für sein Alter.

»Ella, Oscar. Wie ihr wisst, der Schürer geht, und die Geschäftsführung möchte den Chefredakteursposten mit jungem Blut besetzen.«

Ella setzte sich aufrecht hin und warf Oscar einen fragenden Blick zu. Der zuckte ahnungslos mit den Schultern. Ella guckte ihren Chef wieder an, und zwei Gedanken blitzten ihr in diesem Moment durch ihren Kopf: Sie war in der Redaktion beliebt, und sie war viel länger bei der Zeitschrift als Oscar. Um ganz genau zu sein, hatte sie Oscar vor fünf Jahren eingearbeitet. So hatten sie sich kennengelernt und verliebt. Als sie die Beziehung nicht mehr verheimlichen wollten, hatten sie ihren Chef um ein Gespräch gebeten. Damals saßen sie auch vor seinem polierten Schreibtisch und hatten ihm ihre Liebe gestanden. Und sie hatten ihn gefragt, ob sie auch als Paar weiter zusammen arbeiten dürften? Er hatte keine Einwände gehabt. Sie hatten versprochen, Berufliches von Privatem streng getrennt zu halten.

Am heutigen Morgen hatte sich Harald Lauenstein zu Ella vorgebeugt, über seinen Brillenrand geguckt und gesagt: »Ella, du hast viel Erfahrung und gute Führungsqualitäten …«

Ella spürte, wie ihr die Röte ins Gesicht stieg, denn sie wusste nicht, ob sie sich freuen oder sich gegenüber Oscar schlecht fühlen sollte, während sich ein klarer Gedanke in ihrem Kopf formte. *Der Chef will mich befördern!*

»Aber ich weiß auch, dass du den internen Redaktionsstress nicht unbedingt liebst … und bei meinem Gespräch mit Oscar letzte Woche …«

Ella dachte erst, sich verhört zu haben, aber Oscars Blick verriet ihn. Immer wenn Oscar sich schuldig fühlte, setzte er so einen ahnungslosen »Kleine-Jungs-Blick« auf und senkte schnell die Augen. Wie jetzt.

Der Chef fuhr fort: »… habe ich erfahren, dass ihr mit eurer Familienplanung einen Schritt weiterkommen wollt …«

»Natürlich will ich eine Familie, aber was hat das jetzt hiermit zu tun?!«, platzte Ella heraus.

Der Chef guckte sie mit einer sanftmütigen Strenge an. »Alles hat mit allem zu tun, Ella. Das Leben und das Arbeiten sind multikausal«.

»*Multikausal?!* Das hat er gesagt?! Das ist genau diese patriarchale Machoscheiße, die ich nicht mehr ertragen kann!«, hatte sich Silke echauffiert, als Ella ihren Freundinnen von der ersten schlimmen Überraschung des Tages erzählte. Lulu und Cecile mahnten Silke still zu sein und Ella weitererzählen zu lassen. Ella merkte, dass sogar Poppie sie anstarrte, so als ob die Katze auch wissen wollte, was dann passierte.

Als Ella klar geworden war, dass Oscar und ihr Chef offensichtlich hinter ihrem Rücken verhandelt hatten, dass Oscar von nun an die Redaktion leiten würde, schluckte Ella ihre Wut runter, stand auf und murmelte etwas wie »Gratuliere!« in Oscars Richtung, bevor sie aus dem Büro des Chefs stürzte. Sie spürte, wie ihr innerlich ganz heiß wurde und dass sie dringend frische Luft brauchte.

»Ella, nimm's doch nicht so persönlich! Das sind redaktionsinterne Entscheidungen, das hat doch mit uns privat nichts zu tun!«

Oscar war ihr gefolgt. Jetzt gingen sie gemeinsam die offene Treppe der Redaktion runter.

»Ich dachte, wir sind ein Team?!«, sagte Ella vorwurfsvoll. Dabei war ihr egal, ob die Kollegen mithören konnten oder nicht.

»Wenn du jetzt den Posten hättest, hätte ich kein Problem damit. Ich würde mich für dich freuen!«

»Würdest du nicht!«, entgegnete Ella trotzig. Sie waren inzwischen im Foyer angekommen.

»Siehst du, du kennst mich gar nicht!«, sagte Oscar und hielt sie am Arm fest.

Ella schaute Oscar an, der ihr in diesem Moment tatsächlich wie ein Fremder vorkam. Sie war überrascht über die Worte, die sie dann sagte, und noch überraschter darüber, welcher Frust sich dahinter verbarg.

»Wie soll ich dich auch kennen? Wir schlafen gar nicht mehr miteinander! Wir hatten seit Wochen keinen Sex mehr, und ohne Sex wird man nicht schwanger und ohne Schwangerschaft kein Kind, Oscar!«, platzte es aus ihr heraus.

»Bitte nicht hier. Lass uns das zu Hause besprechen, Ella«, zischte Oscar sie an, was Ella erst recht wütend machte.

»Nein, lass uns das jetzt besprechen. Du sagst immer, du willst auch ein Kind, aber dann müssen wir mal … ran an die Sache!«

»Immer machst du mir Druck damit. Mir fällt da echt nichts mehr ein!«

»Dir soll auch nichts einfallen, du sollst endlich einfach nur machen!«

»So funktioniert das aber nicht bei mir! Und sowieso, ich kann diesen Kinder- und Karrierescheiß nicht mehr hören!«

In diesem Moment hat es Ella ums Herz gefröstelt. Wie konnten diese Worte aus dem Munde des Mannes kommen, den sie liebte und zu kennen glaubte? Oscar wusste doch, dass ihr Lebenstraum der einer modernen Frau war: einen Mann, Kinder und eine Karriere zu haben!

»Tut mir leid, Ella, aber … ich … mir fällt einfach nichts mehr ein.«

Ella schluckte. Sie verstand nicht.

»Was genau meinst du mit *dir fällt nichts mehr ein*?!«

»So, wie ich's sage. Mir fällt bei dir nichts mehr ein.«

Ella schnappte kurz nach Luft.

»Ach, und wie soll ich das verstehen? Dass es jemand anderen gibt, bei dem dir was einfällt?« Ihr rutschten jetzt Worte heraus, die sie selbst überraschten.

Aber dann sah sie ihn wieder, diesen schuldigen »Kleine-Jungs-Blick«. Und plötzlich ahnte sie etwas und dachte fast panisch: Was läuft hier gerade? Ella rang sich ein Lachen ab, das nicht sehr echt aussah.

»Willst du mir vielleicht etwas sagen, Oscar?!«

Oscar antwortete nicht sofort und studierte stattdessen den gebohnerten Boden, so als ob er ein Staubkorn entdeckt hatte, das sich gerade vor seinen Augen in einen Diamanten verwandelte … Dann hob er endlich seinen Blick, schaute Ella an und sprach das Unglaubliche aus: »Ich glaub, ich lieb dich nicht mehr, Ella. Tut mir leid.«

Ella fühlte sich, als ob ihr jemand mit einem Schlaghammer auf den Kopf gehauen und dabei ihr Herz gleich mitgetroffen hätte.

In diesem Moment kam François die Treppe runter, ging an ihnen vorbei und sagte: »Guten Appetit« – und ließ das Ende des letzten Wortes mit seinem französischen Akzent ausklingen.

Ella und Oscar nickten ihm verlegen zu.

Als François endlich durch die große Glaseingangstür gegangen war, schaute Ella Oscar an, und ihre Stimme zitterte.

»Du willst mir damit sagen … hier, also quasi zwischen Tür und Angel … wo alle Kollegen mithören können … nach fünf Jahren Beziehung … wo wir doch eigentlich im nächsten Jahr heiraten wollten … dass du Schluss machen willst, weil dir bei mir nix mehr einfällt, aber es offensichtlich schon jemanden gibt, *bei dem beziehungsweise bei der dir etwas einfällt*?!«

Ellas Stimme klang jetzt hysterisch. Und weil Oscar ahnte, dass Ella gleich in Tränen ausbrechen würde und er das nicht ertragen könnte, nickte er schnell und sagte: »Tut mir leid.« Dann ließ er Ella stehen und eilte, zwei Stufen auf einmal nehmend, die frei schwingende Holztreppe zur Redaktion wieder rauf.

Ella stand da wie gelähmt. In ihrem Kopf hallten fast höhnisch die Worte wieder: »*Wenn man fast wunschlos glücklich ist …*«

»Was für ein Machoschwein!«, entfuhr es Silke. Ella öffnete eine weitere Flasche Prosecco mit einem Knall und füllte ihr Glas. Sie trank es demonstrativ mit ein paar großen Schlucken leer. Endlich spürte sie die wohlige Wirkung des Alkohols.

»Ja. Und jetzt muss ich wieder von vorn anfangen … aber die Männer da draußen … die sind doch alle bindungsunfähig … und ein Kind ohne Mann geht nun mal nicht … und ich kann ja schlecht mit einem gelben Post-it Sticker auf der Stirn rumlaufen, auf dem steht: *Suche Mann, der mir ein Baby macht.*« Ella seufzte. Dann fing sie mit einem Mal an, laut zu lachen. Zu laut. Es war ein Galgenhumor-Lachen, dass sich aber kurz darauf in ein abgrundtief trauriges Schluchzen verwandelte, als Ella daran dachte, dass ihre große Liebe tatsächlich zerbrochen war. Und sie hatte es einfach nicht kommen sehen. Ella füllte ihr Glas erneut mit Prosecco.

»Wo lebst du denn? Natürlich geht das. Bechermethode. Erst das Kind, dann den Mann. Dann hast du auch keinen Druck bei der Männersuche.« Ella guckte Silke an und fragte sich, ob sie zu romantisch oder Silke zu zynisch war. Cecile schaute Silke streng an.

»Ella wünscht sich eine richtige Familie. Klassisch. Mit Vater, Mutter und zwei Kindern … und ihre biologische

Uhr tickt. Das ist eine Tatsache, Silke. Deine übrigens auch, wenn ich das mal bemerken darf.«

»Meine auch!«, stöhnte Lulu dazwischen.

Silke rollte mit den Augen, was Cecile ignorierte.

»Glaubt mir, es gibt nichts Schöneres auf der Welt, als symbiotisch mit seinem Partner zu verschmelzen und zum richtigen Zeitpunkt ein Kind der Liebe zu zeugen.«

»Habt ihr nach fünfzehn Jahren Ehe überhaupt noch Sex?«, unterbrach Silke und guckte Cecile neugierig an.

»Eh … Natürlich … Gestern noch.« Cecile schaute Silke trotzig an, aber die Freundinnen warteten gespannt auf weitere Details.

Cecile schluckte, und dann fuhr sie fort, erst zaghaft, dann sehr sachlich.

»Also … erst auf dem Küchentisch … dann … auf dem Sofa … und dann noch auf dem Wohnzimmerboden … *Doggy style.*«

Ella verschluckte sich an ihrem Prosecco und hustete. Aber dann musste sie lächeln. Ja, genau. So eine Beziehung hatte sie immer gewollt, nach fünfzehn Jahren Ehe noch aufregenden Sex auf dem Wohnzimmerboden. Lulu seufzte, als ob auch ihr der Gedanke gefiele. Nur Silke schaute Cecile skeptisch an.

»Ich dachte, Max ist die ganze Woche in Malmö?«

Cecile wurde knallrot, was die Freundinnen trotz des schummrigen Lichtes sahen. Ella wusste nicht, warum, aber sie hätte fast schon wieder losgeheult. Nicht so sehr darum, weil Cecile ihre Freundinnen gerade angelogen hatte, sondern aufgrund der Tatsache, dass in Wahrheit niemand so glücklich war, wie es von außen schien.

»Der war gut. Sehr gut«, lachte Lulu. Dann schaute sie Silke an, mit gerunzelter Stirn: »Aber sag mal, was ist eigentlich heute mit dir los? Warum bist du so schlecht gelaunt?«

»Ich bin nicht schlecht gelaunt, ich bin einfach nur realistisch«, konterte Silke.

Plötzlich klatschte Lulu energisch in die Hände. Ella zuckte zusammen, ein paar Katzen sprangen erschreckt vom Kratzbaum runter, Poppie dagegen sprang wieder drauf.

»Dann ist jetzt Schluss mit Realismus. Der zieht uns doch nur alle runter. Kommt, wir lassen jetzt die Karten sprechen.« Lulu schaute Ella eindringlich an: »Ella, die Sterne werden dir den Weg weisen! Bist du bereit?«

Lulu hielt ihr einen Satz Tarotkarten unter die Nase.

»Ich glaube, dafür bin ich noch nicht betrunken genug«, sagte Ella.

»Dann noch eine Runde!« Lulu füllte alle vier Gläser noch einmal voll.

Ella verstand Lulus Faszination für Astrologie und Tarotkarten beim besten Willen nicht.

Lulu war eigentlich eine erfolgreiche Therapeutin. Aber seit sie ihre Liebe zu den Sternen entdeckt hatte, verdiente sie mehr Geld mit der Erstellung von Horoskopen und Kartenlegen als mit ihrem richtigen Beruf.

Ella hatte es nie nötig gehabt, zu einer Astrologin zu gehen oder Horoskope zu lesen. Klar, ab und zu überflog auch sie beim Friseur in den Klatschblättern schnell erst ihr eigenes Horoskop und dann das von Oscar. Die Lektüre hatte ihr aber nie Grund zur Besorgnis gegeben: Ihre Horoskope hatten immer perfekt zusammengepasst.

»Ella, bist du noch da?«, fragte Lulu.

»Klar!« Ella öffnete die Augen, die sie für einen Moment geschlossen hatte. Sie versuchte ein mutiges Lächeln aufzusetzen, was ihr aber einfach nicht gelingen wollte. Sie war schon ziemlich betrunken. Also okay, warum nicht einfach mal gucken, was die Sterne zu sagen hatten? Ella vertraute Lulu. Die würde ihr bestimmt nur die guten Sachen über ihre Zukunft sagen. *Ich werde auch ohne Oscar glücklich …*

Beim Anblick von Silke und Cecile, die aufmerksam zuschauten, wie Lulu die Karten mischte, war Ella plötzlich überwältigt von einem Gefühl der Dankbarkeit. Diese tollen Frauen, die unterschiedlicher nicht sein konnten, waren nicht nur ihre Freundinnen. Nein, sie waren auch alle sofort gekommen, als Lulu sie im schlimmsten Moment ihres Lebens zusammengetrommelt hatte.

Die vier Frauen hatten sich vor ein paar Jahren bei einem Pilateskurs kennengelernt. Wo sonst würden eine Hundetrainerin, eine Ehefrau und Mutter, eine Katzen liebende Esoterikerin und eine Journalistin, die Politik- und Sozialwissenschaften studiert hatte, aufeinandertreffen. Und sich anfreunden. Der Pilateskurs fing jeden Dienstag um acht Uhr fünfundvierzig an. Ella und Cecile waren immer pünktlich, Silke war es meistens. Nur wenn sich gerade mal wieder einer ihrer Mitarbeiter kurzfristig krankgemeldet hatte, schaffte sie es nicht. Denn dann musste sie selbst die erste Runde mit den Hunden im Hundeauslaufgebiet des Grunewalds drehen. Lulu aber schaffte es *niemals*, rechtzeitig zu kommen. Sie kam *immer* mindestens zehn bis fünfzehn Minuten zu spät, ungefähr dann, wenn die anstrengenden Übungen auf der Matte am Boden zu Ende waren und alle schon an den Allegro-Geräten schwitzend ihre Bein- oder Bauch-Übungen machten. Abgesehen davon schien Lulu Pilates auch nicht wirklich zu mögen, denn alle paar Minuten fand sie einen Grund, eine Übung abzubrechen.

»Puh, also das geht gar nicht mit meiner Schulter«, rief sie dann allen laut zu – oder: »Eh, erklär noch mal, was muss ich hier machen? Die Übung ist ja voll kompliziert! Geht's nicht einfacher?« Oder Lulu schnaufte bei jeder kleinen Anstrengung betont laut, bis Ella anfing zu lachen und irgendwann alle anderen mitlachten. Dann dauerte es immer ein paar Minuten, bis wieder Ruhe eingekehrt war und die Pilatesgeräte erneut surrten.

Irgendwann war es Silke zu bunt geworden. Sie fragte Lulu im Umkleideraum, warum sie sich eigentlich für den Kurs angemeldet hätte, wenn ihr Pilates doch offensichtlich keinen Spaß machte. Lulu tänzelte gerade in ihrer Reizunterwäsche herum, seelenruhig dabei einen Tee trinkend, während Silke, Ella und Cecile sich so schnell wie möglich umzogen. Lulu hatte von allen die fülligste Figur, aber im Vergleich zu den anderen dreien die wenigsten Komplexe in

Bezug auf ihren Körper. Alle hatten Silkes Frage gehört und guckten Lulu jetzt gespannt an. Für einen Moment schien Lulu verunsichert, aber dann strahlte sie und erklärte, dass sie Pilates tatsächlich hasse.

»Ja, aber warum machst du's denn dann?«, fragte Ella verwundert.

»Weil ich euch so toll finde! Und wenn ich nicht zum Pilates komme, dann sehe ich euch nicht mehr, und wir können nie Freundinnen werden!«

Lulu legte die ersten Tarotkarten auf den Tisch und rief aufgeregt: »Da! Siehst du?! Diese Karte steht für ›Liebe‹ und die …«. Sie zog und legte eine zweite Karte vor Ella. »Die hier steht für ›Erfolg‹. Das ist gut. Und jetzt, die hier …«

Lulu legte eine dritte Karte hin und starrte sie erschrocken an. Die Katzen saßen inzwischen alle wieder auf dem Katzenbaum und fauchten. Ihre Augen glänzten genauso wie die kleinen Partylichter. Lulu nahm die Karte schnell wieder auf und ließ sie im Kartendeck verschwinden.

»Ey … was war da denn drauf?«, fragte Ella.

»Da war doch ein Hund«, rief Silke.

»Du siehst aber auch überall Hunde«, meinte Cecile kopfschüttelnd zu Silke.

»Manchmal muss man 'ne Karte zweimal legen.« Lulu mischte die Karten unbeirrt neu und hielt Ella den Stapel hin.

Vorsichtig nahm diese sich eine Karte und legte sie neben

die anderen. Lulu drehte sie um. Noch einmal fauchten die Katzen im Baum. Diesmal lauter.

Lulu starrte ungläubig auf die Karte, auf der erneut eine Abbildung eines Hundes zu sehen war.

»Wieder so ein Scheißhund!«, sagte Lulu verärgert.

»Sag nicht Scheißhund, sonst sag ich Scheißkatze«, zischte Silke vorwurfsvoll.

»Ein Hund?!«, lallte Ella betrunken, nahm die Karte in die Hand und starrte sie an.

»Eh ... und was hat die Karte zu bedeuten?« Ella guckte Lulu erwartungsvoll an.

»Folge dem Hund. Mein Beileid.« Lulu zuckte entschuldigend die Schultern und schmiss die Karten allesamt auf den Tisch. Dann leerte sie ihr Glas Prosecco mit einem Schluck und schaute ins Leere.

Ellas Blick wanderte fassungslos zu Silke, die sie skeptisch anlächelte.

»Ja, also ich weiß auch nicht, Ella ... du weißt ja, ich liebe Hunde, aber du und ein Hund?!«

»Doch, Ella, das ist ganz sicher der Schlüssel ... über einen Hund lernst du bestimmt beim Gassigehen einen tollen Mann kennen! Es ist allgemein bekannt, dass ein Hund ein wunderbarer Flirtfaktor ist.« Cecile nickte ihr aufmunternd zu, während Ella versuchte, nicht loszuheulen. Silke hatte recht. Sie war kein Hundetyp, nein schlimmer, sie hatte Hunde nie wirklich gemocht. Ceciles Berner Sennenhund, der Simpson hieß, war so groß wie ein Bär und verteilte kübelweise seinen Sabber, und er haarte wie ein Flokatiteppich. Und Silke hatte wegen ihrer Hunde, der vielen Hundehaare und des ganzen Hundesabbers nie was anders an als Jeans, T-Shirts und Sweatshirts.

Ella schnappte nach Luft. Sie schaute sich um, und die Jurte fing langsam an, sich zu drehen. War es der Gedanke an einen Hund, oder war sie endgültig besoffen? In jedem Fall schaute Ella entsetzt ihre Freundinnen an und seufzte.

»Aber … ich will doch einen Mann und keinen Hund.«

»Ich bin kein Kinderersatz.
Ich bin ein Wolf!«

WUFF! BOZER

Als ihre Mutter anrief, stand Ella verloren im Wohnzimmer. Sie schaute in die einst gemütliche Wohnung, die ihr jetzt leer und trostlos vorkam. Ihr war zum Heulen zumute, aber sie hatte sich vorgenommen, keine einzige Träne mehr an Oscar zu verschwenden. Das Sofa von Ikea stand noch an seinem Platz. Aber da, wo früher der massive Eichentisch gestanden hatte, war eine Lücke. Die teure Maßanfertigung vom Schreiner hatten Oscar und sie gemeinsam entworfen. Denn der Tisch sollte nicht nur wohnlich sein, sondern für sie und ihre lieben Freunde ein Platz sein, an dem man viele gesellige und lustige Abende verbringen konnte – mit leckerem Essen und gutem Wein. Aber diese Vision wie auch der Tisch waren weg. Beide hatten mit Oscar die Wohnung verlassen. Das Handy klingelte. Während Ella auf eine Taste drückte, um den Anruf ihrer Mutter anzunehmen, dachte sie: *Wenigstens hat er mir das Bett gelassen*. Das übergroße

Luxus-Boxspringbett, für das man die Bettwäsche extra anfertigen musste, war wohl der teuerste gemeinsame Kauf gewesen. In Schweden vererbte man solche Betten über Generationen weiter, aber Oscar hatte abgewunken und ihr großzügig erklärt, sie könne das Bett behalten. Ihm sei der Transport zu teuer. Ella ahnte den wahren Grund: Oscar wollte mit seiner neuen Freundin in einem neuen Bett schlafen, das er nicht schon mit einer anderen Frau geteilt hatte. Der Gedanke schmerzte Ella, aber sie musste sich damit abfinden. Sie war für Oscar nur noch eine Erinnerung, die er irgendwo im hintersten Teil seines Kopfes verstauen würde.

Warum tut mir das Loslassen so weh?

»Hallo Mama. Nein, es geht mir gut«, log Ella und fuhr fort. »Ich hatte einfach keine Zeit zurückzurufen, weil ich doch für den Hund alles vorbereitet und eingekauft hab.«

»Ich versteh dich nicht, Ella! Was willst du in deiner Situation mit einem Hund?«, tönte die Stimmer ihrer Mutter aus dem Handy. Ella verdrehte die Augen, stellte das Handy auf laut und legte es auf den Tisch. In den letzten vierundzwanzig Stunden hatte sie ihrer Mutter schon gefühlte hundert Mal erklärt, warum sie sich dafür entschieden hatte, einen Hund anzuschaffen.

Denn gleich am Morgen nach dem Abend mit Lulu, Silke und Cecile hatte Ella ihren Chef angerufen. Sie wollte ihn um ein paar Tage Urlaub bitten, doch dieser versuchte ihr klarzumachen, dass gar nicht mehr er, sondern Oscar jetzt ihr Ansprechpartner für derlei Anliegen sei. Daraufhin gab

Ella panisch vor, dass ihr plötzlich kotzübel sei und sie leider sofort aufhängen müsste.

Nach dem Telefonat war sie aus der Wohnung gestürzt, zum Auto gerannt und in den Grunewald ins Hundeauslaufgebiet gefahren. Ella kannte den Teil des Waldes rund um den Grunewaldsee durch Silkes Erzählungen, aber auf den Anblick, der sie dort erwartete, war sie trotzdem nicht vorbereitet: So viele Hunde auf einmal hatte Ella in ihrem ganzen Leben noch nie gesehen! Wie in *Planet der Affen*, nur mit Hunden, dachte Ella und wollte sofort die Flucht ergreifen. Dann aber sah sie die Gesichter der Menschen, die mit ihren Vierbeinern spielten und herumtollten, und hielt inne.

So viele glückliche Menschen auf einem Haufen hatte sie schon lange nicht mehr gesehen. Sie lachten und spielten mit ihren Tieren und freuten sich dabei wie kleine Kinder. Und wenn ihr Hund irgendeinem Ball nachjagte, diesen am Ende noch geschickt mit der Schnauze auffing oder die »Beute« gar zurückbrachte, waren sie außer sich vor Begeisterung. Herrchen und Frauchen überschütteten ihre Hunde geradezu mit Lob. Aber am außergewöhnlichsten fand Ella, dass sich alle Hundebesitzer zu kennen schienen. Sie plauderten nett miteinander und duzten sich, sobald sich ihre Hunde gegenseitig beschnüffelten. Ella setzte sich fasziniert auf einen Baumstamm. In diesem Moment war es ihr auch völlig egal, ob ihr heller schicker Übergangsmantel dabei dreckig würde oder nicht. Undenkbar vor einer Stunde.

Da saß sie nun, gefesselt vom Anblick zweier gut aussehender Männer, die sich liebevoll umarmten und voller Stolz ihrem schönen Windhund beim Spielen zuschauten. Diesen Blick kannte Ella von Cecile, wenn sie ihre Kinder Lena und Nico ansah. Es war die liebevolle Art zu schauen, wie Eltern es taten, wenn sie ihren Nachwuchs zärtlich betrachteten. *Hier ist so viel Liebe*, dachte Ella überrascht.

»Und, welcher Raudi gehört zu Ihnen?«, tönte plötzlich eine männliche Stimme. Ella schaute auf, und ein Hundebesitzer in ihrem Alter stand vor ihr. »Eh … keiner. Noch nicht. Ich überleg aber mir einen Hund zuzulegen.« Ella lächelte den Fremden an und dachte, dass er nicht ganz ihr Typ war, aber auch nicht schlecht aussah.

»Was gibt es da zu überlegen?! Franz Kafka hatte schon immer recht: Alles Wissen, die Gesamtheit aller Fragen und alle Antworten sind in den Hunden enthalten.«

Ella lächelte. »Na dann muss ich mir wohl einen Hund anschaffen.«

Der Mann nickte. »Also, dann … bis zum nächsten Mal mit Hund. Sie werden es nicht bereuen!« Er warf ihr noch einen charmanten Blick zu, dann rief er seinen Hund und spazierte weiter. Was war das denn für ein schräger Vogel gewesen, dachte Ella, musste aber trotzdem lächeln. In diesem Moment kam auch die Sonne wieder hinter den Wolken hervor. Aber weil es schon spät war, schimmerte der Grunewaldsee in einem abendlichen Rosa. Ella entschied sich zu bleiben, bis die Sonne ganz untergegangen war, und beobachtete, wie die letzten Hunde Stöckchen hinterherschwammen, welche die Besitzer weit in den See geworfen hatten. Wenn die Hunde diese mit ihren scharfen Zähnen gepackt hatten, brachten sie sie wieder ans Land: stolz, emsig und triefend nass. Ella sah auch, wie sich die Vierbeiner, nachdem sie ihr verdientes Lob bekommen hatten, kurz aber heftig das Seewasser aus dem Fell schüttelten. Und wie sie sich dann genussvoll im sandigen Boden wälzten, bevor sie endlich aufstanden und ihr Herrchen oder Frauchen mit einem Blick anschauten, der sagte: *Das war ein schöner Tag! Lass uns nach Hause gehen.*

Ella musste in dem Moment an Silke denken. Nach all den Jahren der Freundschaft ahnte sie zum ersten Mal, warum Silke Hunde so liebte.

Die Stimme ihrer Mutter riss Ella wieder aus den Gedanken. Sie antwortete: »Weil ein Hund genau das Richtige für mich ist. Die Chinesen sagen, Hunde wirbeln das Qi auf, und Qi ist gute Energie, Mama!«

»Die Chinesen essen Hunde. Und du brauchst einen Mann«, tönte es aus dem Handy.

Ella verdrehte die Augen einmal mehr, nur diesmal schüttelte sie auch noch den Kopf.

»Mama! Nicht alle Chinesen essen Hunde! Warum musst du alles immer so verallgemeinern?!« Gleichzeitig dachte sie: *Ob andere Töchter auch solche Telefonate mit ihren Müttern führen?*

Ellas Blick wanderte über mehrere große Einkaufstüten, die auf dem Küchentresen lagen. Auf ihnen prangte das Logo eines exklusiven Hundeladens. Wenn ihre Mutter wüsste, wie viel Geld sie gerade für Hundesachen ausgegeben hatte, müsste sie sich das noch monatelang anhören.

Aber auch ohne von Ellas Großeinkauf in der Hundeboutique zu wissen, wetterte ihre Mutter weiter gegen Hunde. Ella schaltete auf Durchzug. Ab und zu gab sie ein »Hmm« oder »Aha« von sich und packte weiter ihre Einkäufe aus: Hundefutterdosen, Hundeleine, Hundehalsband, Spielzeuge, zwei Futternäpfe und schließlich, aus der größten Tüte, ein großes hellblaues Hundebettkissen. Sie hatte sich für die Farbe entschieden, weil sie sowohl ins Wohnzimmer als auch ins Schlafzimmer passen würde.

»Also, ich mochte Oscar und bin immer sehr gut mit ihm ausgekommen. Außerdem hättet ihr wunderschönen Nachwuchs bekommen … aber nein, wahrscheinlich hast du ihn mit deinem Dickkopf vergrault. So hat er es mir gegenüber jedenfalls angedeutet.« Ella packte entsetzt das Handy.

»Du hast mit Oscar gesprochen?!«

»Ja, natürlich. Wir verstehen uns immer noch gut.«

»Aber er hat mich betrogen, Mama! Mit irgendeiner Schauspielerin!«

»So etwas passiert. Aber man muss langfristig denken, Ella. Du bist meine einzige Tochter, und ich möchte irgendwann ein Enkelkind im Arm halten. Wer weiß, wie viel Zeit mir noch bleibt.«

Jetzt ging das schon wieder los, dachte Ella. »Mama, bitte, fang nicht schon wieder damit an! Andere Mütter haben auch gut aussehende Söhne – oder so was Ähnliches hast du mir früher immer gepredigt.«

»Aber nicht in deinem Alter, Kind!«, entgegnete Ellas Mutter am anderen Ende.

»Wie, nicht in meinem Alter?! So alt bin ich jetzt auch wieder nicht!«

»Ab dreißig nehmen die Eizellen rapide ab, Ella! Dann lass wenigstens ein paar Eizellen einfrieren. Der Papa zahlt auch dafür!«

Ella stöhnte und beschloss, das absurde Gespräch schnell zu beenden, bevor es sich, wie so oft, zu einem richtigen Streit entwickeln würde. Dafür hatte sie heute wirklich keine Zeit und keine Lust.

»Du Mama, ich muss jetzt wirklich gehen, sonst komm ich zu spät. Hab dich lieb.« Ella drückte den Anruf schnell weg und atmete auf. Ihre Mutter meinte es ja nur gut, das wusste Ella, aber sie hatte das Gegenteil bewirkt. Ella fühlte wieder einen schrecklichen Anfall von Torschlusspanik aufsteigen. Sie hatte sich nicht immer ein Baby gewünscht. Noch vor zwei Jahren hatte sie gejubelt, als der Schwangerschaftstest negativ gewesen war. Aber im letzten Jahr war irgendetwas geschehen. Jedenfalls hatte sie plötzlich eine riesige Sehnsucht verspürt, ein Kind zu bekommen. Ein Kind der Liebe, von ihr und Oscar.

Jetzt beruhige dich wieder, redete Ella sich zu. Es gibt keinen Grund zur Panik. Ich bin noch jung, die Welt steht mir offen, und da draußen gibt es bestimmt noch ein paar nette Single-Männer, so wie dieser Hundebesitzer im Auslaufgebiet. *Folge dem Hund …* Ella erinnerte sich an die Worte und die Abbildung des Hundes auf der Tarotkarte.

Sie packte ihren Schlüsselbund, ging aus der Wohnung und warf die Wohnungstür mit Extraschwung zu, so als ob sie damit sagen wollte: *Jetzt oder nie*.

Die neu gekaufte Leine und das Halsband lagen dabei vergessen auf dem Küchentresen. Aber das sollte Ella erst später merken.

»Trotz seiner fünf Sinne ist der Mensch zu doof, um zu kapieren, dass ein Hund sein sechster Sinn ist.«

WUFF! SIMPSON

»Ella, du musst jetzt was riskieren, um dein Leben und deine Gedanken in andere Bahnen zu lenken! Mein Gott! Und wenn es mit dem Hund gar nicht klappt, kannst du ihn doch immer noch zurückgeben!«

Auf halbem Weg zum Tierheim war Ella wieder offensichtlich unsicher geworden. Sie hatte Cecile angerufen. Ob ihre Mutter vielleicht doch recht hätte, fragte sie Cecile, und ob es möglicherweise wirklich Unsinn war, sich einen Hund anzuschaffen? Aber Cecile redete Ella noch einmal gut zu.

Als sie das Telefonat mit ihrer Freundin beendet hatte, bekam Cecile aber doch ein schlechtes Gewissen. Sie hatte Ella zwar von der Freude erzählt, die ein Hund in das Leben eines Menschen oder einer Familie brachte, aber nicht von den Sorgen, die man oftmals mit den Vierbeinern hatte. Zum Beispiel hatte sie nicht erwähnt, wie häufig sie mit Simpson beim Tierarzt saß, fast so oft wie mit Lena und Nico beim

Kinderarzt. Und sie hatte nicht erwähnt, dass Simpson ihren Mann Max am Vorabend attackiert hatte.

Cecile legte ihr Handy auf den Küchentresen, nahm das scharfe Schneidemesser und schnippelte das restliche Gemüse klein. Dann ließ sie die Zucchini-, Tomaten- und Auberginenstücke und den klein gehackten frischen Rosmarin in die Tomatensoße gleiten. Sie legte den Deckel auf den Topf und schaute aus dem großen Küchenfenster in den Garten, wo Simpson und Nico spielten. Die beiden saßen sich auf dem Rasen gegenüber. So wie es aussah, erzählte Nico seinem Hund gerade eine spannende Geschichte.

Cecile wurde es ganz warm ums Herz, und sie dachte, wie froh sie war, dass sie damals nicht auf ihren Kinderarzt gehört hatte. Nico hatte, wie alle Kinder mit Downsyndrom, einen ganz besonderen Zauber, dem auch Simpson komplett verfallen war.

Als Nico fertig erzählt hatte, sah Cecile, wie sich Simpson an den Jungen heranrobbte, bis er so nah war, dass ihm Nico glücklich seine Arme um den dicken Hals werfen und die kleine Nase im Fell des Vierbeiners vergraben konnte. Cecile war gerührt von dem Anblick: Mensch und Tier in Harmonie. Und als der große Berner Sennenhund ihrem Sohn liebevoll über das Gesicht leckte, spürte sie, wie sich langsam ein Kloß in ihrem Hals bildete.

Ja, dachte Cecile in dem Moment, Ella würde ein Hund ganz bestimmt guttun.

Cecile richtete jetzt den Blick auf ihre Tochter Lena, die am großen Flügel saß und konzentriert Klavier übte. Cecile lächelte. Ihre Tochter hatte das musikalische Talent von Max geerbt und auch seinen eisernen Willen, die schwarz-weißen Tasten zu beherrschen. Als ob Lena den Blick ihrer Mutter spürte, hörte sie auf zu spielen und schaute ihre Mutter besorgt an.

»Mama, bist du immer noch böse auf Simpson?«

»Nein, mein Schatz. Der Papa muss Simpson gestern irgendwie erschreckt haben. Das passiert heute nicht wieder. Keine Sorge.«

»Ja, bestimmt hat Simpson gedacht, dass Papa ein Einbrecher ist.«

»Vielleicht. Jetzt übe noch, bis Papa da ist. Dann essen wir.«

Das Klavierspiel tönte erneut durch das Haus, und Cecile dachte nur ungern an den Vorabend. Max war, wie immer, ein wenig verspätet nach den Proben nach Hause gekommen. Cecile war gerade dabei gewesen, eine Lasagne aus dem Ofen zu holen. Lena war in ihrem Zimmer und machte Hausaufgaben. Nico spielte mit Simpson im Wohnzimmer. Max war ins Haus gekommen und hatte noch laut gerufen: »Hallo, ich bin da!«, als Simpson plötzlich aus dem Nichts laut bellend auf Max losstürzte und ihn mit seinen fast sechzig Kilo zu Boden riss. Max schrie laut auf, doch Simpson blieb, wie ein Verrückter bellend, über seinem Herrchen stehen. Cecile konnte Simpson nur mit Mühe und Not von Max wegziehen.

»Mama, ferngucken?!«

Nicos Stimme riss Cecile aus den Gedanken an den Vorabend. Nico stand vor ihr, Simpson daneben. »Ja gut, Schatz. Aber wir essen, wenn Papa da ist.«

Nico und Simpson trotteten gemeinsam ins Wohnzimmer, wo sich Simpson hinlegte. Dann legte Nico seinen Kopf auf den Hund, so als ob dieser ein kuscheliges Kissen sei.

Cecile fing an den Tisch zu decken. Als sie fertig war, schaute sie durch das große Esszimmerfenster, von dem aus man die Auffahrt sehen konnte. Ein Taxi fuhr vor. Max war für den Tag nach Zürich gereist, um eine Sängerin zu treffen, die er bei einem Schubert-Liederabend auf dem Klavier begleiten sollte.

Cecile rief den Hund zu sich. »Simpson, komm hierher!« Nico rollte sich lautlos und ohne seinen Blick vom Fernseher zu nehmen von Simpson runter, sodass der Hund aufstehen konnte. Simpson tapste in die Küche, und Cecile lächelte, als sich der alte Hund vor ihr hinsetzte. Es schien ihr wie gestern, als Simpson noch ein kleiner frecher Welpe war, den ihr Max eines Tages mitgebracht hatte. Cecile war ganz verzückt und hatte nicht sofort gesehen, dass am Halsband des Welpen ein zusammengefaltetes Papier steckte. Als Cecile es lachend aufmachte, blieb kurz ihr Herz stehen. *»Willst du mich heiraten?«*, stand auf dem Zettel, den Max mit seiner schönen geschwungenen Handschrift geschrieben hatte. Cecile hatte nicht gezögert, Max und Simpson sofort das Jawort zu geben.

Cecile ging in die Hocke, um mit Simpson auf Augenhöhe zu sein.

»Simpson, ich bitte dich, Max nicht wieder anzuspringen.« Cecile war immer von dem treuen Blick ihres Hundes berührt, bemühte sich aber, streng zu klingen. »Er ist dein Herrchen. Und er bezahlt dein Fressen, Simpson. Beiß nicht die Hand, die dich füttert – verstanden?« Simpson schien zu verstehen. Cecile wuschelte ihm durchs Fell. »Was macht der brave Hund?« Simpson antwortete, indem er brav zu seinem Hundekissen trottete, das in der offenen Küche ideal positioniert war: Von dort hatte Simpson immer alles im Blick.

In dem Moment hörte Cecile, wie die Haustür aufgeschlossen wurde und Max hereinkam. Sie drehte sich um und sah, wie ihr Mann seine Aktentasche ablegte, sie öffnete und schnell etwas herauskramte, was er sich an die Lippen setzte … eine Mundharmonika! Max fing an zu spielen und tänzelte um Nico und Lena herum, die vom Klavier aufgestanden war. Cecile musste beim Anblick ihrer glücklichen Familie lächeln. Sie warf Simpson einen Blick zu. Der Hund lag ruhig auf seinem Kissen.

Als Cecile wieder zu Max schaute, streichelte dieser Nico gerade liebevoll über den Kopf. »Na, du kleiner Außerirdischer. Hast du den Papa vermisst?!«

Nico strahlte und warf seine Arme um Max' Beine.

»Jaaaa.«

Cecile aber guckte ihren Mann streng an und flüsterte: »Wie kannst du so was zu ihm sagen?!«

»Das war doch lieb gemeint! Ich hab diesmal nicht ›Alien‹ gesagt«, flüsterte Max zurück und gab ihr einen Kuss auf die Wange. Cecile konnte ihrem Mann nie lange böse sein.

»Wie war dein Tag?«, fragte sie und warf dabei wieder einen kontrollierenden Blick auf Simpson. Doch der schien immer noch zufrieden. Cecile war erleichtert.

»Alles gut. Und der Hund? Ist er wieder normal?«, fragte Max.

Kaum hatte Max die Worte ausgesprochen, stürzte sich Simpson mit einem riesigen Satz auf Max und warf ihn bellend um.

»Simpson!« Cecile schaffte es, den Hund wegzuzerren.

»Das macht er mit *Absicht*! Der hat's auf mich abgesehen! Der Köter ist doch nicht mehr normal! Ich will ihn *nicht mehr* im Haus haben!« Max sprang auf und schrie jetzt mit voller Lautstärke.

Lena war in die Küche gerannt und guckte ihren Vater entsetzt an. »Das kannst du nicht machen, Papa!«

»Und ob ich das kann!« Max riss eine Schublade auf, holte dicke Gartenhandschuhe heraus, zog sie an und machte einen Schritt auf Cecile zu. Doch die stellte sich schützend vor Simpson.

»Max, bitte …«

»Aus dem Weg, Cecile! Ich meine es ernst. Das war schon das zweite Mal!«

Cecile guckte ihren Mann flehend an. »Ich geh mit ihm zum Hundetrainer, versprochen. Ich hatte heute nur keine Zeit.«

»Ein alter Hund lernt nix mehr!«

»Ein alter Mann auch nicht!«

Max hielt inne und starrte seine Frau fassungslos an. In dem Moment bellte Simpson Max wieder an.

»Das reicht! Der kommt jetzt in die Garage!«

Wütend schob Max sich an Cecile vorbei, packte Simpson, leinte ihn an und führte ihn aus der Küchentür in die Garage. Plötzlich ertönte ein erschütternder Schrei, der Cecile durch Mark und Bein ging. Sie drehte sich um und nahm Nico, der in der Küche stand und hysterisch weinte, in die Arme.

»Alles wird gut, mein Schatz, alles wird gut«, versuchte Cecile ihren Sohn zu beruhigen. Aber Simpsons Bellen, das man von der Garage bis in die Küche hören konnte, und Nicos herzzerreißendes Schluchzen ließen Cecile ahnen, dass nicht alles gut werden würde … und dass dies erst der Anfang von einem schrecklichen Problem war.

*»Was haben Hunde und Menschen gemeinsam?
Den Wunsch nach einem Rudel.«*

WUFF! BOZER

Ella schob ihre Sonnenbrille hoch und schaute den Mitarbeiter des Tierheims an, der an einem sterilen Tresen hinter einer Glasscheibe saß. Von Weitem hörte Ella jaulendes Hundegebell, das durch das ganze Tierheim hallte. Ella zwang sich zu einem Lächeln.

»Ja, also … ich hab mich entschieden … ich möchte … gerne einen alleingelassenen Hund aufnehmen.« Der Mitarbeiter guckte Ella an, als ob er ihre Worte nicht verstanden hätte, und schien fast irritiert über ihr Anliegen. Ella fasste seinen Blick etwas anders auf und dachte, er sei überrascht, dass jemand so gut gekleidet ins Tierheim kam. Denn obwohl Ella noch offiziell im Urlaub war, hatte sie beschlossen, sich ab jetzt zu jeder Uhrzeit chic anzuziehen und nie mehr im Schlabberlook rumzulaufen. Man wusste ja nie, wo man wem begegnete. Deshalb trug sie heute hochhackige Stiefel, ein hübsches kurzes

Jeanskleid und einen senffarbenen Blazer ihrer Lieblingsmarke.

»Dies ist ein Tierheim. Die Hunde hier sind alle alleingelassen worden«, sagte der Mitarbeiter gelangweilt. Er trug eine Latzhose und einen Siebzigerjahrematten-Haarschnitt.

»Ja, das weiß ich … Aber verstehen Sie, ich möchte wirklich die alleingelassenste Kreatur, die hier jemals abgegeben worden ist.«

Wenn jemand wusste, wie es sich anfühlte, verlassen und vergessen zu werden, dann war es Ella.

Diesen Punkt wollte sie dem Mitarbeiter des Tierheims unbedingt vermitteln, und deshalb fuhr sie fort. »Einen gebeutelten Hund, den man von einem Tag auf den anderen nicht mehr geliebt hat und dessen Hundeträume plötzlich allesamt zerplatzt sind … einen Hund, der sich so elend gefühlt hat, dass er kurz sogar überlegt hat … in die Spree zu springen, um dem ganzen Elend ein Ende zu setzen, bevor er aber dann begriffen hat, dass das auch keine Lösung ist …«

»Bitte?«

Ella schniefte laut. Sie wusste, dass sie in ihrer Handtasche kein Tempotaschentuch hatte. Als sie merkte, wie entsetzt der Mitarbeiter sie anguckte, spürte Ella, dass ihr die Tränen gleich wieder aus den Augen kullern würden. Sie setzte schnell ihre Sonnenbrille auf und beugte sich so weit vor, wie es die Glasscheibe erlaubte, und flüsterte durch das runde Sprechloch: »Ich such den traurigsten Hund der Welt, verstehen Sie?«

»Ach, Sie meinen einen schwer vermittelbaren. Warum haben Sie das nicht gleich gesagt. Das sind die ganz traurigen.«

Der Mitarbeiter stand auf, kam hinter dem Tresen hervor und winkte ihr zu.

»Dann folgen Sie mir mal.«

Der Mitarbeiter stieß die Tür zum Zwingerbereich auf, und sofort konnte Ella die Hunde riechen. Es war eine Geruchsmischung aus Fell und Futter. Und sie roch Chlor. Den Geruch erkannte Ella, weil sie immer Bleichmittel benutzte, um ihr Spülbecken, die Arbeitsfläche, Messer und Schneidebretter zu desinfizieren, wenn sie Geflügel verarbeitete. Oscar hatte sich immer darüber lustig gemacht und gefragt, ob sie nicht, wie die Amerikaner, das Huhn gleich auch noch in Chlor tauchen wolle?

Der Raum, in dem die Zwinger standen, war hell, gefliest und zylinderförmig. Ella konnte die Zwinger nicht so schnell zählen, aber in jedem Fall erinnerte sie der Raum plötzlich an die Form von Lulus Jurte. Das muss ein gutes Zeichen sein, dachte Ella. Aber als ihr Blick auf die Hunde fiel, die jeweils hinter ihren Gittern um ihre Aufmerksamkeit buhlten, mit einer Mischung aus hohem Gejaule, tiefem Gebelle und lautem Knurren, war Ella von der Traurigkeit und der Verzweiflung der Hunde einen Moment lang so schockiert, dass sie die Flucht ergreifen wollte.

Zum Glück aber trat der Mitarbeiter in diesem Moment auf einen der Zwinger zu und zeigte auf den einzigen Hund, der nicht bellte. Es war ein struppiger, silbergrauer, kniehoher Mischling, der Ella mit braunen Knopfaugen und einem Blick anstarrte, den man als stolz, aber auch als skeptisch beschreiben könnte. Ella schluckte, und ihr war so, als wollte dieser Hund sie fragen: »*Wer soll hier eigentlich wen retten, he?*«

»Na, Bozer, guck mal, ich hab ein nettes Frauchen für dich gefunden. Wollt ihr euch mal im Gewöhnungsbereich kennenlernen?«

Der Mitarbeiter guckte Ella fragend an. Die fuhr sich mit der Hand nervös durch die Haare und dachte, dass sie sich für den Ausflug ins Tierheim doch ihre Jeans hätte anziehen sollen.

»Äh … ja, klar.«

Als der Mitarbeiter Bozers Zwinger aufmachte, trottete dieser brav heraus, an Ella vorbei und seinem Pfleger hinterher, so als ob das Kennenlernen eines potenziell neuen Frauchens für den Hund schon reine Routine war. Ella warf einen Blick auf die anderen Hunde und war ganz zufrieden damit, dass man ihr Bozer vermitteln wollte. Denn er war hier bei Weitem der hübscheste Hund, wenn auch ein bisschen unnahbar. Ella wollte den Pfleger gleich fragen, warum der Hund im Tierheim gelandet war. Aber als sie Bozer endlich im Gewöhnungsbereich – einer fünfhundert Quadratmeter großen eingezäunten Wiese – gegenüberstand, war der Pfleger schon wieder weg und sie mit Bozer allein.

Bozer saß aufrecht auf seinen Hinterpfoten, ein paar Meter vor Ella entfernt, beobachtete sie aufmerksam und wartete. Ella war nervös. Sie räusperte sich. »Hi, eh … Bozer.

Ich bin Ella – und ich … Also ich hab gehört, du wurdest verlassen. Ich auch. Und deshalb brauche ich jemand Zuverlässiges. Ich will mit jemandem zusammenwohnen, auf den man sich verlassen kann.«

Sie hielt inne. Bozer rührte sich nicht, und seine Knopfaugen blinkten auch nicht. Er starrte sie weiter an.

»Also, wie gesagt … Bist du … zuverlässig, Bozer?«

Bozer wartete einen kleinen Moment mit einer Reaktion. Dann stand er auf, trottete zu Ella hin, aber an ihr vorbei, um schließlich einen Busch, der hinter ihr stand, anzupinkeln. Ella hätte in diesem Moment heulen können.

»Na, klappt doch wie geschmiert! Die Papiere hab ich auch schon fertig gemacht. Gratuliere dem frischgebackenen Frauchen.«

Der Pfleger stand gut gelaunt vor Ella und streckte ihr die Hand entgegen. Ella konnte nicht anders, als einzuschlagen.

Bozer war sofort und mit großer Selbstverständlichkeit in Ellas Mini-DriveNow-Cabriolet gesprungen, das vor dem Tierheim stand. Bevor sie den Motor startete, drehte sich Ella um und guckte ihren Hund an.

»Ich hab ein schönes Halsband mit passender Leine für dich zu Hause, Bozer. Das wird dir bestimmt gefallen. Und ein weiches Bettchen.«

Bozer starrte sie an, als wolle er sagen: »*Sonst noch was?*«

»Äh, ja … und ganz viel Futter. Biofutter. War sehr teuer.«

Zögerlich streckte sie ihren Arm aus und streichelte Bozer mit ihrer Hand über den Kopf.

»Wuff«, tönte es plötzlich. Ella erschreckte sich furchtbar

und zog die Hand schnell zurück, aber dann fing sie an zu lachen.

»Ja, genau. Wuff!« Ella lächelte. Dann startete sie den Motor, legte den ersten Gang ein und fuhr los. Okay, dann wollen wir mal. *Folge dem Hund, Ella …*, hörte sie ihre innere Stimme sagen, als sie wegfuhr, und zum ersten Mal seit der Trennung von Oscar verspürte sie ein bisschen Hoffnung.

»Meine vier Hundegebote: Sei treu!
Sei (fast immer) gehorsam!
Sei so oft du kannst hungrig!
Und sei immer der beste Freund deiner Menschen!«

WUFF! SIMPSON

»Bin stolz auf dich, Ella, und Silke ist es auch.«

Cecile hielt das Handy ein bisschen weg vom Mund und flüsterte Silke, die ihr gegenübersaß, zu: »Ihr Hund heißt Bozer. Sie fährt gerade vom Tierheim los und wäre vorbeigekommen, aber sie hat Halsband und Leine zu Hause vergessen.«

Silke rollte die Augen. Ella und ein Hund. Sie fand die Idee von Anfang an verrückt.

Cecile rief fröhlich ins Handy. »Ja, wir sehen uns bald. Viel Freude! Und wenn du Hilfe oder Rat brauchst, ruf mich oder Silke an, ja.« Cecile beendete das Gespräch mit Ella und schaute Silke plötzlich nicht mehr ganz so glücklich an.

»Ella freut sich. Da konnte ich ihr doch nicht von Simpsons Problemen erzählen …«

Silke warf einen Blick auf Simpson, der halb unter dem Bistrotisch lag und brav schlief. Nico saß auch mit am Tisch. Er hatte seine Füße in Simpsons Fell vergraben und schlürfte genüsslich seine heiße Schokolade. Das Café, in dem sie sich getroffen hatten, war voll und laut. Michelle und Silke saßen in einer Ecke am Fenster, in der man ein bisschen privater reden konnte.

»Ich kann mir einfach nicht vorstellen, dass Simpson Max ohne Grund attackiert«, sagte Silke.

»Hat er aber gemacht. Schon zwei Mal jetzt, und Max ist so sauer … Er will …«

Cecile sah, dass Nico aufhorchte, und hielt inne. Sie lächelte ihren Sohn an, nahm eine Serviette und wischte ihm mit einer schnellen Bewegung den Schokoschnurrbart weg.

»Hier, Nicolein.« Cecile reichte ihm ihr Handy. »Du darfst dein Spiel damit spielen, ja?« Nico freute sich und starrte nun hoch konzentriert auf das Handydisplay.

Cecile atmete tief ein und redete dann leise, aber eindringlich auf Silke ein.

»Ich weiß, der Hund ist alt, aber irgendwas muss ich machen, und deswegen wollte ich dich fragen. Kannst du dir Simpson bitte mal anschauen … und ihn, wenn nötig, therapieren?« Ich zahle auch dafür.« Cecile wusste, dass Silke eine exzellente Hundetrainerin war, die bislang jedes Problem für ihre Kunden gelöst hatte.

»Ich will doch kein Geld von dir! Du bist meine Freundin! Aber wenn es wirklich so ist, wie du es beschreibst, dann kann ich Simpson nur therapieren, wenn Max auch dabei ist.« Silke klopfte auf den Tisch, um ihre Aussage zu untermauern.

»Das geht aber nicht! Du weißt doch, dass Max keine Zeit für so was hat. Er probt für sein großes Konzert«, erwiderte Cecile fast ein bisschen panisch.

»Aber Cecile, das Problem liegt nun mal leider meist nicht beim Hund, sondern beim Menschen.«

»Das heißt, du nimmst ihn jetzt nicht mit?!« Ceciles Blick verdüsterte sich.

»Es macht keinen Sinn«, sagte Silke entschieden.

»Mama, ich muss Aa.«

Cecile zwang sich zu einem Lächeln. »Guck mal, Nico, da ist die Toilette. Du kannst das doch allein.«

»Mag aber nicht.«

»Nico, du hast es doch das letzte Mal auch geschafft!«, sagte Cecile mit einer etwas zu genervten Stimme.

Mit einem Ruck warf Nico seine leere Tasse um und schrie: »Will aber nicht alleine!«

Cecile zwang sich noch einmal, ein geduldiges Lächeln aufzusetzen, während sie die Tropfen Schokomilch, die auf dem Tisch gelandet waren, schnell aufwischte.

»In Ordnung, Nico. Ich komme mit.«

Silke schaute ihre Freundin an und dachte, dass Cecile plötzlich sehr müde und zehn Jahre älter aussah.

»Du brauchst Urlaub.«

»Nein. Ich brauch eine Freundin, die mir hilft«, antwortete Cecile vorwurfsvoll und dachte, wie unfair es war, dass

Silke so ein einfaches Leben hatte, ohne Mann und ohne Kinder, nur mit sich selbst und ihren Hunden beschäftigt.

»Ja, das versuche ich doch gerade. Wenn du unentspannt bist, ist deine Familie auch unentspannt … das ist mit Hunden auch so.«

»Bei dir hat alles immer nur mit Hunden zu tun, oder?! *Und außerdem bin ich entspannt!*«

Cecile wusste selber, dass sie alles andere als entspannt war, und spürte, wie ihr die Tränen in die Augen stiegen. So kannte sie sich gar nicht und wunderte sich, ob ihre Angespanntheit vielleicht ein verfrühtes Anzeichen der Wechseljahre war? Bei diesem Gedanken musste sie so entsetzt geguckt haben, dass Silke zurückwich und ihre Arme in einer verteidigenden Geste in die Luft hob.

»Ist ja gut, Cecile. Ist ja auch fies, dass Max immer unterwegs ist und dich mit allem allein lässt.«

»Max ist ein gefragter Pianist, und außerdem ernährt er die Familie!«, verteidigte Cecile ihren Mann.

»Stell dein Licht doch nicht immer so unter den Scheffel.«

»Was soll das denn heißen, Silke?« Cecile war jetzt sauer. Sie wollte wirklich nicht auch noch daran erinnert werden, dass sie ihre Gesangskarriere der Familie zuliebe schon vor Jahren an den Nagel gehängt hatte.

»Die Aufteilung war unsere gemeinsame Entscheidung. Max und ich, wir lieben uns!«

»Dann beschwer dich nicht«, konterte Silke nüchtern.

»Mama …«

Cecile sprang auf und zog Nico ruckartig mit sich.

»Niemand von uns vieren beschwert sich weniger als ich. Komm, Nico.«

Als sie mit Nico in Richtung der Toiletten ging, hörte sie, wie ein junger Mann an einem Nachbartisch zu seinem Freund sagte: »Mongos sieht man kaum mehr heutzutage. Zahlt ja auch die Kasse.«

Silke hatte den Kommentar auch gehört, aber Cecile war schneller. Sie drehte sich auf dem Absatz um und guckte den jungen Mann wutentbrannt an. Und dann sagte sie so laut, dass es alle im Café hören konnten: »Wissen Sie was, junger Mann? Es gibt genügend Gemeinheiten in dieser Welt, und deshalb sollte jeder, dem es gut geht, die Welt ein bisschen besser machen und Menschen mit Respekt behandeln. Das verdienen wir alle. Das verdient mein Sohn. Und das verdienen sogar Sie.«

»Mama … jetzt ist es zu spät.« Und tatsächlich konnte Cecile in dem Moment Nicos Duftwolke schon riechen.

Schnell griff sie nach Simpsons Leine, die am Stuhl hing, und hauchte Silke »Einen schönen Tag noch!« zu. Dann rannte sie mit hochrotem Kopf in Richtung Ausgang, mit Nico und Simpson im Schlepptau.

»Jetzt warte doch, Cecile …« Silke sprang auf. Aber es war zu spät, Cecile war schon aus dem Café verschwunden.

Silke blieb am Nachbartisch stehen und guckte den jungen Mann an. Dann nahm sie sein Bier und kippte ihm das halbe Glas über den Kopf. Danach stellte sie das Bierglas wieder seelenruhig ab.

»Hast Glück, dass ich heute nicht aggressiv bin«, sagte sie und ging.

Aber sie konnte den Punktsieg nicht so richtig genießen, weil sie wusste, dass Cecile jetzt erst mal sauer auf sie war. Dabei hatte Cecile mit einer Sache unrecht gehabt. Sie, Silke, war es, die sich von den vier Freundinnen am wenigsten beklagte. Niemand wusste, dass Silke sich mit einem Darlehen für ihre *Happy Dogs Hundeschule & Pension* übernommen hatte und ihre finanzielle Situation alles andere als happy war.

»Gib dem Menschen einen Hund,
und seine Seele wird gesund.
Gib dem Hund einen Menschen, und sein Seelenzustand
hängt davon ab, wie oft man mit ihm in den Wald geht.«

WUFF! BOZER

»Was?! Man darf doch wohl noch die Spur wechseln! Also wirklich! Als ob ich kein Auto fahren kann!« Verärgert schüttelte Ella den Kopf. Ein Wagen hatte sie auf der Rückfahrt vom Tierheim schon mehrmals angehupt. Ella konnte sich jedes Mal aufs Neue über die unfreundlichen Berliner aufregen. Das hupende Auto fuhr jetzt auf gleicher Höhe neben ihr. Die Autofahrerin gestikulierte wild und rollte schließlich das Fenster runter.

»Ich wollte Ihnen nur sagen, dass Ihr Hund an der letzten Kreuzung aus dem Auto gesprungen ist … und dann ab in den Wald!«

Die Frau gab Gas und fuhr davon. Schockiert guckte Ella auf den Rücksitz ihres offenen Cabriolets: Tatsächlich! Kein Bozer weit und breit!

Nachdem Ella den offenen Mini an dem Waldrand neben der Straße geparkt und das Dach geschlossen hatte, lief sie auf ihren hohen Absätzen fluchend Richtung Unterholz.

»Haben Sie einen struppigen Hund gesehen?«, fragte sie ein älteres Ehepaar, das gerade vorbeispazierte. Die beiden zeigten vage in die Richtung, in die Bozer anscheinend galoppiert war und die vom Weg ab direkt in das Dickicht des Waldes führte.

»*Bozer!* Bozer, du blöder Hund! So war das nicht abgemacht. Bozer!«, rief Ella laut.

Frustriert und den Tränen nahe stampfte sie rufend weiter in den Wald hinein und bahnte sich einen Weg durchs Gestrüpp. Äste peitschten ihr ins Gesicht und hinterließen Dreckstriemen auf ihrem schönen senffarbenen Blazer.

»So ein Mist!«, murmelte Ella. »Nur weil ich so blöd bin, an Lulus bescheuerte Karten zu glauben … *Bozer!*«

Ella musste kurz Atem holen, während ihr letzter Bozer-Ruf im Wald verklang. Sie schaute sich um: Kein Hund auf weiter Flur, oder besser gesagt, im weiten Wald. Sie fühlte sich auf einmal sehr allein, und beim Anblick der vielen Bäume wurde ihr ein bisschen bange. Vor ein paar Tagen im Hundeauslaufgebiet waren viele Menschen und Hunde gewesen, aber jetzt war niemand da, und Ella konnte sich nicht daran erinnern, wann sie das letzte Mal ganz allein im Wald gewesen war.

Plötzlich hörte sie ein Rascheln hinter sich. Sie schreckte auf, drehte sich um und entdeckte ein paar Meter hinter sich einen Mann. Er stand einfach nur da, wollte ihr aber offensichtlich nichts Böses antun. Aber das erkannte sie erst auf den zweiten Blick.

»Verdammt, können Sie sich nicht bemerkbar machen?!«

»Im Wald ist man ruhig.«

Ella wollte etwas erwidern, aber dann sah sie, dass der Mann ein Seil in der Hand hielt, an dessen Ende Bozer seelenruhig und brav stand.

»Äh … da ist er ja!« Ella zeigte auf ihren Hund.

Der Mann nickte. »Ja. Da ist er. Die Frage ist nur: Wo waren Sie?«

Erst jetzt erkannte Ella an seiner dunkelgrünen Kleidung, dass der Mann wahrscheinlich ein Waldarbeiter war. Er hatte ein kantiges, aber sympathisches Gesicht, volles dunkles Haar und tiefbraune geheimnisvolle Augen. Mit anderen Worten: Er sah verdammt gut aus, und Ella konnte sich nicht erinnern, wann sie das letzte Mal einem so attraktiven Mann gegenübergestanden hatte. *Andere Mütter haben auch gut aussehende Söhne, hast du immer gesagt, Mama.* Ella wischte sich verlegen eine Haarsträhne aus dem Gesicht und setzte ein Lächeln auf.

»Ich, äh … war hinter den Büschen.«

Der Waldarbeiter guckte sie an.

»Pinkeln«, fügte sie hinzu.

»Das hab ich schon verstanden«, antwortete er trocken.

»Das hier ist aber ein Risiko-Zeckengebiet. Sie sollten heute Abend genau hinschauen, wenn Sie duschen.«

Ella fragte sich, ob der gut aussehende Waldarbeiter gerade mit ihr flirtete.

»Sie meinen, beim Duschen so … einseifen?«, sagte sie und guckte den Mann mit Unschuldsaugen an. Ein Blick, von dem sie wusste, dass ihm Oscar nicht widerstehen konnte. Zumindest früher nicht.

»Nein. Absuchen. Aber tun Sie das bitte zu Hause. Und jetzt nehmen Sie Ihren Hund. Sehen Sie das Schild da?«

Der Waldarbeiter zeigte auf ein gelbes Schild, auf dem eine schwarze Eule abgebildet war.

»Da ist eine Eule drauf«, antwortete Ella.

»Ja. Genau. Und eine Eule heißt …?« Er wartete auf ihre Antwort, und Ella setzte ihr Pokerface auf, was sie immer tat, wenn sie nicht genau wusste, was man von ihr wollte. *Woher soll ich das wissen, ich verbringe meine Freizeit nicht im Wald, sondern in der Stadt!*

»Eule?«, sagte Ella fragend.

»Ja. Und bedeutet?«

Ella zuckte mit den Schultern. Die Antwort, die eigentlich auf dem Schild unter der Eule stand, hatte jemand mit einem Graffiti überschmiert.

Der Waldarbeiter schüttelte genervt den Kopf.

»Naturschutzgebiet. Und im Naturschutzgebiet gehört ein Hund an die Leine.«

Ella nahm das Seilende in die Hand, das ihr der Waldarbeiter entgegenstreckte.

»Und jetzt gehen Sie auf direktem Weg raus aus diesem Wald – und mit ihrem Hund in die nächste Hundeschule. Guten Tag.«

Der Waldarbeiter wandte sich ab.

»Halt!«

Ella hatte beschlossen, diesen gut aussehenden Mann nicht so schnell gehen zu lassen. Der drehte sich noch einmal zu ihr um.

»Also, ich verstehe das ja, mit dem Naturschutzgebiet und so, das leuchtet mir total ein, aber ich werde mir leider von Ihnen nicht befehlen lassen, was ich sonst noch so zu tun habe.« Ella setzte ein Lächeln auf.

»Solange Sie hier in diesem Wald sind, tun Sie, was ich sage. Und solange Sie nicht wissen, was eine Eule bedeutet …«

»Aber eine Eule ist eine Eule!«, rief Ella jetzt langsam entnervt. »Vielleicht sollten Sie lieber einen Hund mit Leine auf das Schild malen!«

»Sie wollen wohl immer das letzte Wort haben.«

»Ja, aber nur weil Sie …«

»Da. Sehen Sie.«

»Nein. Ich will doch …«

»Sie machen es schon wieder.«

»Mann! Dann lassen Sie mich doch mal ausreden! Sie sind so 'n krasser Oberhäuptling hier oder was?!«

»Ja. Und wenn Ihr Hund beim Wildern erwischt wird, dann wird er totgeschossen.«

»Sie würden ein Tier abknallen?!« Ella war jetzt richtig geschockt und zog Bozer mit dem Seil enger zu sich ran.

»Ich glaube, Sie haben immer noch nicht kapiert, wer ich bin«, antwortete der Mann.

»Wer sind Sie denn?«, fragte Ella mit einem herausfordernden Blick.

»Der zuständige Förster.«

»Ach so.«

»Ja. Und deshalb habe ich hier auch das Sagen.«

Ella lachte laut. »Jawohl, Herr Obermackerförster!«

Ella sah sofort, dass sie zu weit gegangen war und den Förster beleidigt hatte.

Der drehte sich nämlich um und ging einfach wortlos weg, ohne sie noch eines Blickes zu würdigen. Ella gab sich einen Ruck und rief ihm hinterher: »'tschuldigung! Das habe ich nicht so gemeint!«

Aber der Förster reagierte nicht und marschierte weiter in den Wald hinein.

Ella seufzte und schaute Bozer an. »Na, gut. Dann haben wir heute unser erstes kleines Abenteuer erlebt. Jetzt gehen wir aber nach Hause, Bozer.« Ella nahm das Seil fest in ihre Hand, drehte sich um und machte ein paar Schritte. Aber sie musste mit einem Ruck stehen bleiben, denn Bozer saß da in »Sitz« und rührte sich nicht vom Fleck.

»Bozer! Komm jetzt! Wir wohnen nicht im Wald!«

Bozer drehte den Kopf noch einmal in die Richtung, in die der Förster gegangen war. Aber der war schon lange verschwunden. Erst nach einer Weile stand der Hund endlich auf, trottete zu Ella und lief mit ihr zum Auto zurück.

Noch während sie den Schlüssel im Schloss ihrer Wohnungstür umdrehte, fragte Ella sich ernsthaft, was sie sich um alles in der Welt dabei gedacht hatte, sich einen Hund anzuschaffen. Als sich Bozer dann auch noch weigerte, die

Wohnung zu betreten, und Ella ihn praktisch am Seil hineinzerren musste, war sie kurz davor, den Hund schnurstracks wieder ins Tierheim zu fahren und zurückzugeben.

Jetzt stand Bozer in der Diele und starrte sie mit seinen süßen, aber skeptisch guckenden Knopfaugen an. Ella tröstete sich mit dem Gedanken, dass nicht jede große Liebe mit Pauken und Trompeten beginnt. Im Gegenteil: All die angeblich ach so großen Liebesgeschichten in *Bunte* und *Gala*, die immer so märchenhaft anfingen, endeten meistens in der Katastrophe. Ein bisschen wie bei ihr und Oscars Beziehung. Irgendwie versöhnte sie dieser Gedanke, und Ella entschied, Bozer und sich Zeit zu geben. Sie guckte den Hund freundlich an und machte das Seil um seinen Hals ab.

»Schau Bozer, das hier ist jetzt dein neues Zuhause. Es ist zwar ein bisschen leerer als früher, aber dafür hast du umso mehr Platz für dich!«

Bozer trottete durch die Wohnung und schnüffelte ein bisschen an den Möbeln und den Hundespielsachen rum. Als er sein Hundekissen entdeckte, legte er sich darauf und guckte Ella erwartungsvoll an.

»Ja, so ist es brav, Bozer. Bestimmt hast du Hunger, nicht wahr?«

Bozer sprang auf. Ella lächelte und freute sich, dass ihr Hund sie doch anscheinend verstand. Sie füllte einen der beiden neuen Futternäpfe mit Wasser und stellte ihn auf den Küchenboden. Dann öffnete sie die Biohundefutterdose, löffelte den Inhalt in den zweiten Futternapf und stellte auch den ab.

Bozer ließ sich nicht zweimal bitten. Er hatte tatsächlich Hunger.

In diesem Moment hörte Ella, wie jemand die Wohnungstür öffnete. Sie drehte sich um, und plötzlich stand Oscar vor ihr im Flur.

Überrascht ging Ella auf ihn zu. »Was machst du denn hier?!«

»Du hattest mir geschrieben, ich sollte meinen ›letzten Scheiß‹ endlich abholen. Da bin ich.«

Oscar versuchte freundlich zu lächeln.

»Wie? Du kommst einfach so vorbei, ganz spontan, ohne Voranmeldung?!«

Oscar atmete durch. »Ella. Ich war in der Gegend. Komm, mach's nicht so kompliziert, bitte!«

»Ich bin nicht kompliziert! Ich hätte es nur gut gefunden, wenn du kurz Bescheid gegeben oder zumindest geklingelt hättest! Hätte ja sein können, dass … ein neuer Mann hier ist!«

»Ist aber nicht, oder?« Oscar antwortete genau in dem Moment, als Bozer um die Ecke bog. Der Hund leckte sich noch das Maul ab und stellte sich neben Ella.

»Ein Hund?! Du hast dir einen Hund gekauft!?« Oscar lachte.

Ella wurde rot. »Ja. Das ist Bozer. Was ist daran so lustig?«

»Nichts. Ich wusste nur nicht, dass ein Hund in deinem ›Lebensplan‹ vorkommt.«

Da war es wieder, dieses überhebliche Lächeln. Und wie belustigt er das Wort »Lebensplan« gesagt hatte. Ella spürte, wie eine explosive Mischung aus Wut und Enttäuschung in ihr aufstieg.

»Kann ich mir meine Platten jetzt abholen?«, fragte Oscar ungeduldig.

»Platten? Wieso das denn?!«

»Du hast doch keinen Plattenspieler mehr.«

Das war's. In Ella explodierte es.

»Ich *hatte* einen!«, schrie sie ihn an. »Fünf Jahre lang! Den wir *zusammen* gekauft haben! So wie wir auch diese Wohnung *zusammen* gemietet haben, um ein Leben *zusammen* aufzubauen! Damit wir *zusammen* Kinder haben können ...«

»Ja! Es hat aber *zusammen nicht geklappt*!«, schrie Oscar zurück.

Im Raum war es kurz still. Beide waren verlegen und erstaunt über die Vehemenz ihrer Ausbrüche.

Dann seufzte Oscar tief und machte einen versöhnlichen Schritt auf Ella zu. Aber in diesem Moment knurrte Bozer laut und trat schützend vor Ella. Dafür hätte ihn Ella, trotz seines dreckigen Fells, umarmen können.

»Er scheint dich nicht zu mögen«, sagte sie, und ihre Stimme klang wieder gefasst.

Oscar guckte den Hund an und dann Ella.

»Dann behalt sie doch, die Platten.« Und damit warf er ihr seinen Hausschlüssel zu. Als er aus der Wohnungstür ging, rief er noch über seine Schulter: »Wir sehen uns morgen im Büro.« Rums. Oscar hatte die Wohnungstür hinter sich zugeschmissen.

Ella guckte Bozer an und lächelte. »Du hast mich verteidigt, Bozer. Das hat noch nie jemand gemacht.«

Bozer hob seine Pfote und hielt sie in der Luft, bis Ella kapierte, dass er auf ihre Handfläche einschlagen wollte. Sie strecke ihm ihre flache Hand entgegen, und Bozer legte seine Pfote drauf. Ella war so überwältigt von diesem Moment, dass ihr eine kleine Glücksträne über die Wange lief.

»Ich belle, um mit meinen Menschen zu kommunizieren. Ich jaule, um der Welt mein Leid zu klagen.«

WUFF! SIMPSON

Simpsons Jaulen drang in der dunklen Sternennacht von der Garage über den Garten ins Haus. Der Hund hatte eine innere Uhr und fing jeden Abend erst mit dem Jaulen an, wenn Nico schon eingeschlafen war. Als ob er wüsste, dass Nico einen tiefen Schlaf hatte und durch nichts zu wecken war. Cecile seufzte und trank noch einen Schluck Wein. Es war schon ihr drittes Glas. Simpsons Jaulen, das wusste sie, war direkt an sie gerichtet. Cecile war hart im Nehmen und konnte mit vielem zurechtkommen – mit zahnenden Kleinkindern, zankenden Geschwistern, Nicos Wutanfällen. Aber das schlechte Gewissen, das Simpsons nächtliches Gejaule bei ihr auslöste, konnte sie nur ertragen, indem sie es in Wein ertränkte.

Cecile saß wieder auf dem Sofa, wie den Abend zuvor und den davor und versuchte vergeblich, ein Buch zu lesen. Das Gejaule drückte sie noch tiefer in die weiche Kunstpelzdecke, die sie im Ausverkauf gekauft hatte und die sich wie echtes Fell anfühlte. Ein Glück! Denn sie brauchte jetzt Trost und jemanden zum Anschmiegen. Diesen Part musste gerade ihre Decke übernehmen.

Im Kamin knisterte ein Feuer. Cecile versuchte erneut, sich auf ihre Lektüre zu konzentrieren. Immer wenn sie es gerade geschafft hatte, die Hintergrundgeräusche auszublenden und ein paar Sätze zu lesen, riss das klagende Jaulen sie aus dem Kontext. Und wie aus dem Nichts schoss ihr dann erneut die gleiche Frage in den Kopf: Was, um Himmels willen, soll ich mit Simpson machen?

Ein Nachbar hatte sich schon über Simpsons nächtliche Störung beschwert. Cecile hatte ihm nur mit Mühe ausreden können, die Polizei zu rufen, indem sie ihm – und auch Max – versprach, das Problem mit Simpson ganz bald zu lösen. Nur, wie? Simpson hörte nicht auf, Max anzuknurren und anspringen zu wollen. Heute war Max auf ihr Bitten hin mit dem vollen Fressnapf in die Garage gegangen. Aber Simpson hatte das Fressen ignoriert und wollte sich wieder auf Max stürzen. Es war verflixt. Nein, es war mehr als verflixt. Es war furchtbar. Es war eine Katastrophe.

Cecile schüttelte den Kopf, trank noch einen großen Schluck Wein und dachte plötzlich wieder an Silke. Auf solche Freundinnen kann man doch wirklich verzichten! Wie konnte sie nur so kompliziert sein, jetzt, wo es wirklich darauf ankam und wo Cecile sie so dringend brauchte. Sie ärgerte sich maßlos, zwang sich aber, diese Gedanken schnell zu verdrängen. Sie war heute Abend einfach zu müde, um sich aufzuregen. Cecile betrachtete ihr Weinglas und studierte die vielen Abdrücke ihrer Lippen, die alle zusammen das schöne Weinglas verschmiert und hässlich aussehen ließen. Sie hätte Max gerne zugerufen, er möge ihr doch bitte ein frisches Weinglas bringen, aber Max stand noch unter der Dusche. Das hörte Cecile daran, dass das Wasser – gefühlt seit Stunden – mächtig rauschte. Wer hatte eigentlich den Mythos erfunden, dass nur Frauen ewig lang im Bad brauchen? Oder nicht einparken können oder schneller frieren? Cecile schüttelte den Kopf. Zumindest in ihrer Beziehung war es genau umgekehrt.

Aus ihrem Augenwinkel konnte Cecile plötzlich erkennen, wie das Handy von Max, das er auf dem Sofatisch hatte liegen lassen, aufleuchtete. Schon wieder eine SMS. Die vierte in nur einer Viertelstunde. Cecile zwang sich, ihren Blick abzuwenden. Aber da! Das Telefon leuchtete schon wieder auf! SMS Nummer fünf.

Cecile warf einen kurzen Blick in Richtung Bad. Jetzt waren keine Wassergeräusche mehr zu hören. Dafür das Singen ihres Mannes, er war mitten in einer Arie. Das kann ja noch dauern, dachte Cecile lächelnd und beugte sich nach vorn. Sie wollte wirklich nur einen ganz kurzen Blick auf das Handy werfen. Die SMS war von einer Person namens Smilla. *Smilla?* Von einer Smilla hatte ihr Max noch nie erzählt. Während Cecile das Handy anstarrte, erinnerte sie sich an die Worte von Silke … *Das Problem liegt immer beim Menschen* … Was hatte Silke damit gemeint? Wollte sie damit etwas andeuten? Vielleicht, dass das Problem bei

Max liegt?! Cecile hatte nie einen Gedanken daran verschwendet, ob Max fremdgehen könnte. Max liebte sie, das wusste sie. Und die Tatsache, dass sie nicht mehr so oft Sex hatten wie früher … Mal ganz ehrlich, war das nicht normal in einer langjährigen Ehe oder Beziehung? Und hatten nicht alle Paare auch mal ihre Tiefen? Und mit Kindern war alles sowieso noch komplizierter. Und dann war da noch der Hund. Genau. *Trotzdem.* Cecile kam ins Grübeln … Max war in letzter Zeit doch irgendwie anders gewesen. Er war ihr gegenüber nicht so aufmerksam wie sonst; er brauste schnell auf und war auch oft von den Kindern irritiert. *Es kann doch nicht sein …* Cecile schluckte ihr ungutes Gefühl herunter und suchte nach Erklärungen für sein Verhalten. Max hatte Druck im Beruf. Das Konzertkarussell drehte sich immer schneller, und Max war ein Perfektionist, der lange brauchte, um sich auf ein Konzert vorzubereiten. Plötzlich, inmitten all dieser Gedanken, packte Cecile die Neugier und das Verlangen nach Gewissheit: Sie nahm das Handy ihres Mannes in die Hand, tippte erst den Code ein (den Geburtstag von Vladimir Horowitz) und dann auf die SMS von dieser Smilla. Sofort poppte ein Foto auf: ein Bild von Max neben einer jungen, wie es aussah, sehr attraktiven Schwedin, die ihn gerade mit einem Stück Pizza fütterte. *Eine Blondine füttert meinen Mann!* Cecile stockte der Atem, dann schnappte sie nach Luft und scrollte schnell zur vorherigen SMS. Die war auch von Smilla. Die davor auch.

Cecile wurde bleich. Ihr Herz klopfte jetzt noch schneller, und sie hörte sich mit gepressten Lippen sagen: »Smilla, Smilla, Smilla … Smilla und der Schnee oder was?«

In dem Moment machte sich Max hinter ihr bemerkbar. Zu spät.

»Du liest meine SMS?« Max starrte sie ungläubig an, als er sah, dass sie sein Handy durchforstete.

Cecile erschrak, und das Handy flog zu Boden. *Er betrügt dich, Cecile! Lass dich nicht in die Defensive drängen!*

»Wer ist Smilla?« In Ceciles Stimme schwang ein klein wenig Hysterie mit, was sie ärgerte. Sie versuchte, den Blick ihres Manns souverän zu erwidern, so wie eine strenge Lehrerin ihren Schüler anschaut. Dabei übersah sie, dass ihr Mann fast nackt vor ihr stand, nur mit einem kleinen Handtuch um die Hüften gebunden. Max hatte seine Frau wohl überraschen und verführen wollen. Aber daran war jetzt nicht mehr zu denken. Von beiden Seiten nicht. Verärgert bückte sich Max und hob sein Handy auf. Das kleine Handtuch rutschte zu Boden, als er sich wieder aufrichtete.

Vorwurfsvoll schaute Max seine Frau an: »Smilla ist eine Kollegin. Von der Konzertagentur.«

»Du schläfst mit einer Frau aus deiner Konzertagentur?«, entfuhr es Cecile.

»Nein! Seh ich so aus? Ich wollte gerade mit dir …«

Max, der jetzt splitternackt war, zeigte auf sein bestes Stück, was Cecile aber immer noch ignorierte oder nicht wahrnahm. Denn in dem Moment schoss ihr durch den Kopf … *Das Problem liegt nicht bei Simpson, sondern bei Max!*

»Du hast eine Affäre?! Gib's doch endlich zu!«

»*Nein!* Hab ich dir doch gerade gesagt, Cecile!«

»An deiner Stelle würde ich jetzt auch Nein sagen. Aber warum ist dann alles anders, seit du auf Konzertreise mit Smilla in Malmö warst?! Auch das mit Simpson?«

»Ach, jetzt soll der Hund auch noch Untreue riechen?«

»Also *doch*!«

»Verdammt, Cecile, *nein* … Ich …«

In dem Moment wurde ihr endlich bewusst, dass Max splitternackt vor ihr stand und sein Geschlechtsteil praktisch auf ihrer Augenhöhe baumelte.

»Und zieh dir doch endlich was an! Du siehst ja lächerlich aus!«

Max griff beleidigt nach einem Sofakissen und hielt es, wie Adam das Blatt einst, vor sein bestes Stück.

»Mein Gott, Cecile! Glaub mir doch! Smilla organisiert alles … Sie ist hilfsbereit, lustig und nett … und hat auch noch Humor und bringt alle immer zum Lachen.«

»Ach, sie bringt dich zum Lachen und ich dich wohl zum Weinen!«

»*Nein!* Das hab ich doch gar nicht gesagt!«

Simpsons Jaulen war inzwischen noch lauter geworden.

»Kann der verdammte Köter nicht endlich aufhören?!«, brüllte Max plötzlich laut und warf mit seinem ganzen Frust das Feigenblatt-Kissen Richtung Garage. Dieses traf dabei eine Blumenvase, die zu Boden krachte, woraufhin Cecile von ihrer Kunstfelldecke aufsprang und Max wütend anbrüllte.

»*Ich* hab nichts zu lachen! Ich kämpfe und kämpfe und

kämpfe für unseren Sohn … und du hilfst mir nicht wirklich dabei!«

Cecile merkte, dass sie ihren Frust und die Tränen nicht mehr länger zurückhalten konnte. Sie sackte wieder auf dem Sofa zusammen. Max war wütend, aber wie fast jedem Mann zerriss es ihm das Herz, wenn er seine Frau weinen sah. Er griff nach einer Wolldecke, die auf dem Sessel lag, wickelte sie um und setzte sich zu Cecile. In dem Moment, als er seinen Arm sanft um sie legte, vergrub sie ihr Gesicht in seiner Schulter.

»Heute hat ihn jemand einen Mongo genannt«, schluchzte sie.

»Das ist ja furchtbar. Das tut mir so leid.« Max war ehrlich entsetzt. Er wischte die Tränen von ihrer Wange. Cecile schlug die Augen auf und sah ihren Mann an. Er schaute sie so liebevoll an, dass sie instinktiv wusste, dass Max sie nicht betrogen haben konnte. Silke hatte unrecht. Das Problem musste bei Simpson sein und nicht bei Max.

Max streichelte ihr sanft übers Haar.

»Du bist ein Engel. Nicos Engel. Lenas Engel. Mein Engel. Komm, ich will meinen Engel mal wieder lachen sehen.« Max kitzelte sie mit der anderen Hand.

»Nein, ich kann nicht …« Cecile wehrte die Hand ab.

»Wer sagt immer ›kann nicht, gibt's nicht‹?«

Cecile musste innerlich schmunzeln. Das war in der Tat ihr Satz. Ihr Lebensmotto. Max kitzelte sie weiter, und schließlich konnte Cecile sich ein kleines Lächeln nicht länger verkneifen.

»Da ist es wieder, das Lächeln, in das ich mich verliebt habe.«

»Ach das sagst du nur so«, kokettierte Cecile.

»Ich meine es auch so«, antwortete Max.

»Wirklich?«

»Wirklich.«

Cecile strahlte. Und plötzlich wurde ihr schweres Herz wieder ganz leicht.

Sie erwiderte seinen Kuss. Nahm seinen Geruch war. Er hatte sich mit dem Aftershave parfümiert, das sie ihm geschenkt hatte und so liebte. Max roch nach Bergamotte, Kardamom und ein bisschen Mandarine … orientalisch … maskulin … sexy. Cecile merkte, wie die Lust in ihr aufstieg.

Max küsste sie noch intensiver, und beide fingen an, ganz leise zu stöhnen. Cecile bemerkte, wie die Hand von Max genau das tat, was sie sich wünschte. Sie wanderte zu den Knöpfen ihrer Bluse und fing an, einen Knopf nach dem anderen aufzumachen. Max ließ sich Zeit und presste sie mit jedem geöffneten Knopf noch tiefer in die weiche Decke. Aber gerade als er sich auf sie legen wollte, erreichten Ceciles Ohren wieder das Klagelied von Simpson. Plötzlich war ihr schlechtes Gewissen wieder da und verdrängte die Lust, die sie noch vor ein paar Sekunden empfunden hatte.

»Max …«

»Hmm?« Die Hand von Max hatte gerade entdeckt, dass Cecile keinen BH unter ihrer Bluse trug.

»Silke meinte, dass es vielleicht etwas zwischen dir und Simpson ist … und dass ihr beide einmal zusammen zu ihr kommen solltet. Sie meint, dass es keinen Sinn macht, allein mit Simpson zu arbeiten.«

Ruckartig zog Max seine Hand aus der aufgeknöpften Bluse heraus und fuhr sich frustriert durch die Haare.

»Mann, das gibt's doch nicht!«

»Was?«

Max sprang auf. »Du hast echt ein Talent, den Moment zu vermasseln, Cecile. Ich will nicht ständig über diesen Hund reden!« Cecil knöpfte sich schnell die Bluse zu.

»Aber Simpson ist doch wichtig, vor allem für Nico!«

»Wann kapierst du's endlich?! Hund hin oder her, du kannst Nico nicht ändern! Er ist so, wie er ist. Wir haben an der Genlotterie teilgenommen ... und mit Nico Pech gehabt.«

Cecile glaubte, nicht richtig gehört zu haben, und sprang auch auf.

»Pech gehabt? Du assoziierst mit unserem Sohn ›Pech gehabt‹?!«

»Ja. Und ich sag's endlich mal, wie es ist und was du nicht wahrhaben willst: Nico ist behindert und wird es immer sein. Ich liebe ihn trotzdem. Aber du ... du hörst nicht auf, von einem Therapeuten zum anderen zu rennen. Du sagst, ich helfe dir nicht, aber du lässt dir nicht helfen, Cecile! Elf Therapeuten in den letzten sechs Monaten. Keiner gut genug. Blockflötenkurs, Reittherapie, Logopädie, Physio, Judo. Was kommt als Nächstes?! Backen ohne Mehl?! *Du* überforderst den Jungen! Und *mich* auch!«

Die Worte von Max trafen Cecile hart, und sie empfand sie als so unfair, dass sie sich am liebsten auf ihn gestürzt und mit ihren Fäusten auf seine behaarte Brust getrommelt hätte. Sie wollte doch nur das Beste für Nico! Schon nach der Geburt hatte sie zum Thema »Downsyndrom« alles gelesen, was ihr in die Quere kam. Jedes Buch, jeden Zeitungs- oder Magazinartikel. Sie hatte auf YouTube Unmengen an Interviews angeschaut – mit Spezialisten aus der ganzen Welt, sie hatte Seminare besucht, sich Elterngruppen angeschlossen. Cecile wurde ganz schwindelig, wenn sie sich an diese Zeit zurückerinnerte. Max hatte sie moralisch unterstützt, aber er hatte sie nie zu konkreten Veranstaltungen oder zu Elterngruppen begleitet. Auch mit den Therapeuten musste sie immer allein reden. Nico zu fördern hatte sie sich zur Aufgabe gemacht, und darum auch ohne Zögern ihre eigene Karriere als Sängerin an den Nagel gehängt. Dabei hatte ihr diese viel bedeutet, auch wenn sie damals schon davon ausging, kein größerer Star zu werden. Aber Cecile liebte es, auf der Bühne zu stehen, egal ob groß oder klein.

Ganz zu Anfang ihrer Beziehung hatte Max sie zu Liedern von Schubert begleitet. Immer wenn sie die Lieder von damals hörte, überkam sie eine gewisse Wehmut. Aber sie hatte ihre Entscheidung getroffen und stand dazu. Nico war ihre Priorität. Und aus all dem Wissen, das sie sich angeeignet hatte, war eines ganz klar: Ein Kind mit Downsyndrom musste man schon in jungen Jahren richtig fördern.

Max schlug plötzlich mit der Faust auf den Küchentresen, sodass Cecile aus ihren Gedanken aufschreckte. Er zeigte mit zitternder Hand auf die Garage, wo Simpsons Gejaule gerade eine neue hohe Tonlage erreicht hatte.

»Und mir reicht's jetzt! Ich will, dass der Hund weg ist, wenn ich wiederkomme! Verstanden?!«

»Das kannst du nicht machen, Max! Das wäre eine Katastrophe für Nico!«, entfuhr es Cecile geschockt.

»Du willst doch, dass Nico lernt, ›normal‹ zu sein. Dann lass ihn lernen. Das Leben ist halt oft eine Katastrophe!« Und damit marschierte Max ins Gästezimmer und warf wütend die Tür hinter sich zu.

Cecile stand wie paralysiert da, während das Gejaule von Simpson und das Wort »Katastrophe« abwechselnd in ihrem Kopf tönten …

»Hunde können Menschen lesen,
aber müssen nicht lesen können,
um sie zu verstehen.«

WUFF! ELFRIEDE

Der Hundebesitzer war Ende dreißig oder Anfang vierzig und trug einen Vollbart, mit dem er sich ganz offensichtlich irrsinnig cool fand. Dabei sind Vollbärte doch schon seit Ewigkeiten wieder out, dachte Silke, als der Mann vorwurfsvoll und mit beiden Händen gestikulierend vor ihr stand.

»Du sagst immer, ich soll freundlich bleiben! Aber wie soll das gehen, wenn er nicht hört? Auf dem Weg hierher hat er ein Eichhörnchen auf der anderen Seite der Straße gesehen und ist losgerannt. Ich hab wie ein Verrückter gerufen, aber mein Hund hat anscheinend Tomaten auf den Ohren!«

Der hübsche Border Collie, um den es ging, stand mit eingezogenem Schwanz und eingeschüchtertem Blick vor seinem Herrchen und ließ die Schimpftirade über sich ergehen. Die anderen Hundebesitzer, die auf der Wiese des Trainingsplatzes der *Happy-Dogs*-Hundeschule standen, waren neugierig geworden und warteten jetzt gespannt, wie Silke reagieren würde. Sie war bei den Kursteilnehmern für ihre scharfe Zunge bekannt. Silke musterte den schimpfenden Hundebesitzer skeptisch. Er und sein Hund waren heute zum ersten Mal im Kurs dabei, und er war Silke schon zu Beginn der Stunde negativ aufgefallen. Sie hatte gehört, wie der Bärtige eine Kursteilnehmerin, ein hübsches Mädchen, mit einem blöden Spruch über ihre Husky-Hündin Leika plump angemacht hatte: »Mein Hund und dein Hund ... ich glaube, da könnte was laufen, meinste nicht?!« Silke hatte sofort reagiert und die junge Frau und Leika zu sich gerufen, um eine Übung mit ihnen vor der Gruppe zu demonstrieren. Dafür erntete sie einen stillen, aber dankbaren Blick von Leikas Frauchen.

Das Schlimmste an Machos ist doch, dass sie gar nicht merken, wie aufdringlich sie mit ihrem Gehabe sind, dachte Silke und beäugte den Hundebesitzer skeptisch. Er war für sie einer jener Menschen, die niemals kapieren würden, dass sie selbst das Problem waren und nicht ihr Hund. Und am liebsten hätte Silke ihm den hübschen Border Collie gleich weggenommen und zu sich geholt. Auch weil sie im Blick des Hundes sah, dass es ein intelligenter Hund war. Aber sie riss sich zusammen. Gestern hatte sie eine Mahnung von ihrer Bank bekommen. Sie war mit ihren monatlichen Ratenzahlungen im Verzug. Die Hundeschule lief nach zwei Jahren immer noch nicht so gut, wie es der Businessplan vorsah.

Umso wichtiger war es jetzt, ihre Kundschaft nicht zu vergraulen, sondern neue Kunden zu gewinnen.

Silke rang sich ein Lächeln ab und klatschte in die Hände, um auch die Aufmerksamkeit der anderen Hundebesitzer wieder auf sich zu lenken.

»Okay. Bitte alle herhören! Wir machen die Übung jetzt noch einmal. Alle Hunde wieder in eine Reihe dort hinten.« Silke zeigte auf das eine Ende des Trainingsplatzes. »Alle Herrchen und Frauchen auf die andere Seite.« Silke zeigte auf das Ende der Wiese. »Und dann ruft ihr eure Hunde zu euch, aber bitte mit einer lockeren, freundlichen Stimme.«

Silke guckte den Bärtigen streng an und hob ihren Zeigefinger, um zu bestätigen, dass sie es ernst meinte.

»Freundlich. Verstanden?«

Sie warf einen letzten kontrollierenden Blick auf die Menschen und die Hunde. Dann gab sie das Zeichen und klatschte in die Hände. In dem Moment sah sie aus dem Augenwinkel einen Mann am Rande des Trainingsplatzes stehen, der sie beobachtete. In seiner Hand hielt er eine Leine, an deren Ende eine kleine Französische Dogge, die genauso aufmerksam rüberschaute. Der Mann war leger gekleidet, sehr sogar. Er hatte eine zerrissene Jeans an und ein bunt gemustertes Hemd, Tendenz geschmacklos. Aber die Art, wie er seine Klamotten trug und wie er so lässig dastand und die Hundeleine hielt, war irgendwie cool. Und dazu sah der Typ wirklich gut aus.

Das erkannte Silke auch von Weitem. Sie rief ihm freundlich zu: »Bin gleich bei dir!«

Inzwischen ertönten die Rufe der Hundebesitzer laut und durcheinander: »Cleo! Abby! Max, hier! Lina, komm! Kenzo! Hierher! Brav, Holly!« Die Hunde rannten freudig zu ihren Besitzern. Nur ein Hund blieb verängstigt auf seinem Platz, weit weg von seinem Herrchen.

Sein Besitzer, der Bärtige, brüllte wieder: *»Gangster!* Komm jetzt! Verdammt noch mal, Gangster! Hierher, hab ich gesagt!« Er gestikulierte wieder wild. Die endgültige Antwort seines Border Collies ließ nicht lange auf sich warten: Der Hund legte sich demonstrativ hin.

Jetzt reicht's. Silke konnte ihre Wut nicht länger verdrängen. Sie marschierte zu dem schreienden Hundebesitzer hin, trat ganz nah an ihn ran und schrie ihm ins Ohr – noch viel lauter, als er geschrien hatte: *»Zum letzten Mal: Schrei deinen Hund nicht so an!«*

Der Mann wich erschrocken zurück und schaute Silke entsetzt an.

»Warum schreist du denn so? Ich bin doch nicht taub!«

»Genau das versuche ich dir schon die ganze Zeit zu erklären. Dein Hund ist es auch nicht. Er hört sogar besser als du.«

»Aber wenn er nicht macht, was ich sage, dann …«

»Nein!«, unterbrach Silke ihn sofort. »Kapier es doch endlich! Du kommst doch auch nicht, wenn dich jemand so anbrüllt.«

»Nee. Ich geh, wenn mich jemand so anbrüllt! Und ich lass mich auch von dir nicht zum Horst machen! *Gangster!* Komm, wir gehen!«

»Du nennst deinen Hund Gangster? Ich dachte, er heißt Timo?«, fragte Silke und hob dabei eine Augenbraue.

»Ja. Aber ich nenn ihn Gangster. Er soll ja schließlich mein Grundstück bewachen.«

Silke verstand die Logik zwar nicht, aber antwortete stattdessen: »Tut er aber nicht, stimmt's?!«

Der Bärtige schaute Silke erstaunt an, denn sie hatte ihren Satz nicht als Frage, sondern als Fakt formuliert. Und er war erstaunt, wie sie das über seinen Hund wissen konnte.

»Genau! Gangster sitzt nur faul in der Ecke. Oder er geht ab wie 'ne Rakete, wenn er irgendein Viech sieht. Keine Ahnung, was mit dem los ist.«

»Collies sind Hütehunde. Gangster will die Herde zusammenhalten, das ist von Natur aus sein Job.«

»Gangster hat 'nen Job?«

Silke musterte den Mann wieder: War der Typ wirklich so blöd, oder wollte er sie provozieren. Egal. Sie atmete noch mal tief durch.

»Jede Rasse hat Eigenschaften. Man muss schauen, welcher Hund zu einem passt.« Sie machte eine bedeutende Pause, musterte die übergewichtige Figur des Mannes und fügte hinzu. »Du eignest dich ja auch nicht als Stabhochspringer, oder?« Während die anderen Hundebesitzer kicherten und der Bärtige noch überlegte, wie Silke das wohl gemeint hatte, rief Silke den Border Collie freundlich zu sich: »Gangster, komm hierher!«

Gangster ließ sich nicht zweimal bitten und kam sofort angerannt, stellte sich vor Silke und seinen Besitzer und guckte beide abwechselnd und schwanzwedelnd an, so als ob er seinem Herrchen sagen wollte: »*Siehste, so einfach geht das.*«

»Feiner Hund.« Silke streichelte Gangsters Kopf. Dann richtete sie sich auf und winkte allen zu. »So Leute, Schluss für heute! Wir sehen uns nächste Woche. Dann üben wir den Notruf.«

Damit war die Stunde vorbei, was den Hunden nicht entging. Glücklich sprangen sie um ihre Besitzer herum, wissend, dass es jetzt nach Hause ging, Fressen gab oder ihnen noch ein Spaziergang im Wald bevorstand, um das Gelernte umzusetzen. Die Gruppe löste sich auf. Nur Gangsters Herrchen warf Silke einen beleidigten Blick zu, leinte seinen Hund an und zog ihn dann tadelnd weg. »Warum hörst du auf die und nicht auf mich, Gangster? Da hast du mich gerade ganz schön blamiert.«

Silke schüttelte den Kopf. Manchen Menschen war einfach nicht zu helfen. Armer Gangster! Plötzlich erinnerte sie sich an den gut aussehenden Fremden und drehte sich schnell um. Aber er und die kleine Französische Dogge waren verschwunden. Silke spürte einen Hauch von Enttäuschung. Nicht nur, weil ein potenzieller Kunde weg war, sondern auch – sie dachte nur ungern daran –, weil sie in der Nacht von Stefan geträumt hatte. Die Trennung von ihrem Ex-Freund lag schon mehr als zwei Jahre zurück, und sie hatte alle Erinnerung an ihn verdrängt, insbesondere den Tag, an dem sie sich gestritten hatten und er ihr all die schlimmen Worte gesagt hatte. Das war der Anfang vom Ende der Beziehung gewesen. Im Traum war sie gezwungen gewesen, all das bis ins kleinste Detail noch einmal zu durchleben. Silke war alles andere als ein sentimentaler Typ und lebte nach der Devise »Nie zurückschauen, sondern immer nur nach vorn!«. Aber als sie heute früh aufgestanden war, hatte sie etwas gespürt, was sie schon lange nicht mehr gefühlt hatte: Wehmut. Und Sehnsucht. Sie hatte seit der Trennung von Stefan viele tolle Männer kennengelernt und einige durchaus aufregende Affären gehabt, aber es waren eben Affären geblieben. Es war ja nicht so, dass Silke einsam war. Im Gegenteil, sie genügte sich selbst, so wie die meisten Hundebesitzer. Das war das große Geheimnis der Leute, die Hunde hatten, was Nichthundebesitzer einfach nicht verstehen wollten. Ein Hund macht einen Menschen glücklich, weil er ihn lehrt, sich an den kleinen Dingen des Lebens zu erfreuen. Ella, Lulu und Cecile warfen ihr oft vor, eine Hundenärrin zu sein – was auch stimmte –, aber auch ein glücklicher Hundebesitzer hat das Verlangen nach menschlichen Beziehungen und Liebe.

Mit einem Mal wurde Silke traurig. Ihr Blick schweifte über das Gelände ihrer Hundeschule und blieb an den Hundezwingern hängen. In einem der vier Zwinger standen ihre beiden wunderschönen Magyar-Vizsla-Hündinnen, Julie, die Mama-Hündin, und ihre Tochter Berta. Die beiden hatten gemerkt, dass Silke in Gedanken war, und blickten aufmerksam in ihre Richtung. Sie warteten offensichtlich darauf, freigelassen und gefüttert zu werden, jetzt, wo der Unterricht endlich vorbei war. Beim Anblick der Zwinger dachte Silke noch daran, wie Stefan sie alle eigenhändig gebaut hatte. Damals hatte er auch in jedem Zwinger Rotlichtlampen installiert, für die kalten Winternächte. Und Wasseranschlüsse – zum Saubermachen. Auch das kleine Häuschen, am Rande des Grundstücks, in dem sie jetzt mit Julie und Berta wohnte, hatten Silke und Stefan eigenhändig renoviert. Und die Idee, einen Container auf das Grundstück zu setzen und als Büro zu nutzen, stammte von Stefan. Dafür hatte er eigens einen ausrangierten Zugcontainer besorgt. Es war das erste »Gebäude«, das man sah, wenn man als Kunde das Gelände betrat. Hier, wo Silke auch ihre Buchhaltung machte, konnte man sich für einen Kurs anmelden – oder für den Auslauf.

Keine Frage, Stefan war ein guter Mann gewesen. Auch ihre Freundinnen hatten ihn gemocht. Aber es hatte einfach nicht gepasst. Sie hatten Unterschiedliches gewollt zur selben Zeit. Er Kinder und Familie, sie die Hundeschule und eine Vizsla-Zucht.

Silke hatte den Tag, an dem Stefan seine Sachen gepackt hatte und ausgezogen war, wieder ganz klar vor Augen: Sie waren gerade in das frisch renovierte, kleine Häuschen gezogen. Die Umzugskisten waren noch nicht alle ausgepackt, aber Silke fühlte sich schon zu Hause und war überglücklich. Auch weil sich jemand aus dem Vizsla-Zuchtverein gemeldet hatte. Auf der Suche nach einer passenden Hündin, die sein Rüde decken konnte, war er auf Julies Stammbaum und Fotos gestoßen.

Silke hatte gleich Nägel mit Köpfen gemacht.

»Ja, ein großer Tag … Hoffen wir es. Dann sehen wir uns nächsten Montag. Auf Wiedersehen, Herr Rahuth.«

Silke saß auf dem Boden vor dem neuen Sofa, während sie telefonierte. Neben ihr stand Julie, die wohl ahnte, dass es um sie ging, denn sie stupste das Handy mit ihrer Nase an. Silke lachte.

»Oh, und mir wird gerade signalisiert … ich soll Ihren Romeo von meiner Julie grüßen! Ja, Romeo und Julie, das ist ein gutes Omen!«

Silke lachte noch einmal und beendete das Telefonat. In diesem Moment kam Stefan ins Haus. Freudig sprang Silke auf. »Ich hab einen Rüden für Julie gefunden. Er hat einen Superstammbaum! Und der Decktermin steht für Montag!«

Silke wusste, dass Stefan nicht begeistert sein würde, aber sie hatte nicht mit der Heftigkeit seiner Reaktion gerechnet. Er guckte sie entsetzt an.

»Aber wir hatten doch entschieden, dass wir warten! Du hast versprochen, wir machen im Sommer endlich Urlaub!«

»Ja, ich weiß, aber Julie ist früher läufig als geplant!«

»Und unser Urlaub? Mit Welpen geht das nicht.« Silkes Blick verriet ihm die Antwort.

»Verdammt, Silke! Das ist nicht fair!«

»Aber du wolltest doch auch, dass wir mit Julie züchten.«

»Ja! In ein oder zwei Jahren vielleicht, aber doch nicht jetzt, wo die Hundeschule nächste Woche eröffnet!«

»Ach, das schaffen wir doch.« Aber Stefan schnitt ihr das Wort ab.

»Und was ist mit ›uns‹? Wo bleiben ›wir‹? Ich hab dir

gesagt, dass ich eine Familie will. Und damit meine ich eine menschliche Familie!«

Tatsächlich hatte Stefan seit einiger Zeit das Thema wiederholt angesprochen und sie gebeten, die Pille abzusetzen. Sie war gar nicht abgeneigt, Kinder zu kriegen, aber heutzutage konnte man sich doch ein bisschen Zeit lassen. Und sowieso, Silke hasste es, wenn man versuchte, sie unter Druck zu setzen.

»Willst du mir jetzt Druck machen?«

»Wie denn? Was ich will, interessiert dich doch eh nicht!«

»Das stimmt nicht! Stefan, bitte …«

»Weißt du, was dein Problem ist? Vor lauter Hunden ist in deinem Leben kein Platz mehr für einen Mann. Und was deinen Kinderwunsch angeht: Du würdest lieber einen Welpen austragen als ein Baby.«

Silke war über seine Worte so schockiert gewesen, dass sie nicht darauf antworten konnte. Sie schwieg benommen. Und Stefan schwieg auch. So standen sich die beiden wie zwei Kampfhähne gegenüber, angespannt schweigend. Sie schauten sich einfach nur an. Jeder hoffte, dass der andere nachgeben würde, aber keiner tat es. Stefan drehte sich schließlich abrupt um und verschwand im Schlafzimmer. Silke blieb noch eine Weile wie versteinert stehen. Dann ging sie in die Küche und fing an zu kochen. Als das Essen fertig war und sie den Tisch gedeckt hatte, klopfte sie an die Tür des gemeinsamen Schlafzimmers. Als sie nichts hörte, öffnete sie sie vorsichtig. Auf dem Bett lag Stefans großer Koffer. Noch war er leer. Stefan saß auf dem Bettrand, die

Ellenbogen auf seine Knie gestützt und den Kopf in den Händen. Er schaute auf. Silke sah in seinem Blick, dass er geweint hatte, und sie wusste, dass das der Moment für sie gewesen wäre einzulenken. Aber stattdessen sagte sie einfach nur: »Essen ist fertig«, als hätte es den Streit nie gegeben.

Das Ende ihrer Beziehung war weder ein »Ende mit Schrecken« noch ein »Schrecken ohne Ende« gewesen. Der Beziehung war nach diesem Tag ganz einfach und unaufhaltsam die Freude ausgegangen, so wie bei einem Fahrradreifen. Manchmal findet man bei der Reparatur noch nicht einmal ein Loch im Schlauch. Und trotzdem entweicht jeden Tag ein bisschen Luft, weil das Gummi brüchig geworden ist, bis der Reifen platt ist. Genauso war es bei Silke und Stefan gewesen. Das »Loch in der Beziehung« war da, und weil sie nicht mehr kommunizierten, war irgendwann die Luft raus. Und dann kam der Tag, an dem Stefan den Koffer wieder aufs Bett legte. Nur dass er dieses Mal seine Sachen für immer zusammenpackte. Er verabschiedete sich von Silke mit den Worten, dass es ihm leidtäte, und ging. Silke hatte damals nur genickt und sich innerlich dafür geschämt, dass sie sogar eine gewisse Erleichterung verspürt hatte, dass die Beziehung endlich vorbei war. Seitdem hatte Silke Stefan nie wieder gesehen oder gesprochen. Über Facebook hatte sie kürzlich zufällig erfahren, dass er seit einem Jahr verheiratet war und ein Kind hatte. Aber sie wusste noch nicht einmal, ob das Baby ein Mädchen oder Junge war. Und es interessierte sie auch nicht. Jeder Mensch hatte ein Recht darauf, glücklich zu sein, dachte Silke. Nur … wo blieb ihr Glück?

»Schluss damit!«, hörte sich Silke plötzlich laut zu sich sagen. *Nein, wirklich, bald hörst du dich genauso an wie Ella!* dachte sie und marschierte Richtung Bürocontainer, den sie noch abschließen wollte, bevor sie die Hunde fütterte.

Doch bevor sie die Tür vom Container erreicht hatte, hörte sie eine tiefe männliche Stimme, die aus ihrem offenen Büro kam. Instinktiv wusste sie, wem die Stimme gehörte …

»'n Leben ohne Mops ist möglich, aber sinnlos«, tönte die Stimme und fügte hinzu: »Tja, Elfriede, da kannste noch so lange davorstehen, lesen kannste nicht, und du bist auch kein Mops, sondern ein Frenchie.«

Silke hatte die Wände ihres Büros mit mehreren eingerahmten Sprüchen bedeutender Hundeliebhaber verziert. *Hunde haben alle guten Eigenschaften des Menschen, ohne gleichzeitig ihre Fehler zu besitzen*, war die weise Erkenntnis einer der Preußischen Friedriche. Oder von Louis Armstrong: *Mit einem kurzen Schwanzwedeln kann ein Hund mehr Gefühl ausdrücken als mancher Mensch mit stundenlangem Gerede.* Schmunzeln musste sie auch immer, wenn sie Kurt Tucholskys Zitat las, das sie über ihrem Schreibtisch auf Augenhöhe aufgehängt hatte: *Der eigene Hund macht keinen Lärm – er bellt nur.* Loriots Spruch über den Mops hatte sie spaßeshalber niedrig gehängt, mopsgerecht eben.

Silke musste lächeln. Offensichtlich stand der kleine Frenchie vor dem Spruch. Ihr Lächeln hatte aber noch einen anderen Grund. Silke freute sich, den gut aussehenden Unbekannten kennenzulernen. Sie strich sich eine Haarsträhne aus dem Gesicht und trat in ihr Büro.

Der Mann sah von Nahem noch sexyer aus als von Weitem.

»Hi. Kann ich dir helfen?«, fragte Silke und versuchte, cool zu klingen.

»Äh …« Der Mann schien überrascht.

Silke fügte schnell hinzu: »Wir duzen uns hier in der Hundeschule. Ist einfacher. Also, willst du eine Trainingsstunde für euch beide buchen oder deinen Hund für den Auslauf anmelden?«

»Nee, nee. Ich will die hier nur abgeben.« Der Typ lächelte Silke unverschämt charmant an.

»Oli. Und das ist Elfriede. Die Besitzerin von Elfriede ist meine Nachbarin und musste ins Krankenhaus … und ich … äh … hab für einen Hund keine Zeit. Und deshalb wollte ich fragen, ob Elfriede hier in Pension kommen kann?«

Silke bückte sich und streichelte den Hund.

»Du bist ja eine kleine Süße. Willst du bei mir Urlaub machen, Elfriede? Bis Frauchen wieder gesund ist?«

Elfriede bellte aufgeregt. Wie jeder Hund, konnte sie den Charakter eines Menschen »lesen«, und Elfriede hatte sofort erkannt, dass sie in Silkes Obhut besser aufgehoben wäre als in Olis.

»Na, wenn das keine Antwort war!« Silke lachte und strich Elfriede noch einmal übers Köpfchen. Dann richtete sie sich wieder auf. Oli hingegen schaute den Frenchie vorwurfsvoll an. Elfriede bemerkte das und bellte erneut, so als ob sie Silke noch viel mehr erzählen wollte. Zum Beispiel, dass Oli keine Ahnung von Hunden hatte. Viel schlimmer, er *mochte* Hunde gar nicht! Das hatte Oli Elfriede immer wieder aufs Neue spüren lassen, seit er in die Wohnung im Dachgeschoss gezogen war – im selben Haus, in dem sie mit ihrem Frauchen, Frau Klein, lebte. Schon die ersten Begegnungen im Treppenhaus waren für Elfriede unerfreulich gewesen. Denn Oli hatte ihr, die nun einmal für ihr Leben gerne im Treppenhaus bellte, gedroht, sie in die Mülltonne zu werfen, wenn sie nicht »endlich die Schnauze halten« würde. Aber Elfriede war ein Frenchie, und Frenchies lassen sich von niemandem einschüchtern. Sie würde Oli schon zeigen, wer im Treppenhaus das Sagen hatte! Und schon bald sah die Hündin ihre Chance gekommen. Eines Tages war sie unbemerkt vom Hof durch die Hintertür ins Treppenhaus getapst. Dort stand Oli vor den Briefkästen und studierte hoch konzentriert seine Post. Elfriede nutzte den Moment, lief zu Oli und pinkelte ihm auf den Fuß. Als Oli etwas Warmes, Nasses spürte, schaute er irritiert hinunter und sah Elfriede. Doch es vergingen noch ein paar Sekunden, bis Oli realisierte, was da gerade geschehen war. Dann schrie er laut auf und holte zu einem Tritt aus. Aber bevor er Elfriede treffen konnte, war sie schon die Treppen hochgerannt, zur ihrer und Frau Kleins Wohnung im dritten Stock. Dort war sie durch die Katzenklappe geschlüpft, die Frau Klein hatte einbauen lassen. Glücklicherweise passte Elfriede gerade so durch.

Elfriede hätte Silke auch gerne erzählt, was sie mit ihrer Hundenase bislang über Oli in Erfahrung gebracht hatte, zum Beispiel, dass es vor einem halben Jahr eine Veränderung in seinem Leben gegeben haben musste. Denn früher hatte er immer nach Menschenschweiß und Fußball gerochen; jetzt roch er nur noch nach Zigarettenrauch und Alkohol. Und Elfriede kannte diesen Geruch, weil ihr Frauchen ab und zu – nicht sehr oft – auch so roch.

»Aus!«, rief Oli erneut, verärgert darüber, dass Elfriede einfach nicht aufhörte zu kläffen.

»Schon gut«, lachte Silke. »Sie scheint mir ja wirklich was Wichtiges erzählen zu wollen!«

»Wuff! Wuff!«, kläffte Elfriede weiter. Tatsächlich war sie noch lange nicht fertig mit ihrer Anklage. Seit ihr Frauchen im Krankenhaus war und sie in Olis Obhut, hatte er ihr nur das allerbilligste Hundefutter vor die Nase gestellt. Und die Tatsache, dass sie das Futter komplett verweigerte, schien ihn überhaupt nicht zu stören. Im Gegenteil.

»Dann frisste halt nix«, sagte Oli jedes Mal, setzte sich dann seelenruhig vor seinen großen Fernsehbildschirm und spielte sein FIFA-Fußball-Videospiel. Und eine allerletzte Klage wollte Elfriede bei dieser Gelegenheit auch noch loswerden. Das Wort »Gassi gehen« war für ihr derzeitiges Pflege-Herrchen ein Fremdwort. Tagsüber schlief Oli nämlich in seinem Bett, das mitten in dem unfertigen Dachrohling stand, und wollte nicht gestört werden. Meistens stand er erst spät am Nachmittag oder Abend auf. Und wenn er dann seine ausgelatschten Turnschuhe anzog und Elfriede daraufhin vor Freude fast ausflippte, weil sie den ganzen Tag aufs Gassigehen gewartet hatte, guckte er sie immer nur kopfschüttelnd an und sagte: »Sag mal, was is' denn mit dir los? Hat dich 'ne Wespe gestochen?« Daraufhin zog er sich seine Jacke an und ging aus der Wohnung – und ließ Elfriede zurück. Die starrte dann auf die geschlossene Wohnungstür und verstand die Welt nicht mehr. Wie konnte Oli ihr das Zeichen fürs Gassigehen geben und sie dann nicht mitnehmen?

Tja, Elfriede hätte Silke gerne noch viel mehr mitgeteilt, aber ihre Hundekehle war vom Kläffen schon ganz trocken. Und sie sah auch, dass sie Silkes Aufmerksamkeit verloren hatte. Die lächelte nämlich gerade Oli an, mit so einem Blick, den Elfriede kannte ... Elfriede starrte gebannt auf Silke. Sie würde doch nicht, wie alle Frauchen inklusive ihres eigenen, auch auf den plumpen Charme dieses Rüpels hereinfallen?

»Ich nehm Elfriede gerne in Pension.« Dann griff Silke nach einem Flyer, der auf ihrem aufgeräumten Schreibtisch lag, und reichte ihn Oli lächelnd. »Hier, da stehen alle Preise drin.« Oli nahm den Flyer entgegen. Dabei berührte er kurz, aber eindeutig ihre Hand. Silke schaute ihn überrascht an und zog schnell ihre Hand zurück. Oli zwinkerte und lächelte sie dabei unverschämt direkt an. Das gegenseitige Interesse war spürbar. Bis Oli den Flyer aufklappte und erstarrte.

»*Wow!* Fünfunddreißig Euro für *eine* Übernachtung und Fressen! Das ist ja Wucher!« Oli war ehrlich entsetzt.

Silkes Augen formten sich sofort zu kleinen Schlitzen. Auf Leute, die knauserig waren, wenn es um das Wohl ihres Tieres ging, war Silke allergisch. Und mit einem Schlag gefiel ihr dieser Typ auch schon viel weniger.

»Gute Betreuung und gutes Futter kosten eben. Du isst doch sicher auch nicht jeden Tag nur Tiefkühlpizza?«, entgegnete Silke, und ihr verführerischer Unterton von vorhin war mit einem Schlag verschwunden.

Elfriede bellte kurz auf und wollte eigentlich damit nur sagen: *Doch, tut er!* Aber die beiden ignorierten sie, und Oli beantwortete die Frage mit einer Gegenfrage. »Wer gibt denn so viel Kohle für 'nen Hund aus? Da muss man ja völlig bekloppt sein!«

Silke starrte Oli kühl an. Dann drehte sie sich auf dem Absatz um und ging raus. Sie hatte heute einfach keine Lust mehr, sich mit Blödmännern anzulegen.

Schwer zu sagen, wer Silke schneller erreichte. Oli, der ihr mit großen Schritten hinterherlief, oder Elfriede mit ihren kleinen Schritten, die gewittert hatte, dass ihre Chancen, hierzubleiben, schlecht standen. Bald hatten beide Silke eingeholt.

»Sorry, ich meinte nicht, dass du bekloppt bist … aber gibt's das Ganze nicht billiger? Nur so 'n bisschen? So 'n Hundepfoten-bekloppte-Männer-bisschen?«

Silke blieb abrupt stehen und schaute Oli genervt an. Sie holte tief Luft und wollte ihm eigentlich gehörig den Marsch blasen, aber beim Luftholen hatte sie auch eine Brise von Olis Geruch eingeatmet. *Mist, der Typ riecht gut*, dachte sie und war für einen Moment abgelenkt.

Für Silke war der Geruchssinn schon immer der wichtigste der fünf Sinne gewesen. Er konnte bei ihr, wie aus dem Nichts, lange verschüttete Kindheitserinnerungen wieder auferstehen lassen. Geruch war immer das Attribut, das sie als Erstes bei einem Mann wahrnahm. Sie musste einen Typ nur »riechen« und wusste, ob er ihr gefiel. Ja, sie folgte nicht nur ihren Hunden, sondern, wie diese, auch ihrer Nase. Oft fragte sie sich beim Spazierengehen im Wald, wenn sie ihre Hunde beim Schnüffeln beobachtete, was die Vierbeiner wohl in diesem Moment rochen. Und sie fand es dann schade, dass ihre Menschennase nur einen Bruchteil von dem wahrnahm, was ihre Hunde riechen konnten. Silke schloss dann oft ihre Augen, steckte ihre Finger in die Ohren und versuchte, sich nur auf ihren Geruchssinn zu konzentrieren. Auch wenn sie niemals so gut riechen würde wie ihre Tiere, hatte diese Übung ihren Geruchssinn über die Jahre geschärft, sodass sie inzwischen einen »Katalog der Gerüche« für die Jahreszeiten aufstellen könnte. Im Sommer konnte ihre Nase noch viel mehr Gerüche unterscheiden als in den anderen Jahreszeiten. Da roch es frisch, moosig, erdig, staubig, holzig, harzig, herb, süß, würzig, modrig und vieles mehr. Im Winter konnte man zwar die Kälte riechen, und ein Wintertag mit Schnee roch definitiv anders als ein Wintertag ohne Schnee, und Frost roch noch einmal anders als Schnee, aber ansonsten gab es im Winter einfach nicht so viel zu riechen. Ja, Silke musste zugeben, dass sie, so wie ihre Hunde, gerne bei jeder Gelegenheit ihre Nase in den Wind hielt. Und neue Gerüche faszinierten sie immer wieder.

Aber in diesem Moment, als Silke vor Oli stand, ermahnte sie sich innerlich, dass es hier um etwas anderes ging. Und zwar um die artgerechte Haltung von Tieren im Allgemeinen und im Besonderen. Sie warf Oli einen strengen Blick zu.

»Nein. Billiger geht es nicht, weil liebevolle und professionelle Betreuung eben ihren Preis hat. Und die bekommt Elfriede nirgends so gut wie bei mir: gesundes Futter, reichlich Auslauf und viel Liebe.«

»Nirgends? Also, meinst du damit, dass du keine Konkurrenz hast?«, fragte Oli neugierig, und ein verschmitztes Lächeln machte sich auf seinem Gesicht breit. Aber Silke hatte beschlossen, gar nicht mehr auf seine Fragen einzugehen. Egal wie sexy dieser Oli aussah oder wie gut er roch. Jetzt durfte sie nur nicht den Fehler machen und Elfriede angucken. Da kannte sich Silke zu gut. Ein einziger trauriger Hundeblick hätte ihr Herz erweicht, und sie hätte Oli jeden Rabatt gegeben, den er haben wollte. Aber Silke hatte sich inzwischen wieder unter Kontrolle.

»Take it or leave it«, sagte sie kühl und knapp, drehte sich um und marschierte zu den Zwingern, wo Berta und Julie schon ungeduldig warteten. Silke schaute auch nicht mehr über ihre Schulter. Darum sah sie auch nicht, wie ihr Oli teils amüsiert, teils nachdenklich hinterherschaute – als hätte die Begegnung bei ihm gerade eine Idee ausgelöst. Silke sah auch nicht, mit welch traurigem fassungslosen Blick Elfriede ihr nachstarrte. Denn ihr war in diesem Moment klar geworden, dass sie dazu verdonnert war, bei Oli zu bleiben.

*»Ich kann schon von Weitem riechen,
welcher Mann zu Frauchen passt.
Aber sie fragt mich ja nicht.«*

WUFF! BOZER

Der Biergarten war einer der schönsten in Berlin. Er gehörte zum ehemaligen Jagdschloss am Grunewaldsee und lag somit mitten im Hundeauslaufgebiet. Das Restaurant hatte innen hohe Decken, die sich himmelhoch wölbten. Dazu hingen unendlich viele Hirschgeweihe an den Wänden. Draußen war das alte Gebäude mit einem Türmchen verziert. Unter den Füßen knirschten die weißen Kieselsteine, wenn man im Garten die Biertische und -bänke unter den großen alten Platanen ansteuerte. Es war schwierig gewesen, ihre Mutter zu überreden, etwas Neues auszuprobieren. Aber Ella war vehement dagegen gewesen, sich in ihrem traditionellen Treffpunkt, dem eleganten Restaurant Grosz am Ku'damm, zu treffen. Bozer und sie hatten sich in der Woche schon ganz gut aneinander gewöhnt. Aber Ella wurde das Gefühl nicht los, dass ihr neuer Gefährte nur auf eine Gelegenheit wartete, wieder abzuhauen. Und ihrem Hund durch das edle Grosz nachzujagen und noch einmal zu erleben, wie er über Tische sprang und Sachen umwarf, so wie tags zuvor in ihrem Büro, darauf hatte sie keine Lust. Noch weniger Lust hatte sie, sich überhaupt an den gestrigen Tag zu erinnern.

Ella hatte an ihrem Schreibtisch gesessen und versucht, einen Artikel fertig zu schreiben. Aber die Worte wollten einfach nicht aufs Papier. Wie denn auch? Sie war gedanklich nicht bei der Sache. Ihre volle Aufmerksamkeit – wenn auch nur aus dem Augenwinkel – galt ihrem Ex. Sie hatte Oscar schon den ganzen Vormittag beobachtet und sich innerlich schrecklich aufgeregt, dass er neuerdings bei jeder Gelegenheit den Chef raushängen ließ. Gerade eben hatte er eine Praktikantin zur Schnecke gemacht, weil sie ihm den Cappuccino mit Vollfett- statt mit Halbfettmilch gebracht hatte. Jetzt saß er da, in seinem neuen Bereich, der vom Rest des Großraumbüros abgetrennt, aber trotzdem für alle einsehbar war. So entging es Ella nicht, dass Oscar ausgesprochen gut gelaunt war, wenn nicht schon fast überschwänglich fröhlich. So fröhlich, wie er immer am nächsten Tag gewesen war, wenn sie und Oscar besonders aufregenden Sex gehabt hatten. Ein lauter Hundeseufzer ließ sie ihren Blick von Oscar kurz abwenden. Bozer, der bis gerade auf einer karierten Hundedecke vor der bodenlangen Fensterfront auf seinen Hinterpfoten gesessen hatte, tapste mit seiner rechten Vorderpfote bereits zum zweiten oder dritten Mal an die Scheibe. Ella empfand die offensichtliche Unzufriedenheit ihres Hundes als total unfair. Sie war mit ihm heute früh doch schon Gassi gegangen. Okay, es waren nicht mehr als zehn Minuten gewesen, und er hatte sich geweigert, auf dem Gehweg der befahrenen Straße Kacki zu machen … Dafür hatte sie ihre Mittagspause geopfert und war noch einmal kurz mit ihm vor die Tür gegangen, in einen kleinen Park, unweit vom Büro. Kriegt er denn nie genug? dachte Ella und fragte sich, ob andere Hunde auch so fordernd waren?

»Ella, hast du das Interview mit dem Leubel fertig?« Wieder dieser blasierte Ich-leite-jetzt-die-Redaktion-Ton, dachte Ella, als sie aufschaute und Oscar vor sich stehen sah.

»Klar, was denkst du denn?«, antwortete sie ein bisschen zu schnippisch. »Aber *du* hast ihm ja versprochen, dass er gegenlesen darf.« Ella blickte Oscar süffisant an, das hatte sie sich von Silke abgeguckt.

»Okay, aber bleib dran. Die neue Ausgabe ruft nämlich schon. Unser neues Thema …« Er machte eine theatralische Pause. »… ist Natur!« Oscar schien ganz beflügelt von seiner Idee.

François, der Ella direkt vis-à-vis gegenübersaß, schaute auf und lächelte. »Naturrr. Schöön«, sagte er und gurgelte das »r«.

Ella merkte, dass nicht nur François ihrem Gespräch lauschte, sondern fast alle Augen der Kollegen im Großraumbüro auf Ella und Oscar gerichtet waren, obwohl sie so taten, als würden sie ihren gewohnten Tätigkeiten nachgehen.

Ella setze ein zuckersüßes Lächeln auf.

»Natur? Ich kann mich nicht erinnern, dass du dich je für Natur interessiert hast.«

»Jetzt aber schon. Und unser erster großer Schwerpunkt ist der Wald! Und ich will, dass du darüber schreibst – jetzt, wo du einen Hund hast.«

Oscar lachte. Bozer knurrte. Und Ella war wütend.

»Ich habe Politik und Sozialwissenschaften studiert! Was soll ich denn im Wald?«

»Ella, du bist doch ein Profi! Und du kannst dich doch so gut in Themen … verbeißen. Also nimm deinen Hund, und lass den Wald auf dich wirken. Nächste Woche bitte sechs Seiten. Auf meinen Tisch.«

Oscar klopfte zweimal auf ihren Schreibtisch, grinste sie an und ging.

Keine zwei Minuten später stand Ella vor ihrem gefühlt richtigen Chef und beklagte sich bitterlich. »Harald! Das geht so nicht! Oscar vermischt Berufliches und Privates. Er nutzt seine Position aus, um mir eins auszuwischen. Jetzt soll ich auch noch in den Wald!«

»Ach, schön, dass Oscar meine Idee sofort aufgegriffen hat. Natur ist doch ein wunderbares Thema.«

»Aber Chef …« Ella wollte gerade alle Gegenargumente auffahren, als sie sah, wie sich die Gesichtszüge ihres Chefs plötzlich veränderten und er ganz blass wurde. Oh, mein Gott, der kriegt hier doch nicht einen Herzinfarkt, und am Ende bin ich noch schuld! dachte Ella und sagte schnell: »Also gut, für Sie mach ich's – aber nur, weil Sie es sind … Chef, alles okay mit Ihnen?«

Seine Stirn hatte sich jetzt in tiefe Falten gelegt. Er hob die Hand und zeigte mit seinem Finger in Richtung der Redaktion. »Ist das dein Hund?«

Ella drehte sich panisch um, und dann sah sie, was er sah: Bozer sprang wie ein Wirbelsturm durch das Großraumbüro und hatte schon drei Schreibtische leer gefegt. Papiere, Schreibtischlampen, Stifte etc. – alles lag auf dem Boden. Die junge Praktikantin, die Oscar den Kaffee gebracht hatte, brach gerade in Tränen aus, denn Bozer hatte beim Sprung über ihren Arbeitsplatz eine gefüllte Blumenvase mit sich gerissen. Nun wollte er auf Oscars Schreibtisch springen. Oscar versuchte, ihn davon abzuhalten, was aber nur dazu führte, dass Bozer ihm seine Zähne zeigte, ihn anknurrte, trotzdem auf den Schreibtisch sprang und dann auf einen aufgetürmten Papierstapel pinkelte. Danach, als hätte er gespürt, dass Ella ihn beobachtete, drehte er sich um, blieb breitbeinig auf Oscars Schreibtisch stehen und fing an, in Richtung des gläsernen Büros ihres Chefs, sie, Ella, klagend anzubellen. Ella wusste in dem Moment: Das war's! Sie musste in den Wald. Und Bozer würde sie nicht mehr zur Arbeit mitbringen dürfen.

Zum Glück war es Samstag, und Ella hatte noch das ganze Wochenende, um die Geschehnisse zu verdauen. Mit Bozer an der Leine steuerte sie jetzt auf den Biergarten zu und sah ihre Mutter schon von Weitem winken. Über den Zwischenfall im Büro würde sie ihren Eltern nichts erzählen.

»Was für eine hässliche Kreatur«, entfuhr es ihrer Mutter, als sie Ella zur Begrüßung ein Küsschen auf die Wange gab.

»Hallo Mama. Auch schön, dich zu sehen. Das ist mein Hund, und sein Name ist übrigens Bozer.« Ella guckte ihren Hund an und hoffte, dass er sich benehmen würde. »Bozer, sitz – und gib Pfötchen«, sagte sie. Aber Bozer dachte gar nicht dran, weder das eine noch das andere zu tun.

»Warum starrt der mich so komisch an?«, fragte Ellas Mutter irritiert. Tatsächlich, jetzt sah auch Ella, dass Bozer ihre Mutter anstarrte, als würde für ihn gleich ein Hundetraum in Erfüllung gehen. Plötzlich ging Ella ein Licht auf, und sie musste schmunzeln.

»Mama, ich glaub, der starrt nicht dich an, sondern deine Frisur.« Sie zeigte auf die hochgesteckten toupierten Haare ihrer Mutter, die so aussahen, als ob sie gerade frisch vom Friseur käme. »Vielleicht denkt er, dass da in deiner Haarpracht ein Eichhörnchen versteckt ist«, fügte Ella in einem amüsierten Ton zu. Ellas Mutter setzte sich echauffiert auf ihren Stuhl und strich schnell über ihr Haar, um sich zu versichern, dass ihre hochgesteckte Frisur noch perfekt saß.

»Mach dich ruhig lustig über mich, Ella. Du könntest übrigens auch mal wieder zum Friseur gehen … und wie du heute gekleidet bist …« Ellas Mutter rümpfte die Nase.

Tatsächlich hatte es nicht lange gedauert, bis Ella ihren Plan, sich immer hübsch anzuziehen – und zwar zu jeder Zeit – über den Haufen geworfen hatte. Unmöglich, mit einem Hund im Schlepptau. Und teuer. Vor zwei Tagen war sie mit ihren schönen neuen Stiefeletten Gassi gegangen, nur um über eine versteckte Baumwurzel zu stolpern, einen Absatz abzubrechen und auf die Nase zu fliegen. Tags darauf beim nächsten Gassigehen in ihrer Mittagspause hatte Bozer ihre beige Lieblingsseidenbluse mit seinen dreckigen Pfoten gründlich ruiniert. Und als sie mit ihm schimpfte, guckte er sie nur vorwurfsvoll an, als wolle er mit seinem Blick sagen: *Dann zieh dir doch mal was Richtiges an*. Schweren Herzens setzte sich Ella noch am selben Abend vor ihren Computer. Mit einem tiefen Seufzer klickte sie nach geraumer Suche auf das Jetzt-bezahlen-Kästchen und wurde damit Besitzerin einer hässlichen, aber praktischen und vor allem »hundetauglichen« Wind- und Regenjacke. Ebendiese trug sie heute.

»Wo ist Papa?«, fragte Ella aus echter Neugierde, aber auch, um vom Thema »Aussehen« abzulenken. Ella wusste, dass sie momentan nicht so besonders gut aussah. Es belastete sie, Oscar täglich im Büro zu begegnen. Es war, als ob die Wunde, die er hinterlassen hatte, jeden Tag neu aufklaffte. Und diesen Schmerz konnte sie nur verarbeiten, indem sie abends das Eisfach öffnete und sich einen Kübel *Florida Eis* rausholte. Für Ella gab es zwei Arten von Frauen: Da waren die einen, die bei Kummer nichts aßen. Und die anderen, die ihren Kummer nur ertragen konnten, indem sie tonnenweise Eiscreme löffelten. Zu blöd, dachte Ella, dass ich zur anderen Art gehöre – zur Bridget-Jones-Fraktion.«

»Du kennst doch seinen Harndrang«, hörte sie ihre Mutter antworten. »Aber da kommt er ja schon.« Ella drehte sich um und sah ihren Vater auf sie zukommen. Er war immer noch ein gut aussehender Mann mit vollen grauen

Haaren und vielen Lachfalten um die Augen. Er winkte seiner Tochter freudig zu und strahlte, als er Ella und Bozer erblickte.

»Ella! Ach, und das ist also der kleine Scheißer!« Ella wollte aufstehen, um ihren Vater zu begrüßen, aber da fiel ihr Blick auf sein weißes T-Shirt, das er unter dem Blazer trug. Darauf prangte: MEIN ENKEL IST EIN HUND – für Ella und alle Welt sichtbar. Sie sprang entsetzt auf und zog ihren Vater schnell auf den Stuhl.

»Papa! Wie peinlich ist das denn!«

»Wieso? Ich bin eben stolz. Mein Enkel hat vier Beine. Wer kann das schon von sich behaupten. Haha!«

Ellas Vater wuschelte Bozers Kopf, der zwar nicht begeistert war, es aber über sich ergehen ließ. Er roch, dass dies hier Ellas Verwandtschaft war.

»Du kennst deinen Vater. Das ist seine Art von Humor.« Ellas Mutter guckte ihren Ehemann streng an. »Auch wenn ich mir bei so einem Thema etwas mehr Ernsthaftigkeit wünschen würde. Von euch beiden!«

»Bitte, Mama, nicht schon wieder. Falls es euch vielleicht ein klein wenig interessiert: Mir geht es gut«, log Ella. Dazu versuchte sie, die Aufmerksamkeit des Kellners mit einem Winken auf sich zu lenken. Ohne Erfolg.

Die Augen der Mutter leuchteten augenblicklich auf. »Du hast jemanden kennengelernt?«, fragte sie begeistert.

Ella überlegte kurz … und setzte ein Lächeln auf.

»Ja. Stellt euch vor, beim Gassigehen vor ein paar Tagen. Einen Förster.«

»Einen Förster! Also bitte, was willst du denn mit einem Förster?«, rief Ellas Mutter entsetzt.

»Endlich mal ein richtiger Mann«, hielt Ellas Vater dagegen.

Ella bemerkte ihren Fehler augenblicklich. Ihre halbwahre Antwort hatte die Diskussion angefeuert, statt sie zu beenden.

»So ein Quatsch. Was soll sie denn mit einem Waldarbeiter?«, konterte die Mutter.

»Aufhören!«, rief Ella aufgebracht und hatte damit nicht nur die Aufmerksamkeit ihrer Eltern, sondern endlich auch die des Kellners sowie die einiger Gäste, die sich umdrehten, um Familie Dielemann zu mustern. »Darum geht's doch nicht«, zischte Ella. »Wisst ihr, wie viele Männer da draußen Hunde haben? Und die werd' ich jetzt alle mit Bozer kennenlernen! Deshalb hört endlich auf, euch Sorgen zu machen.«

Ella lehnte sich zurück in ihrem Stuhl und merkte, dass sie mit ihren Worten nicht nur ihre Eltern beruhigt hatte, sondern auch sich selbst.

»Du sollst ja nicht gleich alle Männer kennenlernen, es reicht ja einer. Aber wenn das so ist …« Die Mutter schaute um sich, dann unter den Tisch. »Ja, aber wo ist er denn?«

Erst jetzt realisierte Ella, dass sie das Ende der Leine wohl irgendwann während des Gespräches losgelassen hatte, denn Bozer war nicht mehr da. Sie sprang auf. »Bozer!«

In diesem Moment entdeckte Ella ihren Hund an einem Nachbartisch, wo er gerade das Hinterteil eines fremden Hundes beschnüffelte.

»Da bist du ja«, schimpfte sie, als sie den Tisch erreicht hatte. Sie bückte sich, um Bozers Leine zu greifen.

Als sie sich aufrichtete, sah sie in die verschmitzten Augen eines Mannes in ihrem Alter. Dann registrierte sie, dass er eine karierte Hose trug. Ella musterte den Mann und seinen Hund nochmals. Irgendwie kenn ich die beiden doch, dachte sie. Und plötzlich erinnerte sie sich.

»So sieht man sich wieder!«, sagte Ella erfreut. Der Mann schien sich nicht an ihre Begegnung zu erinnern.

»Im Auslaufgebiet. Franz Kafka … ›Die Antwort liegt im Hund …‹ oder so was …«

Ella lächelte, und jetzt fiel auch der Groschen bei ihrem Gegenüber.

»Ja klar! Jetzt erinnere ich mich … an Ihren Hund«, sagte der Hundebesitzer.

Ella stutzte und dachte, dass sie doch damals gar keinen Hund gehabt hatte. Der Mann quietschte vergnügt auf.

»Haha. Das war ein Witz. Das sagen wir Hundebesitzer doch immer zueinander, wenn wir den Hund, aber nicht das Frauchen oder Herrchen wiedererkennen.«

Er zeigte auf Bozer.

»Das ist er also, Ihr Hund. Läufig?«

Ella war wieder irritiert und fragte sich, ob auch das als Witz gemeint war.

»Äh … nein. Ein Rüde … Man sieht's erst auf den zweiten Blick wegen des Fells. Und Ihr Hund?«

»Auch. Hmm … zwei unkastrierte Rüden, die sich mögen. Interessant. Schicksal vielleicht?!« Er schenkte ihr ein besonders verführerisches Lächeln. »Na, dann sollte ich sie vielleicht zu einem Drink einladen?« Auch bei dieser zweiten Begegnung kam Ella erneut der Gedanke: Was für ein schräger Vogel dieser Typ doch ist!

Sie überlegte kurz, ob sie nicht besser gehen sollte, aber dann hätte sie ja wieder zum Tisch ihrer Eltern zurückkehren müssen. Und danach in die leere Wohnung, die ihr an den Wochenenden noch trostloser vorkam als sonst.

Ella warf einen kurzen Blick über ihre Schulter und sah, wie ihre Eltern ihr beide den erhobenen Daumen entgegenstreckten. In diesem Moment wusste sie, dass ihre Eltern auch ohne sie gut klarkamen.

»Ja, warum nicht!« Ella lächelte, setzte sich und hörte ihre innere Stimme sagen: *Ich werde glücklich ohne dich, Oscar.*

Der schräge Vogel streckte ihr jetzt mit einem strahlenden Lächeln die Hand zur Begrüßung aus. »Michael. Und das ist Galileo.«

Ella schüttelte die ausgestreckte Hand und war kurz überrascht und dann angetan, dass Michaels Handdruck fest und präzise war.

»Ella. Wie Bella. Und das ist Bozer.« Und sie lächelte ihr verführerischstes Lächeln.

Ella sah nicht mehr, wie ihre Mutter und ihr Vater sie aus der Ferne beobachteten, und hörte auch nicht, wie ihr Vater überrascht sagte: »So kenne ich meine Tochter gar nicht!«, worauf Ellas Mutter erwiderte: »Davon verstehst du nichts. Man muss viele Frösche küssen.«

Genau den gleichen Gedanken hatte ihre Tochter Stunden später, als sie Bozers Hundekissen in die Küche legte. *Man muss viele Frösche küssen, Ella. Also, ran an die Sache!*

Ella kicherte. Sie war komplett betrunken, und als ihr Hund sie wieder mit diesem penetrant fragenden Blick anguckte, gab sie ihm diesmal gerne eine Erklärung.

»Bist horoskopisch sozusagen meine Aufreißstrategie, Bozer … und heute Abend lass ich's endlich mal wieder krachen. Deswegen … tut mir leid, aber du musst heute hier schlafen, okay?« Sie gab Bozer noch zwei Leckerlis. Torkelte wieder in ihr Schlafzimmer, wo Michael in ihrem Bett schon auf sie wartete.

»Alles paletti?«, fragte Michael, als sie die Tür zumachte und er seine Hornbrille auf das Nachttischchen legte, auf das Oscar immer sein Buch gelegt hatte, wenn er mit seiner Bettlektüre fertig war. Nur dass Oscar den Ausdruck »alles paletti« niemals benutzt hatte.

Michael war ein Draufgänger und zog sie mit einem Ruck aufs Bett. Küssen kann er besser, als er aussieht, dachte Ella und genoss es, endlich einmal wieder einen Mann leidenschaftlich zu küssen. Sie spürte auch, wie seine Lippen langsam über ihren Nacken wanderten, dann über ihre Schultern – und wie sie sich den Brüsten näherten. Michael hatte den BH kurz vorher schon gekonnt aufgemacht, ohne dass sie es mitbekommen hatte. Wenigstens war er ein Profi in Sachen Liebeskunst, dachte Ella und freute sich schon auf guten Sex.

Plötzlich hielt Michael inne.

»Mach ruhig weiter«, murmelte Ella.

»Hast du das gehört?«

Jetzt hörte auch Ella ein unterdrücktes knurrendes Geräusch. Ella strich die verschwitzten Haare aus dem Gesicht und blickte auf. Bozer stand wie versteinert vor dem Bett und starrte sie und Michael fassungslos an.

»Er kann Türen aufmachen!«, stellte Ella genauso fassungslos fest, wie ihr Hund guckte.

»Muss er uns denn so beobachten?«, fragte Michael und schien ein wenig genervt.

Ella aber war immer noch ziemlich beschwipst und fand die Situation irgendwie lustig. Sie kicherte. »Wenn Galileo ein Weibchen wär, dann wär Bozer jetzt auch beschäftigt.« Damit biss sie Michael sanft ins Ohrläppchen und murmelte: »Armer Galileo, ganz allein im Auto.« Sie legte ihre Hand zwischen seine Beine und ließ keinen Zweifel daran, was sie sich jetzt wünschte. Sofort hatte Ella Michaels ungeteilte Aufmerksamkeit. Und jetzt schien es ihm auch egal zu sein, ob jemand zuguckte.

»Das ist Galileo gewohnt«, murmelte er und küsste jetzt ihre Brüste.

Ellas alkoholisiertes Hirn überlegte, wie er das wohl gemeint hatte, dass sein Hund es gewohnt war, im Auto zu warten, aber dann spürte sie, wie Michaels Zunge immer weiter hinunterwanderte und über ihre Rippen ihren Bauch erreichten. Er zog sanfte Bahnen um ihren Bauchnabel, die immer enger wurden. Ella freute sich auf den Moment, wenn sie seine feuchte Zunge in ihrem Bauchnabel spüren würde. Oscar hatte sich immer lustig darüber gemacht, dass ihr Bauchnabel eine ihrer erogenen Zonen war.

»Ihhh … Was hast du denn da?!« Michael setzte sich abrupt auf.

»Das ist mein Bauchnabel, bitte mach weiter …«, flüsterte Ella lallend.

Michael knipste das Licht an, griff nach seiner Brille, setzte sie blitzschnell auf und inspizierte Ellas Bauchnabel, so wie es nur ein Arzt tut.

»Nein, ich meine das da. Da ist doch was.«

Er zog die Nachttischlampe näher heran, sodass das Licht wie eine OP-Lampe auf Ellas Bauchnabel schien.

»Das ist eine Zecke!«, rief Michael entzückt auf.

Bevor Ella kapierte, was sich da in ihrem Bauchnabel festgebissen hatte, hatte Michael die Zecke auch schon gekonnt rausgezwickt und hielt sie Ella jetzt zwischen Zeigefinger und Daumen vor die Nase. Mit dem anderen Zeigefinger zeigte er auf ihren Bauchnabel.

»Du musst jetzt beobachten, ob sich da in den nächsten Wochen ein roter Kreis bildet.« Dann fuhr er fort und erzählte ihr etwas über Zeckenarten und verschiedene Symptome, die nach einem Zeckenbiss auftreten können. Aber Ella hörte ihm nicht mehr zu. Sie beäugte die Zecke angeekelt, aber auch ein bisschen fasziniert. Und dann dachte sie ziemlich tief beeindruckt: Wow, da hat der Obermackerförster doch recht gehabt …

»Ob Hunde erkennen, wenn ein Mensch nackt ist?
Natürlich! Was wir denken?
Das kommt drauf an …«

WUFF! BOZER

Im Halbschlaf ertastete Ellas Hand die andere Seite des Bettes und griff ins Leere. Trotzdem hörte sie, die gerade noch einem schönen Traum nachhing, ein tiefes Atmen. Es kam vom unteren Ende ihres Betts. Sie musste lächeln. Bestimmt stand Oscar da und schaute ihr schon eine Weile beim Schlafen zu. Sicher würde er sie gleich mit einem liebevollen Kuss wecken.

Bozers kurzes Bellen riss Ella schlagartig aus ihrem Traum. Sie setzte sich auf. Aua! Sie schloss die Augen schnell wieder. Der Kopf brummte, und plötzlich erinnerte sie sich an die drei Gläser Prosecco und die vier Gläser Wein, die sie am Abend vorher getrunken hatte. Ella ahnte es schon … Langsam öffnete sie die Augen: Bozer, nicht Oscar, stand vor ihrem Bett. Und sie hatte in der Nacht auch nicht mit Oscar, sondern mit diesem schrägen Vogel Michael Sex gehabt. Oder hatte sie keinen Sex gehabt? Sie konnte sich nicht wirklich erinnern. Oh Gott, was immer letzte Nacht passiert oder nicht passiert ist, hoffentlich ist der nicht in der Küche und macht Frühstück! dachte Ella, als sie aufstand und sich schnell was überzog. *Oder schlimmer … er steht unter der Dusche und will, dass ich zu ihm reinkomme.* Ella war sich sicher, dass ihr Michael ohne Alkohol nur halb so gut gefallen würde. Sie horchte, aber sie konnte nichts hören. Auf dem Weg aus dem Schlafzimmer bückte sie sich, um hier ihr Höschen, dort ihren BH und ganz in der Ecke die anderen Klamotten aufzuheben, die auf dem Boden verstreut herumlagen und die ihr Michael gestern Abend so gekonnt vom Leib gestreift hatte.

Die Wohnung war leer. Michael war gegangen, ohne eine Spur zu hinterlassen. Nicht einmal einen Zettel mit irgendeiner peinlichen Nachricht drauf. Obwohl, insgeheim hätte sich Ella doch gefreut, wenn sie einen Zettel gefunden hätte mit der Nachricht: *Danke für den atemberaubenden Sex, Ella. Du bist der Hammer im Bett.* Aber Michael hatte sich in Luft aufgelöst, und sie wusste weder seinen Nachnamen noch hatte sie eine Nummer von ihm. Er würde ein One-Night-Stand bleiben, wenn es das überhaupt gewesen war, und das war für Ella im Prinzip auch okay. Nun machte sich Bozer wieder bemerkbar. Ella guckte ihren Hund an. Er saß vor ihr auf den Hinterpfoten und wippte sanft hin und her, sein Gewicht verlagerte er abwechselnd auf die rechte und dann wieder auf die linke Vorderpfote. Ella hatte kapiert, dass das so viel bedeutete wie: *Na, wie lange muss ich noch warten?*

»Bozer, ich beeile mich ja schon. Sei doch nicht immer so ungeduldig«, hörte sie sich sagen und stellte fest, dass sie sich jetzt wie Silke und Cecile anhörte, die auch immer mit ihren Hunden sprachen.

Die Schlimmste aber war Lulu. Sie unterhielt sich ständig mit ihren Katzen. Vor allem mit Poppie, ihrer Lieblingskatze. »Poppielein, mein Mäuschen! Worauf hast du denn heute Appetit? Auf ein Sushi-Gourmet oder ein Premium-Hühnchengulasch?« Ella rollte die Augen hinter Lulus Rücken, wenn sie so eine Unterhaltung mit Poppie mit anhören musste. Nun war sie fast genauso schlimm, dachte sie erstaunt. Aber sie würde Bozer niemals Mäuschen nennen. Oder Schatzi. Oder Schnuckiputz. Am schlimmsten fand sie: Flöhchen. Damit hatte eine Frau im Park nach ihrem Golden Retriever gerufen! Wie in aller Welt konnte man seinen Hund Flöhchen nennen? Sie hatte Bozer gleich am ersten Tag ein Flohhalsband gekauft. Bitte keine Flöhchen im Haus, dachte sie und stieg in die Dusche.

Sie drehte den Duschhahn auf. Das Wasser sprudelte aus dem großen Brausekopf und prasselte auf ihre Haare. Es fühlte sich herrlich an. Und vor allem spürte Ella, wie das warme wohltuende Wasser ihre Kopfschmerzen wegspülte. Sie fing an, sich einzuseifen. Aber als ihre Hand den Bauchnabel erreichte, hielt sie plötzlich inne. Sie musste wieder an den Förster denken, der ihr quasi die Zecke vorausgesagt hatte. Vielleicht würde sie ihn ja im Wald wiedertreffen, und er könnte ihr … bei ihrem Artikel helfen. Ja, genau. Sie würde Oscar einen Artikel über die Natur schreiben, wie es noch niemand getan hatte. Und dieser Förster, der würde ihr dabei helfen! Oder auch nicht. So freundlich war er ja nicht gewesen – und schließlich hatte sie ihn beleidigt. Aber dafür konnte sie sich ja entschuldigen. Mit dem Gefühl, einen guten Plan zu haben, drehte sie das Wasser ab und stieg aus der Dusche. Sie fühlte sich wie neugeboren, griff nach einem großen flauschigen Handtuch und begann sich abzutrocknen. Als sie das Handtuch weglegte, hielt sie einen Moment inne und begutachtete sich im langen Badezimmerspiegel. Ihre Figur war nicht perfekt, und die Hüften waren ein wenig zu breit. Aber dafür hatte sie einen schönen, runden, festen Busen, und – vorausgesetzt, sie hatte ihr Idealgewicht – auch eine schmale Taille. Sie hatte im Biergarten an Michaels Blick sofort erkannt, dass er sie sexy fand. Jetzt spürte sie aber, dass ein anderes Paar Augen auf sie gerichtet war.

»Bozer! Mann! Immer musst du mich erschrecken!« Ihr Hund hatte offensichtlich die Badezimmertür geöffnet, saß auf der Türschwelle und starrte sie an. Ella verdeckte schnell mit einem Arm ihre Brust, die andere Hand hielt sie vor ihren Schritt, und sie drehte sich seitlich, als ob sie so wenig wie möglich von sich zeigen wollte. Dabei entging ihr nicht, wie absurd es war, dass sie offensichtlich Scham vor ihrem Hund empfand. Ob Bozer überhaupt registriert, dass ich nackt bin? wunderte sich Ella und bemerkte sofort, dass der Vierbeiner sie mit dem exakt gleichen Blick anstarrte, wie er ihre Mutter im Biergarten angeglotzt hatte. Nur dass sein Blick diesmal nicht auf den Kopf, sondern auf ihren nackten

Körper gerichtet war. Schnell griff sie erneut nach dem Handtuch und wickelte es um sich. Aber Bozer starrte sie noch immer an. Und jetzt merkte Ella, dass sein Blick niedriger gerichtet war … und zwar auf ihre Oberschenkel. *Oberschenkel?!*

Empört rief Ella: »Was guckst du so?! Ich hab doch keine Cellulite!«

Bozer machte keinen Muckser. Und starrte weiter auf Ellas Oberschenkel.

»Gehst du raus!«, rief Ella jetzt wütend und zeigte ihm mit ausgestrecktem Arm und Zeigefinger den Weg zur Tür. *»Raus jetzt!«*, schrie sie, worauf Bozer endlich aus dem Bad trottete.

»Man sagt, ein Hund bleibt dem Menschen im Sturm treu; ein Mensch seinem Hund noch nicht mal im Wind … Es stimmt.«

WUFF! SIMPSON

»Also, die Sterne spielen im Moment ganz schön verrückt«, seufzte Lulu und schaute Cecile an, die gerade den Kaffee zubereitete. Lulu nahm sich einen selbst gebackenen Keks aus der Schale, die ihr Cecile hingestellt hatte, und biss rein.

»Wie meinst du das?«, fragte Cecile und reichte ihr die heiße Kaffeetasse. Die beiden Freundinnen standen in der Küche von Cecile, die Lulu am Morgen angerufen und sie um einen großen Gefallen gebeten hatte, aber bislang war sie nicht mit der Sprache rausgerückt, worum es ging.

»Du sollst deinen Hund weggeben, um deinen Mann zu behalten. Und Ella hat sich einen Hund angeschafft, um einen Mann zu finden. Ist doch verrückt.« Lulu verputzte den Rest des Kekses. Dann fuhr sie fort. »Und bei mir …« Lulu brach den Satz plötzlich ab, als sie in das Gesicht von Cecile schaute.

»Was ist bei dir?«, fragte Cecile leise.

»Ach, nichts. Sag du erst mal, wie ich dir helfen kann?«, antwortete Lulu.

Eigentlich hätte Lulu Cecile die freudige Nachricht erzählen wollen, dass sie bei KISSME, der neusten Internet-Dating-Plattform, endlich einem Mann »begegnet« war, der sie interessierte: ein Arzt, durchaus gebildet, der ihren Humor teilte. Sie mailten sich schon eine Weile, aber persönlich hatten sie sich noch nicht kennengelernt. Und Lulu hätte Cecile gerne um Rat gefragt, ob sie den ersten Schritt machen und ein persönliches Treffen vorschlagen sollte oder ob sie besser warten sollte, bis er es tat? Aber Lulu entschied in diesem Moment, dass es mal ausnahmsweise um Cecile ging. Cecile war sonst immer für alle da. Und jetzt brauchte sie ein offenes Ohr. Cecile hatte Lulu vorhin von dem Streit mit Max erzählt, und jetzt sah ihre Freundin wieder so unglücklich – wenn auch sehr schön – aus, dass es Lulu fast ihr Herz zerriss. Sie drückte Ceciles Hand.

Die Freundinnen standen vor dem bodentiefen Küchenfenster und hatten so den Garten voll im Blick. In einiger Entfernung sahen sie Nico, der mitten auf der Wiese im Schneidersitz hockte. Simpson saß circa zwei Meter vor ihm. Hund und Kind starrten sich regungslos an.

Lulu runzelte die Stirn. So was kannte sie zwar von ihren Katzen. Die beobachteten sich auch öfter fast regungslos, aber ein Hund? Es überraschte Lulu, dass ein Exemplar dieser schlabbernden Spezies so diszipliniert sein konnte und es aushielt, so lange still zu sitzen. »Machen die Wettstarren oder was?«, fragte Lulu jetzt doch neugierig.

Cecile schüttelte den Kopf. »Es ist ein Spiel … jeden Tag dasselbe. Guck!«

Tatsächlich: Jetzt legte sich Simpson ab und robbte sich an Nico ran. Als er nah genug war, stupste Simpson Nico mit seiner Pfote an. Daraufhin stupste Nico Simpson zurück. Das war wohl ein Zeichen für Simpson. Denn jetzt legte er seine Schnauze auf Nicos Bein. Nico streichelte liebevoll den Hundekopf, flüsterte dem Hund etwas in die gespitzten Ohren. Dann robbte sich Nico wieder ein bisschen weg von Simpson, machte einen Purzelbaum rückwärts und richtete sich lachend wieder auf. Simpson streckte sich nun ganz lang aus und machte mit Schwung eine Hunderolle. Daraufhin klatschte Nico begeistert in die Hände. Dies veranlasste Simpson, sich wieder näher zu Nico hinzurobben. Aber dieses Mal setzte sich der Hund direkt vor Nico auf die Hinterpfoten und legte seine Vorderpfote auf die Schulter des Kindes. Nico warf seine Arme glücklich um seinen besten Freund und vergrub sein Gesicht in dem dicken Fell des Berner Sennenhunds. Tier und Mensch lagen sich glücklich in den Armen beziehungsweise Pfoten.

Sogar Lulu war gerührt und wischte sich eine Träne weg. Cecile aber konnte nun all ihr Leid nicht mehr verdrängen. Ihr Brustkorb bebte, und sie schluchzte laut auf. Lulu warf ihre Arme um Cecile, so wie Nico es bei Simpson getan hatte.

»Nicht doch, Cecile! Es wird alles wieder gut. Auch wenn die Sterne mal schlecht stehen! Das ändert sich oft ganz schnell wieder!« Lulu strich Cecile eine Haarsträhne aus dem Gesicht. »Bitte, Cecile, ruf Silke noch mal an! Die nimmt Simpson ganz bestimmt! Du kennst sie doch, wenn's um ihre Prinzipien geht … Sie macht immer erst auf ›harte Schale‹, aber dann kann sie nicht anders – weil sie doch einen weichen Kern hat!«

Cecile nickte. Auch wenn ihr immer noch die Tränen über die Wangen liefen, huschte nun immerhin ein Hauch von einem Lächeln über ihr Gesicht. Sie wischte sich ihr Gesicht mit dem Ärmel ihrer Bluse ab. Dann drückte sie Lulu einen gelben Flyer in die Hand. Dort stand in großer Schrift: DER HUNDEFLÜSTERER FÜR IHREN HUND. Beste Betreuung für wenig Geld.

»Meine Nachbarn … haben einen Hund, Rocky … Die waren gestern im Park, hier um die Ecke, und da hat dieser Hundeflüsterer seine Flyer verteilt. Die waren von dem total begeistert, und er nimmt anscheinend auch Hunde in Pension.«

Lulu studierte den Flyer und runzelte die Stirn. Irgendwie kam ihr der Flyer bekannt vor. Genau! Er hatte zwar eine andere Farbe als der von Silke, aber sonst schien er eins zu eins genau gleich gestaltet zu sein wie Silkes Flyer, nur dass statt Silkes Logo *»Happy Dogs Hundeschule & Pension«* jetzt ein neues Logo darauf prangte: *»Happyhundeflüsterer«* – und die Preise waren viel niedriger.

Lulu hatte den Flyer von Silke so gut in Erinnerung, weil sie Silke damals bei der Gestaltung geholfen hatte. Skeptisch schaute Lulu zu Cecile und wollte gerade etwas sagen. Doch

Cecile kam ihr zuvor und sagte in dem Moment mit matter trauriger Stimme: »Ich hab ihn angerufen. Er holt Simpson in einer Stunde ab.« Sie machte eine Pause und schaute auf den Boden, als ob sie sich schämen würde, aber dann blickte sie ihre Freundin flehend an. »Bitte Lulu … Kannst du mit Nico in den Zoo gehen? Wenn Nico hier ist, wenn der kommt … es würde ihm das Herz brechen – und mir auch.«

Lulu war geschockt. Sie hätte niemals einen ihrer flauschigen Lieblinge in fremde Obhut gegeben. Cecile sah den skeptischen Blick ihrer Freundin.

»Was soll ich sonst tun? Max kommt morgen nach Hause.« Ceciles Stimme brach zitternd ab.

Lulu hatte eigentlich vorgehabt, an ihrem freien Nachmittag shoppen zu gehen, aber das war nun wirklich zweitrangig. Sie fasste sich ein Herz, schaute ihre Freundin an und sagte: »Klar nehme ich Nico. Ich wollte schon lange mal wieder in den Zoo.«

Nico war bei dem Vorschlag so außer sich vor Freude gewesen, dass er Lulu mit seiner Begeisterung angesteckt hatte. Als Lulu beim Checken der Öffnungszeiten im Internet dann noch las, dass es bei den Raubkatzen Nachwuchs gegeben hatte, der heute erstmals präsentiert wurde, konnte sie den Zoobesuch auch kaum abwarten. Beim Rausgehen warf Nico seine Arme noch mal um Simpson. »Bis später, Simpson! Ich erzähl dir alles!«, sagte er zu seinem Hund, und Cecile fühlte sich wie eine Verräterin, als sie Nico und Lulu zum Abschied winkte.

Nachdem Lulu und Nico gegangen waren und der Hundeflüsterer immer noch nicht gekommen war, saß Cecile in der Wäschekammer und starrte wie hypnotisiert auf die sich drehende Waschtrommel. Genauso fühlte sich ihr Leben gerade an, dachte Cecile, es drehte und drehte sich, aber nichts schien sich zu ändern. Sonst hatte Cecile immer jedes Problem gelöst und jede Krise gemeistert, aber in den letzten Tagen hatte sie sich einfach nur kraftlos gefühlt. Genauso schlaff wie die Zigarette, die ihr aus dem Mundwinkel hing. Sie hatte die Kraft nicht gehabt, die Zigarette anzuzünden. Cecile seufzte, als sie ihr Spiegelbild in der Trommeltür der Waschmaschine sah, und entschied sich, wenigstens im Garten ihre Zigarette zu rauchen. In dem Moment hörte Cecile ein Hupen. Sie nahm die Zigarette schnell in die Hand und rannte in die Küche, gerade als ein komisch aussehender Van die Auffahrt herauffuhr. Cecile staunte, denn so was hatte sie noch nie gesehen: Am vorderen Teil des Autos, oberhalb der Stoßstange, war so etwas wie eine riesige Stoffzunge angebracht. Darüber klebte mittig, direkt unter der Frontscheibe, eine große schwarze Hundenase, die täuschend echt aussah, aber wahrscheinlich aus Pappe war. Direkt auf dem Autodach, jeweils links und rechts, ragten zwei Fellstücke in die Luft, die an flapsige Hundeohren erinnerten. Das Auto hupte noch mal, und jetzt sah Cecile, wie am hinteren Ende des Autos – und zwar synchron mit dem Hupen – ein großer schwarzer Stoffschwanz mit einer weißen Spitze wedelte. Was sollte das sein – ein Hundemobil oder was?

Cecile fand, dass das Auto total absurd aussah. Sie überlegte kurz, ob sie nicht doch Silke anrufen sollte. Doch da klingelte es schon an ihrer Haustür.

Als Cecile die Tür öffnete, stand ein Mann in ausgewaschenen Jeans und Hawaiihemd grinsend vor ihr. Trotz seines Outfits sah er erstaunlich gut aus.

»Einen wunderschönen guten Tag. Ich bin Oliver Simon, der Hundeflüsterer. Aber Sie können Oli zu mir sagen. Und das ist meine Kollegin, die Elfriede.« Oli zeigte auf seine Französische Dogge. »Sag mal ›Hallo‹, Elfriede.«

Elfriede ließ sich nicht zweimal bitten und bellte. Sie wollte Cecile vor Oli warnen, aber beim Anblick von Elfriede musste Cecile lächeln. Ihr Bellen interpretierte sie als freudige Begrüßung. Cecile fiel fast ein Stein vom Herzen. Ihre Nachbarn hatten recht gehabt. Dieser »Hundeflüsterer« war wirklich sympathisch.

»Sie sagten, Sie haben einen Hund, der Urlaub braucht?« Oli lächelte Cecile erwartungsvoll an und fuhr gleich mit einer Art Marketing-Pitch fort: »Wir sind neu im Geschäft. Jung, dynamisch, voller Tatendrang und Leidenschaft für Hunde. Wir gehen mit Ihrem Vierbeiner spazieren, spielen, schwimmen und haben das beste Fressen überhaupt …«

Elfriede bellte, um kundzutun, dass das alles gar nicht stimmte.

Aber Oli war voll in seinem Element und redete weiter: »Ihr Hund ist bei uns in den besten Händen. Und nicht nur das … Hunde sind, wie wir wissen, sensible Wesen, die Signale aussenden, und ich hab dafür weit und breit die besten

Antennen.« Oli machte eine Pause. Er schien zufrieden mit sich. »Und, wo is' er denn jetzt, Ihr Wauwau?«

Cecile hatte aufgehorcht bei seinem Spruch über »Signale« und »Antennen« und hakte vorsichtig nach.

»Ach, das heißt … Sie können auf Hunde auch … einwirken?«

Oli verstand die Frage nicht ganz, antwortete aber schnell: »Äh … natürlich … ich kann auch auf Hunde einwirken.« Er nickte verbindlich und schenkte Cecile erneut sein breitestes Lächeln.

Cecile spürte plötzlich die Hoffnung in sich aufsteigen, dass Simpson bei diesem Hundeflüsterer nicht nur gut aufgehoben sein würde, sondern dass er Simpson tatsächlich helfen könnte.

Vorsichtig stellte sie die zweite Frage: »Das heißt … Sie können auf Hunde auch einwirken, wenn sie … aggressiv sind?«

Cecile sah, dass es in Oli arbeitete. Aber sie interpretierte sein Zögern als Einfühlsamkeit und Professionalität. Ihre Hände verschwanden hinter ihrem Rücken. Oli sollte nicht sehen, dass sie die Zeige- und Mittelfinger beider Hände überkreuzte. Und er sollte auch nicht mitbekommen, dass sie inständig betete. *Bitte, bitte, lieber Gott … Lass ihn Simpson nehmen und gut zu ihm sein und es schaffen, dass der Hund wieder ganz der Alte wird … Ich verspreche, ich werde auch nicht mehr heimlich im Garten rauchen …*

Oli zögerte immer noch, denn auf einen wirklich aggressiven Hund hatte er keine Lust.

»Also … wie aggressiv ist er denn, Ihr Hund?«, fragte er jetzt vorsichtig.

In diesem Moment bog Simpson gemütlich um die Ecke. Cecile bemerkte ihn sofort und sagte: »Simpson, da bist du ja!«

Dann zeigte sie auf Oli und wieder zurück auf den Hund.

»Simpson … Hundeflüsterer. Hundeflüsterer … Simpson.«

Simpson guckte Oli mit traurigen Augen an, so als ob er ahnte, was diese Bekanntmachung zu bedeuteten hatte. Und als Elfriede, die sonst eher Angst hatte, keinen Schritt mehr von Simpsons Seite wich, sondern im Gegenteil, ihn beschnüffeln wollte, musste Oli vor Erleichterung fast laut lachen. Von wegen aggressiver Hund!

Was Cecile nicht ahnte, war, dass Oli nur zu gut wusste, was ein wirklich aggressiver Hund war. Da war zum Beispiel Liebling, der Rottweiler von Krüger, dem Schuldeneintreiber, bei dem Oli leider tief in der Kreide stand. Wenn Krüger mit seinem Hund um die Ecke bog, um Oli aufzusuchen und wieder einmal Geld einzutreiben, das Oli beim Spielen an Krügers Chef verloren hatte, da schlotterten sogar ihm beim Anblick von Liebling die Knie. Auch wenn er natürlich versuchte, es zu verbergen.

Deshalb war Oli in diesem Moment nicht nur erleichtert, sondern nutzte auch gleich die Gelegenheit, noch mehr Geld rauszuschlagen.

»Na klar kann ich aggressive Hunde therapieren! Man

nennt mich nicht umsonst einen Hundeflüsterer! Aber so eine Hundetherapie … das dauert natürlich. Und kostet, wie wir wissen, ein wenig mehr Geld …« Oli versuchte nicht allzu schelmisch zu gucken.

»Ja, ja … ich weiß!« Cecile entschied sich, schnell zu handeln, bevor der Hundeflüsterer seine Meinung änderte. Sie griff nach ihrem Portemonnaie, das sie sich bereitgelegt hatte, und holte blitzschnell die Scheine heraus, die sie vorher abgezählt hatte, und streckte sie Oli entgegen. »Hier. Reichen sechshundert Euro für zwei Wochen Therapie?«

Elfriede hätte Cecile, Silke oder am liebsten auch ihrem eigenen Frauchen gerne erzählt, was Oli mit all den Hunden machte, die er mit seinem »Hundemobil« einsammelte. Von wegen Gassi gehen, schwimmen und spielen! Nachdem sie Simpson eingeladen hatten, waren sie direkt wieder in die Wohnung von Oli gefahren. Denn Oli wollte in Ruhe sein FIFA-WM-Spiel zu Ende spielen.

Elfriede saß in einer Ecke des Dachrohlings und beobachtete, wie Oli das Geld, das er von Cecile kassiert hatte, in eine Dose steckte. Währenddessen tobten die anderen Hunde – es waren an die zehn – in der Wohnung herum und stifteten Chaos. Nur Simpson war nicht in Stimmung. Er stand vor Oli und schaute ihn mit traurigen Augen an, so als ob er sein Schicksal nicht begreifen konnte und von Oli eine Erklärung wollte. Die bekam er auch.

»Was glotzt du mich so an? Was kann ich dafür, dass sie

dich nicht mehr wollen? Willkommen im Club!«, sagte Oli und schaltete den Fernseher ein.

Simpson schien diese Antwort zu genügen. Denn er trottete zu Elfriede und setzte sich neben sie. Die beiden hatten sich angefreundet.

Plötzlich legten sich zwei andere Hunde miteinander an … lautes Gebelle. Oli klatschte in die Hände und stellte sich breitbeinig vor den Hunden auf. »Ey, aufhören ihr zwei!« Die Hunde hielten sofort inne. Auch die anderen Tiere schauten zu Oli. »Kein Mucks mehr. Kein Furzen, Pinkeln oder Kacken in der Wohnung, verstanden?! In zwei Stunden bring ich euch wieder nach Hause. Bis auf dich, Simpson.«

Elfriede bellte.

»Ja, ja. Du bleibst auch, Elfriede.«

Elfriede bellte weiter, als wollte sie sagen, dass das ja genau das Problem war.

»Ruhe jetzt!«

Sogar Elfriede war schlagartig still. Auch sie wollte keinen verärgerten Rudelführer.

»So. Und jetzt macht ihr alle *›Sitz‹*!«

Tatsächlich setzten sich alle Hunde, worüber Oli ein klein wenig erstaunt war. Die Hunde schienen ihn tatsächlich als Rudelführer zu akzeptieren. Und das schien Oli zu gefallen. Er lächelte.

In diesem Moment klopfte es laut. Als Oli die Wohnungstür aufmachte, hätte er sie im selben Moment am liebsten wieder zugeschlagen. Krüger stand vor der Tür mit Liebling an der Leine. Der Rottweiler knurrte laut. Und er versuchte, sich in die Wohnung zu drängeln, denn er hatte die anderen Hunde gerochen.

»Halt deinen Hund zurück, Krüger!«

Krüger zog Liebling mit einem viel zu festen Ruck zurück: »*Hier*, Liebling!«

Der Hund parierte sofort.

»Hab dein lustiges Hundemobil unten gesehen. Hat dich sicher 'ne Stange Geld gekostet?«

Krüger schielte jetzt durch die offene Tür in die Wohnung und lächelte gemein, als er die Hunde sah.

»Aber Hunde brauchen Auslauf und keine Glotze, Oli. Und der Chef … der braucht sein Geld.«

»Ich hab's noch nicht zusammen, Krüger«, sagte Oli.

»Spielschulden sind Ehrenschulden«, entgegnete Krüger.

»Ich zahle ja auch. Es dauert halt noch ein bisschen. Hör mal, früher haste doch auch mit deinem Chef auf meinen Partys Moët gesoffen. Umsonst! Da hab ich euch auch keine Rechnung gestellt.«

»Alter, du redest immer von früher. Aber dein Knie ist kaputt, und du spielst nicht mehr bei Hertha, und Partys schmeißt du auch schon lange nicht mehr. Jetzt her mit der Kohle. Der Chef will heute schon ein bisschen … na, sagen wir ›Goodwill‹ sehen. Du verstehst?«

Oli seufzte. Ihm blieb keine andere Wahl. Er zeigte auf Liebling.

»Wenn der sich vom Fleck rührt … tret ich ihn weg. Du verstehst?«

Krüger nickte.

Oli holte das Geld, das er von Cecile bekommen hatte. Er reichte Krüger alle Scheine bis auf einen und murmelte erklärend: »Ich muss ja die Hunde füttern.«

Krüger schien damit einverstanden, aber er zählte das Geld nach und schaute Oli dann mitleidig an. »Trinkgeld, Oli, das ist ja gerade mal Trinkgeld! So kaufst du dich nie frei. Aber ich wüsste schon, wie.«

»Und das wäre?«

Krüger zeigte auf Olis Hunde. »Hundekämpfe. Illegale. Kannst 'ne Menge Kohle mit verdienen.«

Oli starrte Krüger ungläubig an. Dann sagte er: »Du bist ein Arsch, Krüger«, und schlug die Türe vor Krügers und Lieblings Nase zu. Als er sich umdrehte, war er unglaublich erleichtert, diesen voll tätowierten Idioten und seinen Kampfhund los zu sein. Beim Anblick der Hunde, die da saßen und brav auf seine Anweisung warteten, bekam er plötzlich gute Laune. Als ob die Hunde dies bemerkt hätten, standen sie alle auf und schauten Oli erwartungsvoll an. Simpson, der jetzt einen kleinen Hertha-Fußball im Maul hielt, den Elfriede unter dem Bett gefunden und Simpson zugespielt hatte, machte ein paar Schritte auf Oli zu. Dann ließ er den Ball vor Olis Füße fallen. Oli guckte erst überrascht den Ball an, dann die Hunde: »Ihr habt Bock auf Fußball? Warum habt ihr das denn nicht gleich gesagt?«

»Hundedamen sind eben wie Menschendamen: wählerisch.«

WUFF! BERTA

Das Treffen in ihrer Bank hatte schon wie ein Albtraum angefangen. Silke erfuhr, dass ihr netter Kundenberater, der ihr damals das Darlehen für die Hundeschule gewährt hatte, pensioniert worden war. Nun saß sie auf einem Stuhl, der bei jeder Bewegung quietschte. Vor ihr thronte Herr Schmitz, der neue Filialleiter, den sie noch nie gesehen hatte. Silke schätzte ihn auf Mitte vierzig, ein Mann im besten Alter sozusagen. Aber er trug einen schlecht sitzenden Anzug und hatte eine Ausstrahlung, die alles andere als freundlich war. Silke hatte sich für den Termin extra eine für sie sehr untypische schicke Hose angezogen, die ausnahmsweise mal nicht mit Hundehaaren übersät war. Dazu trug sie eine schneeweiße Bluse, bei der sie nicht nur die obersten zwei Knöpfe offen ließ, sondern auf Anraten von Lulu auch – von oben gezählt – den dritten Knopf. Aber es hatte nix genützt. Herr Schmitz konnte seinen Blick nicht ein einziges

Mal von seinem Computerbildschirm losreißen, er war wie gefesselt von den Zahlen, die sich leider nicht zu Silkes Gunsten entwickelt hatten. Stattdessen hielt er ihr einen monotonen Vortrag über die Verpflichtungen, die sie der Bank gegenüber hatte. Am Ende stellte er dann klipp und klar fest, dass die Bank ihr leider keine Fristverlängerung für die ausstehende Rate gewähren würde.

Silke, die sich *nie* von ihrer schwachen Seite zeigte, überlegte kurz, ob sie hier und heute eine Ausnahme machen und sofort in Tränen ausbrechen sollte. Von Ella wusste sie, dass es funktionieren kann. Sie war vor Kurzem mit dem Handy am Ohr in eine Polizeikontrolle geraten. Laut Ella hatte ihr Tränenausbruch bewirkt, dass der Polizist sie nur verwarnt und ihr keinen Strafzettel ausgestellt hatte.

»Aber Herr Schmitz, verstehen Sie doch … ich … ich …« Gerade wollte Silke loslegen und ihm einen emotionalen Zusammenbruch vorspielen, doch dann fiel ihr Blick auf ein eingerahmtes Foto, das auf dem Schreibtisch des Filialleiters stand. Sie konnte nicht fassen, was sie dort sah. Sie lehnte sich nach vorn, sodass ihr Stuhl fast umkippte. Auf dem Foto war nicht etwa eine Frau mit Kindern, sondern ein Hund! Und nicht nur irgendein Hund. Nein, es war ein Foto von einem Magyar Vizsla! *Er ist Hundebesitzer, und zwar von einem Vizsla!* Plötzlich erkannte sie ihre Chance. Statt in Tränen auszubrechen, zeigte sie lächelnd auf das Foto. »Ihr Hund, er ist ja wunderschön, Herr Schmitz. Und er sieht so intelligent aus. Wie heißt er denn? Ich würde ihn jederzeit gerne in Pension nehmen.«

Der Filialleiter erstarrte. Dann wurde sein Kopf mit einem Mal so rot, dass Silke dachte, was Falsches gesagt zu haben.

Sie lehnte sich schnell wieder auf ihrem Stuhl zurück und wollte sich gerade entschuldigen, als sie zu ihrer großen Überraschung sah, wie sich die Augen von Herrn Schmitz mit Tränen füllten.

»Frodo«, antwortete er mit erstickter Stimme. Dann kullerten ihm Tränen über die Wangen.

»Ist Ihr Hund gestorben?«, fragte Silke vorsichtig.

Herr Schmitz nickte. Er nahm sich das Einstecktuch aus der Vordertasche seines billigen Anzugs und schniefte laut hinein. Dann reichte er Silke das Bild. Silke schaute Frodo an und erkannte sofort, dass er ein feiner Hund gewesen sein musste.

Sie sagte: »Es tut mir so leid, Herr Schmitz. Mein Beileid«, und sie meinte es wirklich ehrlich. Silke wusste, wie schlimm es war, seinen geliebten Vierbeiner zu verlieren. Sie hatte schon zwei Hunde gehabt, um die sie hatte trauern müssen. Ihr erster Hund war eine Vizsla-Hündin namens Bella. Durch Bella hatte sie sich in die Rasse verliebt. Ihrer zweiten Vizsla-Hündin hatte sie den Namen Perle gegeben. Jedes Mal, wenn sie von einem ihrer geliebten Hunde Abschied nehmen musste, hatte sie sich gefragt, warum Gott – an den sie eigentlich nicht glaubte, aber ihn trotzdem fragen wollte – dem Hund eine so viel kürzere Lebensdauer zugemessen hatte als einem Menschen. Es war doch ein schlechter Scherz, dass Menschen ihre Herzen an Hunde verloren, wohl wissend, dass diese – meistens – vor ihnen selbst sterben würden. Für Hundebesitzer war der Tod eines geliebten Hundes, der sie so lange durchs Leben begleitet hatte, fast genauso schlimm wie der Tod eines geliebten Menschen. Das verstand niemand so gut wie ein Hundebesitzer.

Silke stellte das Bild von Frodo wieder auf den Schreibtisch. »Frodo war bestimmt ein wunderbarer Hund.«

Herr Schmitz hatte aufgehört zu weinen. Er schaute Silke an und nickte. »Ja. Das war er. Intelligent und treu. Er war mein bester Freund. Und nachdem er gestorben ist … hab ich einen Fehler gemacht …«

Silke wusste sofort, was er meinte, und fiel ihm ins Wort. »Sie haben sich nicht sofort wieder einen Hund gekauft, nicht wahr?«

Herr Schmitz schaute Silke überrascht an. »Ja, woher wissen Sie das denn? Sind Sie auch Hundebesitzerin?«, fragte er erstaunt.

»Aber Herr Schmitz, ich bin doch Hundetrainerin! Und deswegen bin ich doch hier … wegen meiner *Happy Dogs Hundeschule & Pension*!«

Silke zeigte frustriert auf die Excel-Tabellen, die vor Herrn Schmitz lagen.

»Es lief eigentlich alles super gut … nur im Moment … Ich brauch doch nur eine Fristverlängerung für die nächste Rate. Nur dieses eine Mal!«

Herr Schmitz wühlte in den Akten rum, die vor ihm lagen, und stieß plötzlich einen überraschten Schrei aus.

»Ach, Sie sind die Besitzerin von *Happy Dogs*! Tut mir leid, ich hab mir heute Morgen nur die Zahlen angeguckt.«

Herrn Schmitz war es peinlich, zugeben zu müssen, dass er sich für das Gespräch mit Silke nicht richtig vorbereitet hatte. Silke sah ihre Chance gekommen.

»Konrad Lorenz – der berühmte Tierforscher – hat immer gleich nach dem Tod einer seiner Hunde einen Hundewelpen derselben Rasse wieder zu sich genommen. Er sagte, dass die Hunde einer Rasse sich genügend ähnlich seien, so dass man zwar den verstorbenen Hund noch vermisst, aber der neue Hund – ich zitiere – ›in die Räume unseres Herzens und unseres Lebens hineinwächst, in denen das Scheiden des alten Freundes eine traurige Leere hinterlassen hat‹!«

Silke machte eine kurze Pause, dann lehnte sie sich in ihrem Stuhl wieder vor und schaute Herrn Schmitz tief in die Augen.

»Ich züchte Vizsla-Hunde, Herr Schmitz, und heute Nachmittag ist bei mir Hundehochzeit.« Silke zog schnell ihr Handy aus der Tasche und hielt Herrn Schmitz das Displaybild ihrer Hunde vor die Nase. »Das hier ist Julie – und das da, das ist Berta. Und heute wird meine Berta gedeckt. Von einem Rüden mit einem ganz tollen Stammbaum. Und wenn alles gut läuft, dann hab ich in zwei Monaten Welpen zu vergeben.«

Silke strahlte Herrn Schmitz an und war sich in dem Moment ganz sicher, dass der neue Filialleiter ihr eine Fristverlängerung geben würde.

Als Silke mit dem Motorrad auf das Gelände ihrer Hundeschule fuhr und den Helm abnahm, betrachtete sie glücklich ihre Hundeschule. Sie hatte *Happy Dogs* gerettet, zumindest vorerst! Doch in diesem Moment kam ihr die Praktikantin entgegen. Und an ihrem Gesichtsausdruck konnte sie erkennen, dass sie keine guten Nachrichten hatte.

»Heute haben schon wieder drei Hundebesitzer abgesagt«, sagte die Praktikantin.

»Mist!«, entfuhr es Silke. »Warum denn das? Sind die nicht zufrieden? Haben sie dir was erzählt?« Sie sah, dass die Praktikantin rumdruckste. »Komm schon, Susi. Raus mit der Sprache, was hast du gehört?«

»Dass es Konkurrenz gibt«, antwortete Susi kleinlaut.

»Konkurrenz? Natürlich gibt es andere Hundetrainer und andere Hundeschulen. Aber warum gehen alle plötzlich jetzt?«

»Irgendein neuer Hundetrainer. Hat anscheinend bessere Preise. Und ich hab gehört, dass die Hundebesitzer ihn ganz toll finden. Er spielt Fußball mit den Hunden. Hab ich gehört.« Die Praktikantin zuckte mit den Schultern und schaute verlegen zu Boden, als ob sie schuld an der Misere wäre.

O Gott, dachte Silke. Der Tag entwickelte sich schon wieder Richtung Albtraum. Aber sie wollte sich vor ihrer Angestellten nichts anmerken lassen.

Sie klopfte Susi auf den Rücken. »Danke erst einmal. Das bekommen wir schon hin. Wenn du die Zwinger ausgefegt hast, kannst du heute früher gehen, okay?«

Susi nickte und ging.

Silke schaute auf ihre Armbanduhr. Sie musste sich beeilen.

Nachdem Silke Berta gestriegelt und ihr die Zähne mit einer Hundezahnbürste geputzt hatte, legte sie Berta ihr schönstes Halsband an. Da hörte sie schon ein Auto vorfahren. Das mussten der Rüde und sein Herrchen sein.

Silke war schon länger mit dem Hundebesitzer in Kontakt. Er hatte ihr über den Zuchtverein eine Nachricht geschickt und ihr geschrieben, dass ihm Berta im Zuchtkatalog aufgefallen sei. Silke hatte darauf alle Hundepersonalien und den Stammbaum vom Rüden, der Galileo hieß, gelesen und sofort erkannt, dass dieser hervorragende Eigenschaften hatte. Jetzt mussten sie nur warten, bis Berta bereit war. Gestern endlich war es dann so weit. Silke rief Galileos Herrchen auf Skype an.

»Hallo Herr Seligmann, ich weiß nicht, ob Sie das so kurzfristig einrichten können, aber Berta ist bereit. Morgen sind ihre Stehtage.«

»Bisschen voll der Tag, aber wenn ich mir das so ansehe«, Herr Seligmann zwinkerte flirtend in die Kamera, bevor er weitersprach, »dann schaufle ich mir gern was frei.« Eigenartig, dieser Seligmann, dachte Silke. Sie fand es komisch, dass er, so schien es ihr jedenfalls, das Gespräch von einem Bett aus führte, auf dem er lässig, seitlich lag. Als ob er bei Silke einen coolen Eindruck machen wollte. Jetzt hob er sein Gesicht noch näher zur Kamera und grinste sie schon wieder so komisch an. »Sie werden nicht enttäuscht sein.«

Silke war amüsiert, aber blieb professionell. »Das heißt, es könnte morgen klappen?«

In dem Moment sprang Herr Seligmanns Hund auf das

Bett und beschnupperte die Kamera. Herr Seligmann lachte. »Und da freut sich schon der Zweite!«

Was für ein schräger Vogel, hatte Silke noch gedacht, bevor sie »Bis morgen!« sagte und das Gespräch beendete.

Herr Seligmann stieg aus einem funkelnagelneuen SUV aus und öffnete die Kofferraumklappe für Galileo. Dieser rannte direkt zum Zaun, um Berta, die dahinter stand, zu begrüßen, während Herr Seligmann Silke schon von Weitem zuwinkte.

»Schönes Hundewetter, nicht? Ich sag ja immer … Kuschelwetter. Genau der richtige Tag, um Liebe zu machen! Und die Stimmung überträgt sich auch irgendwie.« Er stand jetzt vor Silke und zwinkerte ihr bedeutungsvoll zu.

Was soll das denn werden? dachte Silke und rollte innerlich die Augen, aber sie nickte dann doch freundlich.

»Ja, dann wollen wir mal.« Silke öffnete das Tor zum Gehege. Galileo ließ sich nicht zweimal bitten, sprang zu Berta und fing an, sie aufgeregt zu beschnuppern.

Die Hundebesitzer standen nun nebeneinander und beobachteten ihre Hunde stolz und erwartungsvoll beim Vorspiel.

»Ich bin so glücklich, dass Galileo seine Gene weitergeben kann. Ein Prachthund mit unvergleichlichem Charakter«, sagte Herr Seligmann nicht ohne Stolz, aber Silke hatte das Gefühl, dass er sich selbst damit in ein gutes Licht rücken wollte. Auch merkte sie schnell, dass der Blick des Hundebesitzers viel mehr auf sie gerichtet war als auf die Hunde.

Schmink's dir ab, Junge! Du bist nicht mein Typ! Das hätte Silke am liebsten gesagt, aber sie biss sich auf die Zunge. Stattdessen konzentrierte sie sich voll und ganz auf die Hunde. Es war gleich so weit. Berta präsentierte Galileo gerade ihr Allerwertestes, und Galileo versuchte sie nun zu besteigen. Doch Galileo schien Probleme zu haben. Er rutschte von Berta ab. Berta präsentierte ihm daraufhin wieder ihr Hinterteil, aber der Rüde rutschte jetzt schon zum zweiten Mal ab. Auf Silkes Stirn bildeten sich Sorgenfalten.

»Vielleicht müsste Galileo ein bisschen forscher ran an die Sache. Er tänzelt ganz schön viel!«, sagte Silke und konnte eine kleine Irritation in ihrem Ton nicht verbergen.

»Ach, ein bisschen Geduld ... sie ist ja auch ein bisschen ... arrogant«, sagte Herr Seligmann und legte seine Hand auf Silkes Schulter. »Wir schaffen das schon.« Er lächelte sie charmant an.

»Ähm, das hoffe ich doch«, antwortete Silke und ging einen Schritt zur Seite, sodass seine Hand von ihrer Schulter rutschte.

Wieder blickten sie gespannt auf die Hunde. Und wieder versuchte Galileo Berta zu bespringen, nur leider seitlich diesmal. Er rutschte erneut ab.

Silke versuchte gelassen zu bleiben, aber sie merkte, dass ihre Nerven nach all den Ereignissen blank lagen. Als Galileo dann versuchte, Berta von vorn zu besteigen, entfuhr ihr ein Schrei: »Schauen Sie doch! Galileo scheint nicht unterscheiden zu können, wo hinten und vorn ist.«

»Natürlich weiß er das! Er weiß schon, was er tut. Er hat halt Druck!«, widersprach Galileos Herrchen. Beschwichtigend fügte er hinzu: »Galileo ist ein Casanova.« Wieder lächelte er sie charmant an.

Silke war fassungslos. Dieser Typ machte sie gerade an, während sein Hund vergeblich versuchte, ihre Berta zu besteigen.

»Sie sagten, er hat schon mal erfolgreich gedeckt?«, fragte sie.

»Selbstverständlich, was glauben Sie denn?« Jetzt schien Galileos Herrchen unter Druck, die Ehre seines Hundes zu verteidigen. »Die Anlagen sind da, das sieht man doch! Schauen Sie sich mal die kräftige Hüfte an. Ganz zu schweigen von seinen …«

»Ja, aber was nützen denn die Anlagen, wenn er den Akt nicht vollziehen kann?«, echauffierte sich Silke.

»Herrgott noch mal! Es ist ja auch kompliziert!«

In diesem Moment ließ Galileo tatsächlich ganz von Berta ab, so als ob er nun vollkommen das Interesse an ihr verloren hätte.

»Der schläft ja gleich ein … der will nach Hause!«

»Na ja … er fühlt sich jetzt halt ein bisschen beobachtet. Wie soll einer da liefern?«

Silke sah ihre Chancen auf kleine Vizsla-Welpen dahinschwinden und konnte ihre Enttäuschung kaum verbergen. Jetzt legte ihr Herr Seligmann wieder seine Hand auf die Schulter und startete seinen letzten Flirtversuch.

»Aber ich hätte einen Vorschlag. Wir könnten doch erst

mal reingehen … in ihr Häuschen und eine Tasse Tee trinken und …«

»Tut mir leid, Herr Seligmann, aber ich glaube, das wird nichts mehr.« Und damit ließ Silke Hund und Herrchen stehen und holte, ohne ein weiteres Wort zu verlieren, Berta aus dem Gehege. Kurz streichelte sie ihr über den Kopf und flüsterte: »Nicht traurig sein, Bertchen. Es gibt noch andere Herrchen und Frauchen mit gut aussehenden Rüden.«

»Ich seh im Wald jeden einzelnen Baum. Frauchen hingegen sieht den Wald vor lauter Bäumen nicht.«

WUFF! BOZER

Ella stapfte jetzt schon eine gute Stunde durch den blöden Wald. Sie hatte sich extra neue Wanderschuhe gekauft. Aber sie hatte vergessen, sie vorher einzulaufen. Mist, dachte sie und spürte schon, wie sich eine Blase an der rechten Ferse bildete.

»Nicht so schnell, Bozer«, mahnte sie ihren Hund schlecht gelaunt, denn Bozer zog an der Leine.

Er drängte sie schon die ganze Zeit, schneller zu gehen, indem er Ella immer stärker hinter sich herzerrte.

»Mann, Bozer, warte … Halt!« Ella bückte sich, um ihn von der Leine zu lassen. Aber bevor sie das tat, hielt sie kurz inne, schaute ihn streng an und hielt ihm ihren erhobenen Zeigefinger vor die Schnauze. »Du haust nicht ab. Verstanden! Du bleibst bei mir. Sonst gibt's heute Abend kein Fressi-Fressi.«

Bozer blickte sie schweigend an, was Ella fälschlicherweise als Einverständnis interpretierte.

Sie machte die Leine ab, und mit einem Satz hatte sich Bozer schon verabschiedet.

»Bozer, nein!«

Zu spät. Bozer jagte durch den Wald. Ella hätte heulen können! Sie hatte von Anfang an gewusst, dass sie nicht die Richtige war für diesen blöden Artikel über Natur und Wald! Sie hatte diesen romantischen Waldmythos über die unverfälschte Natur als Gegensatz zur Zivilisation nie verstanden. Sie schaute auf ihre neuen Schuhe. Sie waren verdreckt, und ihre Füße taten ihr weh. Ihre »hundetaugliche Jacke« war mit matschigen Abdrücken von Bozers Pfoten übersät, was dazu führte, dass sie nun noch bescheuerter aussah. Diesen arroganten Förster hatte sie auch nicht mehr getroffen. Und nun war also Bozer auch noch weg.

»Verdammt, Bozer, komm sofort her!«, hallte ihre Stimme immer wieder durch den Wald. Sie versuchte, Bozer hinterherzulaufen, obwohl ihr immer wieder Äste ins Gesicht peitschten. Ella wurde richtig wütend. »Aua!« Sie schlug auf die Äste. »Aus dem Weg! Verdammt!«

Bozer war inzwischen dem Geruch des Försters gefolgt, den er schon lange gewittert hatte. Seine feine Nase ließ ihn nie im Stich. Nur einen halben Kilometer weiter, von dort, wo er abgehauen war, hatte er den Förster gefunden. Der hackte gerade Holz vor seinem Waldhäuschen, als Bozer in freudig zur Begrüßung anbellte.

»Na, du Streuner, bist du wieder abgehauen? Ist dein seltsames Frauchen auch hier irgendwo?«

Der Förster schien sich ebenfalls zu freuen, Bozer zu sehen. Gekonnt kraulte er das Tier hinter den Ohren. Als er ein Rascheln hinter einer Tannengruppe hörte, hielt er mit dem Kraulen inne.

»Sind Sie hier irgendwo?«, rief er und meinte damit Ella.

Tatsächlich hatte Ella Bozers freudiges Bellen von Weitem gehört und war der Hundestimme gefolgt. Offensichtlich in die richtige Richtung, und das in jeder Hinsicht! Als sie zwischen ein paar Tannen heraustrat, sah sie plötzlich den Förster und Bozer. Vor Schreck, und auch, weil sie noch überlegen wollte, was sie zur Begrüßung sagen wollte, sprang sie schnell zurück hinter die Äste einer Tanne, um ein wenig Zeit zu gewinnen.

Der Förster hatte sie aber längst gesehen. »Ich kann Sie doch sehen!«, rief er laut.

»Oh nein!«, rutschte es Ella heraus, und ihr war augenblicklich bewusst, dass er sie auch gehört haben musste.

»Ich kann Ihre Beine sehen. Was machen Sie da genau? Schon wieder …«

»Nein!«, protestierte Ella jetzt trotzig und trat hinter der Tanne hervor. »Ich bin zur Recherche hier.«

»Über mich?«, fragte der Förster, und der Ton seiner Stimme verriet, dass er nicht begeistert war. Er richtete sich auf. Bozer trottete zu Ella, so als habe er keine andere Wahl, als sich neben sein Frauchen zu stellen. Ella bemerkte, dass der Förster heute keinen Försterhut aufhatte, und sah jetzt auch, dass seine Kleidung gar nicht offiziell, sondern – im Gegenteil – ziemlich lässig war. Schlagartig wurde ihr bewusst, was sie schon bei der ersten Begegnung wahrgenommen hatte, nämlich dass der Förster ein echt gut aussehender Typ war. *Lass dir nur nichts anmerken, Ella,* ermahnte sie sich.

Sie rollte die Augen. »Nein, doch nicht über Sie. Soll ja nicht langweilig werden.« Mist, vielleicht hab ich ihn schon wieder beleidigt, dachte Ella und fügte schnell mit einem Lächeln hinzu: »Über den Wald. Das wird unsere nächste Titelgeschichte. Ich bin Journalistin. Wobei einen richtigen Wald kann man das hier ja kaum nennen.«

»Wie bitte?« Ella sah seinen empörten Blick. *Mann, der legt auch jedes Wort auf die Goldwaage.* Aber Ella war nun mal jemand, der die Sachen beim Namen nennen musste.

»Ja, ich hab auf Google Maps geguckt, und Ihr Wald hier ist sehr überschaubar.« Sie zuckte die Schultern.

»Ach ja«, antwortete der Förster knapp, und diesmal sah Ella wieder diesen überheblichen Blick, den sie vom ersten Treffen schon kannte. So was hab ich auch in meinem Repertoire, dachte Ella und setzte ein süffisantes Lächeln auf.

»Ja. Ein Grünstreifen.«

»Aha. Ein Grünstreifen.« Der Förster ließ den Blick über seinen Wald schweifen, bevor er Ella lächelnd erwiderte: »Aber Sie würden in diesem Grünstreifen nicht von der einen Seite zur anderen finden.« *Okay, eine Herausforderung! Angenommen, du Obermackerförster.*

»Pah. Jederzeit. So viele Schilder, wie Sie hier aufgestellt haben. Da kann man sich ja gar nicht verirren.«

Der Förster ging jetzt auf Ella zu, blieb kurz vor ihr stehen und schaute sie amüsiert an. Er streckte seine Hand aus. »Daniel Leschke. Wir haben am anderen Ende des Waldes – westlich von hier – ein paar umgekippte Bäume. Beim fünfeckigen Stein. Wenn Sie es bis dahin schaffen, lade ich Sie auf einen Prosecco ein. So was mögen Sie doch sicher gerne?!«

»Ella Dielemann. Seh ich so aus?« Sie meinte den Prosecco.

»Ja«, war seine Antwort. Aber dazu schenkte er ihr ein breites Lächeln, was Ella ärgerte.

»Sie sehen aber nicht so aus, als ob Sie Prosecco hätten.« Ella grinste frech zurück. Dann aber streckte sie schnell ihre Hand aus.

»Die Wette gilt trotzdem.«

Daniel schien zu überlegen, aber dann ergriff er ihre Hand und schüttelte sie kurz.

Ella nickte ihm stumm zu. Dann bückte sie sich, um Bozer anzuleinen, drehte sich um und ging. Dann zuckte sie schnell ihr Handy, damit würde sie auf jeden Fall den Weg leicht finden. *Aber, Moment mal … Mist!* Ella hielt ihr Handy in alle Himmelsrichtungen. Sie hatte kein Netz.

Es blieb ihr keine andere Wahl. Verlegen drehte sie sich noch einmal um. Daniel stand noch da. Daniel, eigentlich ein schöner Name, dachte Ella kurz, versuchte dann aber schnell, sich wieder auf das Wesentliche zu konzentrieren.

»Ähm … wo genau muss ich da ungefähr noch mal lang?«, fragte sie ihn und setzte ein freundliches Lächeln auf.

»Schauen Sie doch auf die Schilder.« Er machte eine kurze Pause und fügte dann schnell hinzu: »Da lang.« Er zeigte mit seiner Hand in eine Richtung und grinste wieder.

Daniel. Der gut aussehende Obermackerförster. Dir werd' ich's zeigen. Na, dann bis gleich!

Ella winkte noch einmal kurz und verschwand mit Bozer im Wald.

»Ich bin ein Engel mit Fell statt Flügeln,
und fliegen kann ich auch nicht.«

WUFF! SIMPSON

Max war extra früh nach Hause gekommen. Cecile hatte nämlich entschieden, dass er Nico und Lena die Nachricht überbringen solle, dass Simpson eine Zeit lang weg sein würde.

Am Tag zuvor, am Abend des Zoobesuchs mit Tante Lulu war Nico so voller Eindrücke gewesen, dass er gar nicht nach Simpson gefragt hatte, als er nach Hause gekommen war. Stattdessen erzählte er begeistert von den Pinguinen und davon, wie sie auf ihrem Bauch rutschten und Fische fingen, die ihnen die Zoowärter durch die Luft zuwarfen. Nico war vor Müdigkeit noch vor dem Abendessen fix und fertig eingeschlafen. Aber heute wollte Nico schon den ganzen Tag von seiner Mama wissen, wo Simpson war. Auch Lena hatte das Gefühl, dass ihre Mutter ihren Fragen nach Simpson auswich.

»Endlich bist du da!«, flüsterte Cecile erleichtert, als Max zur Tür hereinkam. Sie nahm ihm die Jacke ab. »Sie warten schon im Wohnzimmer. Ich hab gesagt, wir halten eine Familiensitzung ab, so wie die Indianer.« Und damit schob Cecile ihren Mann ins Wohnzimmer, wo Lena und Nico bereits im Schneidersitz auf dem Boden saßen und auf ihre Eltern warteten.

Max und Cecile setzten sich zu ihren Kindern. Cecile, die nicht nur Pilates, sondern noch Yoga machte, fiel diese Art zu sitzen leicht. Max hatte Schwierigkeiten, seine langen Beine in die richtige Position zu bringen, und schaffte es nur mit viel Mühe. Cecile warf ihrem Mann einen bedeutungsvollen Blick zu, der so viel hieß wie: *Fang endlich an.* Aber er schwieg. Wir haben uns doch abgesprochen, dass Max anfangen würde, dachte Cecile verärgert. Aber Max schien unter dem strengen Blick seiner Kinder den Mut verloren zu haben.

Immer muss ich alles machen, dachte Cecile und räusperte sich, bevor sie loslegte.

»Simpson … kommt ganz bald wieder, Kinder.«

Nico guckte seine Mama mit zusammengezogenen Augenbrauen an.

»Wo ist Simpson?«, fragte er mit anklagender Stimme und schlug seine kleine Faust auf den Teppichboden. Max zuckte zusammen. Cecile schaute ihren Mann streng an.

»Max, du wolltest den Kindern doch was sagen.«

Jetzt waren die Kinderaugen auf den Vater gerichtet. Max konnte ihnen nicht länger ausweichen.

»Simpson ist … äh …« Max schaute seine Frau zerknirscht an. Ihm fiel nichts ein. Er war mit seiner Komposition so beschäftigt gewesen, dass er vergessen hatte, sich eine Geschichte auszudenken.

Cecile ärgerte sich, aber sie durfte sich das vor den Kindern nicht anmerken lassen.

»Tja … also … Simpson wollte mal Urlaub machen. Auch Hunde brauchen mal Urlaub, nicht wahr, Max?« Cecile schoss ihrem Mann einen fordernden Blick zu, der so viel bedeutete wie: *Mach du jetzt weiter*.

Max räusperte sich unter den aufmerksamen Kinderaugen, und plötzlich kam ihm die Idee.

»Genau. Simpson ist bei seiner Familie in der Schweiz. In Bern. Da kommen nämlich alle Berner Sennenhunde her. Die feiern da das große Berner-Sennenhunde-Fest … mit allen Eltern und ihren Freunden.«

Cecile guckte ihren Mann überrascht an. Sie hatte gar nicht gewusst, dass Max so ein guter Geschichtenerzähler war. Sein Sohn aber überlegte noch, was er von dieser Antwort halten sollte.

»Simpsons Opa auch da?«, fragte Nico schließlich – nach langer Überlegung.

»Ja, Simpsons Opa ist auch da … nicht wahr, Max?« Cecile hatte geantwortet und stupste ihren Mann wieder an.

»Natürlich! Und die Oma auch«, fügte Max jetzt hinzu.

Lena rollte demonstrativ ihre Augen, sodass es ihre Eltern sehen konnten. Nico konnten sie so einen Schwachsinn erzählen, ihr aber nicht. »Ihr lügt«, sagte sie in einem so sachlichen Ton, als sei sie achtzehn und nicht acht Jahre alt.

Nico zog seine Augenbrauen zusammen. »Wie ist Simpson dahin gekommen?«, fragte er und schaute Cecile an, die Max wiederum anschaute.

»Äh … Er ist geflogen«, antwortete Max schnell und lächelte. Cecile hielt die Luft an, als sie sah, wie Nico wieder über dieser Antwort grübelte. *Bitte, bitte, lieber Gott, lass jetzt alles okay sein … Ich werde auch …*

Bevor Cecile mit Gott eine Vereinbarung treffen konnte, schrie Nico mit lauter Stimme: *»Hunde können nicht fliegen!«* Und dann sprang er auf und rannte laut schluchzend in sein Zimmer. Die Tür knallte mit so einer Wucht zu, dass die Fenster in ihren Rahmen zitterten.

»Das habt ihr wirklich gut gemacht«, sagte Lena kopfschüttelnd, stand auf und ging auch in ihr Zimmer.

Max schaute seine Frau unschuldig an. »Ich hab doch gemeint … hingeflogen mit dem Flugzeug …«

Cecile stand auf. Sie schüttelte verärgert den Kopf und schaute ihren Mann vorwurfsvoll an. »Wenn man dich einmal braucht!« Dann ging sie, um Nico zu beruhigen.

»Folge dem Hund.
Kann ich nur jedem Menschen raten.«

WUFF! BOZER

Während Cecile und Max versuchten, ihren Sohn zu beruhigen, stapfte Ella laut singend durch den Wald, der untergehenden Sonne entgegen, die gerade noch schwach durch das Blätterdach strahlte. Über kleine weiße Kopfhörer hörte Ella die Playliste auf ihrem Handy rauf und runter. Zum Glück habe ich es aufgeladen, bevor ich in den Wald gegangen bin, dachte Ella, denn es wär ja schrecklich langweilig gewesen ohne Musik. Sie schaute sich kurz im Wald um, sah aber nur Bäume, von denen einer wie der andere aussah. *Was in aller Welt soll ich über den Wald schreiben?*

Ella verspürte bei dem Gedanken plötzlich einen großen Durst. Aber sie hatte ihr letztes Wasser, das sie in der kleinen Plastikflasche mitgenommen hatte, in ihre Hände gekippt und Bozer angeboten. Der hatte es auch gierig mit seiner Zunge herausgeschlürft, auch wenn er dabei die Hälfte verschüttet hatte.

Vielleicht würde sich Förster Leschke ja nicht lumpen lassen und hatte tatsächlich eine Flasche Prosecco besorgt. Der Gedanke daran verbesserte Ellas Laune erheblich.

Bozer ging ohne Leine ganz brav bei Fuß. Nun ja, nicht ganz bei Fuß, denn er musste ja jeden lebendigen und toten Baum beschnüffeln. Ab und zu bellte er japsend, wenn er eine Fährte von irgendeinem Tier roch. Aber er machte keine Anstalten, wieder abzuhauen, und das freute Ella sehr.

Nur zehn Minuten später wäre Ella fast in einen Waldzaun gelaufen. Sie hatte den Refrain ihres Lieblingssongs mitgesungen und dabei die Augen geschlossen. Zum Glück hörte sie aber trotz der Musik das dumpfe Bellen ihres Hundes und machte die Augen auf. Bozer hatte sie gerade noch rechtzeitig gewarnt. Direkt vor ihrer Nase stand ein hoher Wildzaun und blockierte den Weg. Ella nahm die Kopfhörer aus den Ohren. Ein unerwarteter Lärm schlug ihr entgegen. Den Grund dafür sah sie gleich danach. Hinter dem Wildzaun war eine Schnellstraße, auf der ein Auto hinter dem anderen dahinraste. Es war Abendverkehr, und die Leute wollten nach Hause. Ella musste lächeln.

»Siehste, Bozer, ich hab recht gehabt! Sein Wald ist zerschnitten von einer Autobahn und eingekeilt zwischen Asphalt. Ein Grünstreifen eben. Wie ich gesagt habe!«

Ella checkte ihr Handy, aber sie hatte immer noch kein Netz.

»Digitales Deutschland, haha«, murmelte sie leise.

Dann hob Ella die Augen und studierte die untergehende Sonne. Dieser Daniel hatte »Westen« gesagt. Aber das würde ja bedeuten, dass sie über die Schnellstraße, auf die andere Seite des Waldes musste. In diesem Moment ärgerte sich Ella wieder maßlos über diesen Förster. Hätte er ihr nicht eine richtige Wegbeschreibung geben können?

»Okay, Bozer. Wir gehen da lang. Irgendwo muss es ja einen Weg geben, rüber zur anderen Seite.« Ella marschierte los, merkte aber gleich, dass ihr Hund stehen geblieben war. Sie drehte sich um. »Bozer! Ich bin der Mensch, du der Hund … und deshalb folgst du *mir*, verstanden!«

Bozer bellte. Er hatte Daniels Spur gewittert, und die kam aus der entgegengesetzten Richtung, die Ella gerade eingeschlagen hatte.

»Nein. Bozer. Heute bin ich mal ausnahmsweise die Chefin. Guck mal, was ich für dich habe …« Ella lächelte, als sie Bozer ein Leckerli hochhielt, das sie gerade in ihrer Jacke gefunden hatte. Bozer guckte in die Richtung, aus der ihm der Duft von Daniel entgegenwehte, und dann wieder auf das Leckerli, das Ella ihm verführerisch hinhielt. Er war eben auch nur ein Hund. Bozer trottete zu Ella, schnappte sich das Leckerli und war bereit ihr zu folgen. Denn vielleicht hatte sie ja noch mehr von dem Zeug in der Tasche.

Daniel hatte nach dem Treffen mit Ella noch weitergearbeitet, zusammen mit ein paar Waldarbeitern. Sie hatten Äste ab- und Stämme zugesägt. Die Motorsägen machten dabei einen Höllenlärm, den auch Ella von Weitem gehört hätte,

hätte die laute Musik aus ihrem iPhone das Geräusch nicht übertönt.

Man sah an der routinierten Zusammenarbeit der Männer, dass Daniel und seine Mannschaft ein eingespieltes Team waren. Doch die Arbeiter hatten gemerkt, dass Daniel heute nicht ganz bei der Sache war. Immer wieder blickte er auf seine Armbanduhr und dann wieder in den Wald hinein, so als ob er hoffte, einen Hirsch zu sehen. Und dann, vor einer halben Stunde, hatte ihn sein ältester Waldarbeiter darauf aufmerksam gemacht, dass Feierabend war.

Daniel hatte mit Stirnrunzeln zur untergehenden Sonne geschaut. Dann drehte er sich zu seinen Waldarbeitern um und sagte, ohne eine weitere Erklärung zu geben: »Wir machen heute eine Stunde länger.«

»Aber es wird doch bald dunkel«, protestierte einer der Männer vorsichtig.

»Ja, eben.«

Daniel ließ die Motorsäge wieder aufheulen, bevor er die Zähne des Schneideblattes in das Holz des Baumstammes fahren ließ. Seine Männer tauschten hinter seinem Rücken Blicke aus, die so viel bedeuteten wie: *Was ist denn heute mit dem Chef los?* Aber es blieb ihnen nichts anderes übrig, als auch weiterzuarbeiten.

Ellas Abenteuerlust war seit einer Stunde gänzlich verflogen. Es war dunkel geworden. Sie fror. Und sie war müde. Und furchtbar durstig. Und sie wollte nur noch eines: nach Hause. Auf gar keinen Fall wollte sie sich eingestehen, dass sie sich komplett verlaufen hatte. Auch ihr Handy hatte inzwischen keinen Akku mehr, sodass sie noch nicht einmal mehr Musik hören konnte. Ihr war recht mulmig zumute.

»Bozer!«, rief sie geschwächt.

Ihr Hund rannte immer ziemlich weit voraus, kam dann aber immer wieder zurück, um zu checken, ob sie noch hinter ihm war. In diesem Moment aber war er weit und breit nicht zu sehen. Ella realisierte plötzlich, dass sie Bozer schon länger nicht mehr gesehen hatte. Sie fühlte, wie sich ihr Brustkorb zuschnürte. Sie hörte ein Rascheln und bekam Panik.

»Bozer?« Schon wieder raschelte es hinter ihr. Ella drehte sich um. Ihr fiel ein Stein vom Herzen. »Bozer, da bist du ja, bitte lass mich nicht wieder allein …«

In diesem Moment kam der Mond hinter einer Wolke hervor, und Ella sah entsetzt, dass nicht Bozer vor ihr stand, sondern ein riesengroßes Wildschwein.

»Ahhhhhh …« Ihr Schrei war grell und laut. Anscheinend so laut, dass sich der Eber neben ihr so erschrocken haben musste, dass er blitzschnell und mit viel Geraschel im Unterholz das Weite suchte. Aber Ella hatte beim Anblick des Tieres nicht nur geschrien. Sie war außerdem vor lauter Entsetzen zwei oder drei Schritte rückwärts gestolpert und eine Böschung heruntergefallen, die in der Dunkelheit kaum zu erkennen gewesen war. Sie überschlug sich mehrmals und landete bäuchlings in einer Kuhle – und in einer Pfütze. Ella wurde schwarz vor Augen, und sie wurde ohnmächtig. Sie spürte nicht mehr, wie Bozer sie ein paar Minuten später anstupste, ihr das Gesicht ableckte und instinktiv wusste, dass irgendetwas mit seinem Frauchen nicht in Ordnung war. Das kommunizierte er durch lautes Winseln.

Keine halbe Stunde später schlug Ella die Augen auf und dachte im ersten Moment, dass sie bäuchlings auf dem Rücken eines Pferdes lag, denn ihr Körper schwang im Takt zu den Schritten, die das Tier machte. Erst als sie Bozer sah – kopfüber –, merkte sie, dass sie nicht über dem Rücken eines Pferdes, sondern über der Schulter eines Mannes hing.

»Wer sind Sie? Was ist passiert?«, murmelte Ella.

»Sie sind gestürzt. Bozer hat mich zu Ihnen geführt.«

Ella erkannte die Stimme sofort.

»Ach, Sie sind's. Der Förster … ich kann auch allein gehen …«

»Ja, ja«, sagte Daniel, machte aber keine Anstalten, sie runterzulassen.

»Nein, wirklich, lassen Sie mich runter …«, protestierte Ella wieder.

»Nein, Ella. Erst wenn wir beim Auto sind«, hörte sie den Förster sagen. Während ihr Oberkörper mit jedem seiner Schritte weiterwippte, ging ihr nur ein einziger Gedanke durch den Kopf. *Er hat mich gerade Ella genannt, der gut aussehende Obermackerförster …* Und als sie merkte, dass sie lächeln musste, obwohl ihr alles wehtat, dachte sie: Wie gut, dass er jetzt mein Gesicht nicht sehen kann!

Im Kamin knisterte ein Feuer. Das Forsthaus war klein, aber unglaublich gemütlich mit seinen holzvertäfelten Wänden. Ella saß, eingewickelt in eine Decke, in einem Sessel vor dem Kamin. Bozer war es vor dem Feuer zu warm geworden. Er war auf ein Tagesbett gesprungen, das im Erker des Wohnzimmers stand. Die Kissen, die das Bett verzierten, waren alle mit Jagdmotiven bedruckt. Als Ella ihren Hund anschaute, bemerkte Bozer den Blick seines Frauchens. Er hob seinen Kopf und sah sie an. Ella war zutiefst gerührt beim Anblick ihres Hundes. Bozer hatte ihr das Leben gerettet. Oder zumindest hatte er Schlimmeres verhindert. Denn hätte sie länger in der nassen Kuhle gelegen, hätte sie sicher eine Unterkühlung bekommen und vielleicht sogar ins Krankenhaus gemusst. Vorausgesetzt, man hätte sie gefunden. Der Herbst hatte den Sommer verdrängt, und die Temperaturen sanken in der Nacht schon auf ein paar Grad über null. Ella flüsterte ihrem Hund zu: »Danke, mein lieber, braver Bozer.« Bozer schien den Dank zu akzeptieren, denn er legte seinen Kopf mit einem tiefen zufriedenen Seufzer wieder ab.

Daniel stand in der Küche und brühte gerade einen Tee auf.

»Und der Prosecco?«, rief Ella durch die offene Tür und lächelte erwartungsvoll.

»Sie müssen sich aufwärmen«, antwortete der Förster.

»Sie haben wahrscheinlich gar keinen. Hab ich doch gewusst!« Daniel kam ins Wohnzimmer und reichte ihr den Tee. Ella nahm die Tasse in beide Hände und wärmte sich daran. Dann hielt sie die Tasse unter ihre Nase und atmete tief ein. So einen lecker riechenden Tee hatte ich noch nie, dachte sie. Er roch wundervoll, nach Wald, Beeren und Honig. Sie nahm einen großen wohltuenden Schluck und merkte gleich, wie ihr von innen heraus ganz wohlig warm wurde.

Daniel zog einen Schemel zu ihr heran und setzte sich zum Kamin. Auch er trank genüsslich seinen Tee. Dabei musterte er Ella über den Tassenrand mit einem amüsierten Blick.

»Wer ist eigentlich auf die Idee gekommen, *Sie* in den Wald zu schicken?«

»Recherchieren ist meine Stärke … also, vielleicht nicht heute, aber sonst schon. Und … ich bin eine Wadenbeißerin.« Auf Daniels fragenden Blick fügte sie hinzu: »Wenn ich mal in einem Thema drin bin, dann lass ich auch nicht mehr locker.«

»Das kann ich mir vorstellen.« Daniel lachte laut.

»Ja, und wer ist auf die Idee gekommen, *Sie* in den Wald zu schicken und wie einen Einsiedler leben zu lassen?«, schoss Ella zurück.

»Mich hat keiner geschickt, ich bin freiwillig hier«, antwortete Daniel – plötzlich mit ernster Miene. Er wandte seinen Blick von Ella ab und starrte nachdenklich ins Feuer. Ella ahnte in dem Moment, dass mehr hinter seiner Antwort steckte, als er preisgeben wollte. Plötzlich fand sie Daniel nicht mehr arrogant. Er wirkte auf sie fast ein bisschen verloren. Das rührte sie.

»Kann ich mich … irgendwie revanchieren … für die Rettung?« Ihre Stimme war sanft, als sie ihre Frage stellte. Daniel schien zu überlegen, aber dann lächelte er und rutschte mit seinem Schemel etwas näher zu Ella ran. Das ihr schon bekannte schelmische Lächeln von ihm umspielte wieder seinen Mund.

»Ja, und ich wüsste auch schon wie …«, sagte er und beugte seinen Kopf noch näher an ihren. Ellas Herz schlug ihr vor Aufregung bis zum Hals. *Ella, er will einen Kuss von dir!* dachte sie und wurde augenblicklich rot. Aber sie hatte sich schnell wieder unter Kontrolle. Ella setzte ihr Flirt-Lächeln auf und bewegte ihr Gesicht ein paar Millimeter näher an Daniels heran.

»Ähm … und wie genau?«, fragte sie.

Kein Zweifel: In der Luft lag eine erotische Spannung, und Ella hätte Geld darauf gewettet, dass Daniel sie jetzt gleich küssen würde. Sogar Bozer hatte die Ohren aufmerksam gespitzt. Ella dachte sogar daran, die Augen zu schließen. Aber statt sie zu küssen, flüsterte ihr Daniel zärtlich ins Ohr: »Wenn Sie etwas über den Wald schreiben, dann schreiben Sie keinen Schwachsinn.«

Ella überlegte kurz, ob sie beleidigt darüber sein sollte, dass er ihr den Kuss in letzter Sekunde verweigert hatte. Aber eigentlich mochte sie sein Spiel. Darum beugte sie sich jetzt ganz nah an Daniels Ohr und flüsterte zurück: »Dann müssen Sie mich aber noch ein bisschen beraten … waldtechnisch.«

»Kann ich machen.«

»Auch wenn man den Wald vor lauter Autobahnen ja kaum sieht …«

Ella konnte nicht anders, sie musste ihm noch eine kleine Spitze reindrücken.

Inzwischen hatte sich Daniel zurückgelehnt, obwohl der Schemel gar keine Rücklehne hatte. Er hob lässig seine Hand und deutete mit dem Zeigefinger an, dass nun Ella ein bisschen näher zu ihm rücken sollte.

In diesem Moment sprang Bozer vom Bett auf und stellte sich neugierig vor Daniel. Daniel guckte von Frauchen zu Bozer und wieder zurück zu Frauchen.

»In Schweden wurde im neunzehnten Jahrhundert ein Gesetz erlassen: Für jeden Baum, der gefällt wurde, musste ein neuer gepflanzt werden. Diese gute Idee hat man in Deutschland damals leider verschlafen. Und was eine Generation verpasst, müssen die nachfolgenden Generationen wieder aufbauen. Es geht nicht immer nur um einen selbst.«

Während Bozer sich daraufhin erst in den »Aufwärtsschauenden-Hund« streckte und danach in den »Abwärtsschauenden-Hund«, schwieg Ella. Nachdenklich starrte sie Daniel an. Da konnten die Deutschen ja noch einiges über ihren geliebten Wald lernen, dachte sie und freute sich plötzlich darüber, dass sie einen Artikel über den Wald schreiben musste.

Als Ella später endlich zu Hause im Bett lag, kreisten ihre Gedanken um den Wald und um Daniel. Mit einem Ruck setzte sie sich wieder auf und rief. »Das gibt's doch nicht!«

Bozer, der in seinem Bettchen vor dem Fußende von Ellas Bett schlief, wachte sofort auf und guckte Ella an. Sie lächelte.

»Weißt du was, Bozer?« Der Hund spitzte die Ohren. »Ich hab den ganzen Tag und den ganzen Abend nicht einmal an Oscar gedacht.« Zufrieden legte Ella den Kopf wieder auf ihr Kissen und schlief sofort ein. Bozer horchte noch eine Weile und gab dann einen Seufzer von sich, der so viel bedeutete wie: *Frauchen ist glücklich, dann bin ich es auch.* Dann stand er auf, drehte er sich ein paar Mal in seinem Bettchen im Kreis, und erst, als endlich die Hundedecke genau so lag, wie er es wollte, machte er es sich wieder bequem.

»Nicht jeder Hund hasst Katzen.
Ich zum Beispiel kuschele gerne mit ihnen!«

WUFF! GALILEO

Ungefähr zu selben Zeit, als Ella im Wald die Begegnung mit dem Wildschwein hatte, saß Lulu vor ihrem Computer und skypte. Der Sternenhimmel ihrer Jurte funkelte romantisch. Lulu schien sich extra für den Skype-Termin chic gemacht zu haben: Ihre Haare waren hochgesteckt und mit einer Blumenblüte verziert, sie trug ein Kleid, bei dem mindestens – von oben gezählt – die ersten vier Knöpfe offen waren. Auffallend war auch, dass Lulu ihren Computer so positioniert hatte, dass man den Katzenbaum nicht sehen konnte. Jedes Mal, wenn Poppie ihr zu nahe kam, schob sie das Kätzchen weg, sodass es ja nicht im Blickfeld der Skype-Kamera auftauchte. Poppie war so irritiert, dass Frauchen sie nicht kraulen wollte, dass sie den Katzenbaum bis in die Spitze raufkletterte und von ganz oben schmollend runterschaute.

Lulu lachte gerade und machte eine abwinkende, wenn auch flirtende Geste in Richtung ihres Computers. Ihr

Skype-Partner hatte ihr wohl gerade geschmeichelt. Und ihre Stimme verriet, dass ihr das Kompliment gefallen hatte. »Ach, Prof. Dr., das sagen Sie doch nur so …!«

»Bitte nennen Sie mich doch Michael! Und ich meine es genau so. Sie können sich nicht vorstellen, Lulu, wie sehr ich mich freue, Sie endlich kennenzulernen, denn Sie sind ein Lichtblick in dieser harschen Welt, in der sonst nur Leistung und ›Performance‹ zählt.«

Lulu starrte verliebt auf den Computerbildschirm. Endlich hatte sich der Mann, mit dem sie bei KISSME schon längere E-Mails ausgetauscht hatte und von dem sie Cecile hatte erzählen wollen, gemeldet. Hinter Profilnummer XY10777 verbarg sich ein gewisser Prof. Dr. Michael Seligmann, der Lulu endlich persönlich kennenlernen wollte. Er hatte für den morgigen Abend einen Tisch in einem tollen Berliner Restaurant gebucht, aber dennoch vorgeschlagen, am Tag zuvor zu skypen. Das taten sie jetzt schon eine halbe Stunde lang. Dabei hatten sie über die vielen Gemeinsamkeiten gesprochen, die sie zu teilen schienen, z. B. dass sie beide gerne in die Oper gingen und Tango tanzten. Aber am allerwichtigsten: Prof. Dr. Michael Seligmann gefiel Lulu vom Aussehen *sehr* – zumindest das, was sie auf dem Computerscreen von ihm sehen konnte. Sie mochte die Art, wie er sich lasziv auf dem Bett rekelte. Und ihr entging auch nicht, dass er an seinem Hemd ebenfalls den vierten Knopf von oben offen gelassen hatte. Auf diese Weise konnte Lulu seine dichte Brustbehaarung sehen. Aber nicht nur optisch passte es. Lulu hatte ihre beiden Horoskope gemacht, und die Sterne hatten ihr klar und eindeutig – wie nie zuvor – bestätigt, dass dies der Mann war, auf den sie so lange gewartet hatte! Lulu war verliebt, bevor sie Prof. Dr. Seligmann überhaupt kennengelernt hatte. Glücklich lauschte sie seinen weiteren Komplimenten.

»Aber Sie, liebe Lulu, das verraten schon Ihre Mails, Sie sind einfühlsam und sanftmütig … zwei Eigenschaften, die man kaum mehr bei Frauen findet.«

Lulu lächelte wieder verlegen in Richtung ihres Computers.

»Jetzt übertreiben Sie mal nicht, Michael. Sonst kann ich heute Nacht vor Vorfreude nicht einschlafen! Und ich brauch doch meinen ›Beauty-Sleep‹!«

»Brauchen Sie nicht! Haha. Aber ich habe den Wink verstanden. Ich wollte Ihnen noch was Wichtiges erzählen, aber das kann bis morgen warten. Schlafen Sie gut, meine Verehrteste. Wir sehen uns morgen Abend, und Sie werden es nicht bereuen!«

Als Lulu das Skype-Telefonat mit ihrem neuen Verehrer beendet hatte, stieß sie einen langen glücklichen Seufzer aus. Der wurde von Poppie mit einem klagenden *Miau* beantwortet. Lulu schaute ihr Kätzchen streng an.

»Ach Poppie, das Glück steht in den Sternen! Und von euch, meinen Lieblingen, werde ich ihm morgen Abend erzählen!«

Wieder miaute das Kätzchen. Es schien nicht wirklich überzeugt. Umso überzeugter aber war Lulu, denn sie vertraute den Sternen. Voll und ganz. Dass es Skeptiker gab, die in der Astrologie nur Hokuspokus sahen, konnte Lulu beim besten Willen nicht verstehen. Immer wenn eine ihrer Freundinnen sich über sie lustig machte, weil sie an die Sterne glaubte, zählte Lulu all die brillanten, intelligenten Mathematiker, Wissenschaftler, Könige, Päpste, Regierungschefs und bekannte Persönlichkeiten auf, die schon seit jeher der Astrologie zugewandt waren. »Die Astrologie«, erklärte Lulu ihnen dann immer mit einem sehr ernsten Ton, »bringt Ordnung in dein Leben!« Und Ordnung war Lulu wichtig. Nicht dass Lulu ständig putzte oder aufräumte, nein, es ging Lulu mehr um die innere Klarheit, für die die Astrologie bei ihr sorgte: Anhand der Sterne konnte Lulu Vergangenes und Geschehenes analysieren, sodass es für sie immer einen Sinn ergab. So hätte sie auch nie, wie Ella, einer Beziehung nachgetrauert. Im Gegenteil, Lulu hätte in die Sterne geguckt und kurz und knapp analysiert, warum, wieso und weshalb es nicht mit Oscar hatte sein sollen. Nicht dass die Astrologie alle Fragen des Lebens beantwortete, aber Lulu fand, dass die Sterne ihr sehr konkrete und sehr weise Ratschläge gaben. Wie jetzt. Die Sterne hatten Lulu klar bestätigt, dass dieser Prof. Dr. Michael Seligmann genau der Richtige für sie war. Mit diesem Gedanken streichelte Lulu schmunzelnd noch einmal ihr Kätzchen, bevor sie ihr Astro-Software-Programm für den Abend beendete und ihren Computer zuklappte.

Am nächsten Abend klingelte eine Babysitterin namens Charlotte pünktlich an der Tür. Cecile hatte sie bestellt, weil die vergangenen Tage Max und sie sehr viel Kraft gekostet hatten. Nico ließ nicht locker und fragte immer und immer wieder, wann Simpson endlich nach Hause kommen würde. Cecile sah, wie sehr es ihren Mann schmerzte, seinen Sohn leiden zu sehen. Und anzulügen. Heute Abend wollte sie Max überraschen. Sie hatte im schicksten Restaurant Berlins einen Tisch bestellt, damit sie endlich einmal einen schönen Abend zu zweit verbringen konnten. Cecile lächelte Charlotte an. Sie lebte in der Nachbarschaft, und es schien Cecile wie vorgestern, dass Charlotte selbst noch ein kleines Kind war.

»Charlotte, schön dass du heute Zeit für uns hast. Lena und Nico schlafen schon. Also, es müsste ein ruhiger Abend für dich werden.«

Charlotte nickte, lächelte, steckte ihre Kopfhörer in die Ohren und ließ sich aufs Sofa fallen.

Max hielt Cecile die Tür des Restaurants auf. Aber Cecile ging noch nicht rein. Stattdessen schaute sie Max fragend an. »Wie seh ich aus?«, fragte sie etwas verunsichert. Sie hatte sich schon so lange nicht mehr in Schale geworfen. Max sah ihre Verunsicherung und musste lächeln. Wie konnte eine so schöne Frau an ihrem Aussehen zweifeln?

»You look wonderful tonight«, antwortete er und gab ihr einen liebevollen Kuss. Cecile wusste, dass Max gerade eine Liedzeile von Eric Clapton zitiert hatte. Zu Beginn ihrer Beziehung war der Song eine Zeit lang ihr beider Lieblingslied gewesen. Oft hatten sie eng umschlungen und sehr langsam dazu getanzt.

She puts on her make-up and brushes her long blonde hair.

And then she asks me, »Do I look all right?«

And I say, »Yes, you look wonderful tonight«

Cecile war gerührt. Wie für jede Frau fühlte es sich wundervoll an, begehrenswert zu sein und geliebt zu werden. Seit langer Zeit war sie endlich wieder richtig glücklich. Sie fühlte sich wie auf Wolken, als sie durch die Tür des Restaurants trat. Und blieb am ersten Tisch überrascht stehen.

»Lulu! Was machst du denn hier?«

Lulu saß an einem Tisch für zwei, aber ihr Gegenüber war noch nicht da. Sofort fiel Ceciles Blick auf Lulus Kleid. Es war geblümt und sehr hübsch, mit einem koketten Ausschnitt. Das Kleid war neu, dafür hatte Cecile ein Auge. Und die Perlenkette, die Lulu um den Hals trug, hatte sie auch noch nie gesehen. Und die Rose … *Rose?* Ja, Lulu trug eine Rose im Haar.

»Du hast ein Date!«, schrie Cecile viel zu laut, aber mit Begeisterung.

Lulu winkte ihr und Max hektisch zu, mit der klaren Botschaft, dass sie verschwinden sollten.

»Ja. Und heute wird's auch klappen, wenn ihr euch verzieht!«

»Wann ist das denn passiert?« Cecile konnte ihre Neugierde nicht unterdrücken.

»Ich habe euch doch gesagt, dass die Sterne für mich gut stehen … Ein Arzt aus dem Internet! Jetzt macht schon …«

Max zeigte Lulu den »Daumen hoch« und schob seine Frau weiter zu ihrem Tisch, wo schon ein Kellner den Stuhl für Cecile herausgezogen hatte. Sie drehte sich mit dem Rücken zu Max, in der Erwartung, dass ihr Mann ihr aus dem Mantel helfen würde. Aber Max hatte sich schon gesetzt. Cecile ließ sich ihre Irritation nicht anmerken. Es sollte ja schließlich ein schöner Abend werden. Also zog sie ihren Mantel selber aus und reichte ihn dem Kellner. »Danke. Und bitte, bitte auf den Gürtel achten«, sagte sie mit Nachdruck und hielt ihm noch den Gürtel hin.

Kaum hatte sie sich gesetzt, schaute sie wieder zu Lulu rüber. Ein Arzt, dachte sie, das hörte sich doch schon mal gut an.

»Jetzt guck doch nicht immer hin, Cecile«, sagte Max. »Aber was ist, wenn er sie versetzt? Er ist noch immer nicht da.« In diesem Moment kam ein Mann ohne Begleitung ins Restaurant, der ungefähr in Lulus Alter sein musste. Er trug eine karierte Hose, eine Hornbrille und eine gelbe Rose im Knopfloch seines Blazers, passend zu der, die Lulu im Haar hatte.

»Da ist er! Der sieht ja nett aus«, quiekte Cecile. Max legte seine Hand auf ihr Kinn, drehte ihren Kopf zu sich und gab ihr einen Kuss auf den Mund.

»Also, ich finde, das sollten wir öfter machen: ein Date miteinander haben, den Alltag vergessen und uns einfach mal wieder mehr Zeit füreinander nehmen. Sonst fliegt uns die Hütte noch um die Ohren.« Max schenkte ihr ein bezauberndes Lächeln.

»Ja, du hast recht.« Cecile schaute ihren Mann an und spürte, wie sehr sie ihn nach all den Jahren immer noch liebte.

»Darf ich Ihnen schon etwas zu trinken bringen?«, fragte der Kellner und störte den romantischen Moment.

Aber Cecile hatte schon einen Plan. Sie lächelte den Kellner an. »Ja. Zwei Wodka.«

»Wodka? Als Aperitivo?«, fragte Max überrascht.

Cecile nickte dem Kellner noch einmal bekräftigend zu. »Wenn Sie haben, zwei, bitte.«

»Also … Cecile … so kenn ich dich ja gar nicht.«

Cecile schaute ihren Mann liebevoll an. »Ein Beschleuniger. Heute Abend lassen wir's mal krachen.«

Der Kellner war schnell wieder zurück und stellte zwei Schnapsgläser auf den Tisch. Cecile schob Max eines zu und nahm das andere in die Hand. Max hob sein Glas.

»Auf die Liebe und die Familie. Auf ex!«

Prof. Dr. Michael Seligmann hatte sich inzwischen an Lulus Tisch gesetzt. Dort herrschte nun gute Stimmung, unter anderem, weil Michael Lulu gerade wieder Komplimente machte:

»Lulu, Sie sind ja in Wirklichkeit noch schöner!«

Lulu fühlte sich so geschmeichelt wie schon lange nicht mehr.

»Was sind Sie nur für ein Gentleman! Wo ist denn da der Haken, Herr Prof. Dr.?«

Lulu klimperte heftig mit den Wimpern.

»Bitte, Lulu, lassen Sie das mit dem Prof. Dr. Wir waren doch schon bei Michael.«

»Aber ›Prof. Dr.‹ hört sich … so schlau an.«

Lulu zwinkerte. Michael beugte sich über den Tisch und blickte in ihren tiefen Ausschnitt, und was er sah, schien ihm sehr zu gefallen. Nur mit Mühe löste er seinen Blick und lächelte Lulu wieder an. »Und ›Lulu‹ hört sich … so aufregend an.«

Lulu kicherte. Es war so lange her, dass ihr ein Mann gegenübergesessen hatte, den sie spannend und sexy fand. Sie musste sich zusammenreißen, ihren Gedanken nicht freien Lauf zu lassen. Denn Lulu hätte sich gerne ausgemalt, wie es wäre, wenn Michael gleich hier, im voll besetzten Restaurant, aufgestanden, auf ihre Seite des Tische gekommen wäre, sie auf die Bank gedrückt hätte, auf der sie saß, und angefangen hätte, sie leidenschaftlich zu küssen.

Sie lächelte kurz über ihre Gedanken, bevor sie Michael wieder aufmerksam anschaute. Er schien ihr was Wichtiges sagen zu wollen.

»Ja, also, was ich schon gestern sagen wollte … Es ist so schade, dass dieses Restaurant keine Hunde erlaubt, sonst hätten Sie auch meinen Galileo kennenlernen können.«

Beim Wort »Hund« war Lulu endgültig aus ihrem Tagtraum aufgewacht.

»Sie haben einen Hund?!«, rief sie entsetzt.

»Äh … ja. Galileo«, antwortete Michael und verstand nicht, warum diese Information ein Problem darstellen könnte.

»Aber Sie haben in Ihrem Profil nicht erwähnt, dass Sie …« Lulu war so enttäuscht, dass ihr die Worte fehlten.

Michael war auch ein bisschen zerknirscht.

»Nein, weil ich Ihnen persönlich von Galileo erzählen wollte. Mögen Sie denn keine Hunde?«

»Ich bin Katzenliebhaberin.« Lulu dachte in diesem Moment an das Horoskop, das sie gemacht hatte … Michaels und ihre Sterne waren doch in perfekter Konstellation für die Liebe! Oder hatte sie etwas übersehen?

»Das haben Sie in Ihrem Profil auch nicht erwähnt«, erwiderte Michael leicht vorwurfsvoll.

Ein Hundebesitzer! Wie kann das sein? dachte Lulu und warf die Arme frustriert in die Luft.

»Ja. Weil Männer immer denken, dass eine Frau mit Katzen … verschroben ist, und deshalb wollte ich, dass Sie mich erst mal kennenlernen.«

»Aber Katzen sind solch …« Michael beendete den Satz mit »arrogante Biester«, während Lulu gleichzeitig »wunderbare Kreaturen« sagte.

Gerade jetzt trat der Kellner an den Tisch. »Haben Sie schon etwas gefunden?«

Lulu winkte ab. »Wir brauchen noch ein wenig …«

Kaum war der Kellner gegangen, lehnte sich Michael nach vorn und sagte: »Aber Lulu, ein Hund versucht, dich zu verstehen. Eine Katze, die miaut und dreht sich gelangweilt ab, gleich von vornherein, und versteht nichts!«

Lulu spürte, wie ihr Hals warm und damit rot wurde. Das war nicht gut.

»Katzen leben nicht nach Kommando. Sie sind eigenständig und freiheitsliebend.« Sie sah, wie Michael jetzt ein süffisantes Lächeln aufsetzte.

»Das Hundegehirn ist fast dreimal so groß wie das einer Katze. 64 Kubikzentimeter versus 25 Kubikzentimeter.«

Typisch Mann! Als ob Größe immer das Wichtigste ist. Lulu war jetzt richtig verärgert. »Und wennschon! Eine Katze weiß immer, wer sie nicht mag, auch wenn eine Person heuchelt, sie zu mögen. Ein Hund dagegen fällt für ein Leckerli auf jeden Deppen rein!«

»Ein Hund weckt dich, wenn dein Haus brennt, während die Katze sich leise rausschleicht, durch die Hintertür … und dich verbrennen lässt. Ein altes Sprichwort.«

»Das ist eine böse Unterstellung, die nur ein Hundebesitzer hätte machen können.«

Lulu nahm einen Schluck Wein, um ihren Ärger in Zaum zu halten. Dann schaute sie Michael herausfordernd an, und ihre Augen formten sich zu Schlitzen und funkelten, fast wie richtige Katzenaugen. Sie beugte sich weit über den Tisch und hauchte Michael ins Ohr.

»Katzen sind wunderschöne, ästhetische Geschöpfe. Das haben schon die alten Ägypter erkannt. Und es gibt kein schöneres Geräusch auf der Welt, das sexyer als das sanfte Schnurren einer glücklichen Katze ist.«

Damit lehnte sich Lulu wieder zurück und dachte, zumindest jetzt müsste Michael ihr recht geben. Der aber nahm seine Hornbrille kurz ab und putzte sie mit seinem Einstecktuch. Dann setzte er sie wieder auf und legte nach.

»Ja, ja, Katzenliebhaber mögen das schnurrende Verhalten ihrer Katzen für ein Zeichen von Intelligenz halten, aber Fakt bleibt, Hunde haben das größere Gehirn und sind somit die intelligenteren Wesen. Und seien wir doch mal ganz ehrlich … oft trifft das auch auf ihre Besitzer zu.«

Hat der mich jetzt gerade ›blöd‹ genannt? fragte sich Lulu, als beide schwiegen. Michael war in diesem Moment wohl auch klar geworden, dass er seine Chance, Lulu und ihr wunderschönes Dekolleté heute noch näher kennenzulernen, gerade verspielt hatte.

Mit seinem Sinn für schlechtes Timing stand der Kellner schon wieder an ihrem Tisch. »So, und haben wir jetzt was gefunden?«

Lulu drückte ihm die Speisekarte in die Hand und stand auf.

»Nein. Ich muss nach Hause. Mir ist der Appetit vergangen. Und das heißt schon was bei mir.« Mit diesen Worten ging sie, ohne sich noch einmal umzudrehen.

Michael schaute den Kellner niedergeschlagen an und stand dann auch auf. Der Kellner zuckte mit den Schultern und warf Michael einen mitleidigen Blick zu, als er sagte: »Sie hätten noch sagen können, Katzen kratzen Sofas und Vorhänge kaputt.«

Als Cecile und Max gerade ihren dritten Wodka auf ex tranken, bemerkte Cecile zu ihrem Erstaunen, dass der Tisch, an dem Lulu und ihr Date gesessen hatten, jetzt leer war.

»Die beiden sind weg! Das ging ja schnell. Wo sind die

denn hin?« Cecile konnte sich ihre Frage beim besten Willen nicht beantworten.

Max lächelte. »Ich denke mal … ins Bett.« Er ließ seine Frau diesen Gedanken verarbeiten und fügte dann hinzu: »Sollen wir das auch machen?«

Der Alkohol hatte Cecile zwar Lust, aber auch Appetit gemacht. »Ja. Aber ich muss vorher dringend noch was essen.«

Cecile und Max hatten beide einen sitzen, als sie nach Hause kamen. Sie lachten wie zwei Teenager, während sie aus dem Taxi stiegen. Max versuchte Cecile zu küssen, aber die hatte gerade bemerkt, dass ihr Gürtel fehlte.

»Mein Gürtel! Weg! Das kann doch nicht wahr sein …«

»Jetzt reg dich nicht so auf, Cecile. Hab doch ein bisschen Humor!«

»Humor? Du hättest auch keinen Humor, wenn dein Gürtel weg wäre.« Damit schob Cecile Max zur Seite und schloss die Wohnungstür auf.

Sie erschrak, als sie Nico sah. Der saß mit einem knallroten Kopf und verheulten Augen auf der oberen Stufe der Treppe und hielt seinen Berner-Sennen-Stoffhund eng umschlungen. Cecile sah sofort, dass ihr Sohn kurz vor einem Wutanfall war. Nicht alle Kinder mit Downsyndrom hatten solche Ausbrüche, und Nico hatte seit Längerem auch keinen mehr gehabt, worüber Cecile sehr dankbar war. Aber es hatte eine Zeit gegeben, als Nico, oft aus heiterem Himmel und ohne ersichtlichen Grund, völlig ausrastete. Oftmals hatte er dann seinen Zorn auf sich selbst gelenkt und sich mit der Faust auf den Kopf geschlagen. Das war für Cecile unerträglich gewesen, aber zum Glück wiederholten sich derartige Ausbrüche nicht mehr.

Beim Anblick ihres Sohnes war Cecile mit einem Schlag wieder nüchtern. Sie versuchte, ihre Stimme neutral zu halten, um Nico nicht noch mehr zu alarmieren.

»Nico, was machst du denn noch hier? Warum schläfst du nicht?« Sie ging die Stufen rauf und legte einen Arm um ihn.

Max stand am unteren Ende der Treppe und schaute seinen Sohn besorgt an. »Nico, was hast du denn?«

Mit einer Wucht, die weder Cecile noch Max erwarteten, schmiss Nico den Stoffhund plötzlich an den Kopf seines Vaters und schrie: »Ich will Simpson … meinen Simpson!«

»Aber Nico …« Max ging die ersten Stufen rauf zu seinem Sohn. Der aber löste sich aus der Umarmung seiner Mutter, stand auf und zeigte anklagend mit ausgestrecktem Arm auf seinen Vater. *»Simpson! Ich will Simpson wieder zurückhaben!«*

Nicos schrille Stimme ging Cecile durch Mark und Bein. Sie schwieg schockiert. Auch Max stand da wie eine Salzsäule, mit einem Fuß auf der Treppe, während der anklagende Zeigefinger seines Sohnes auf ihn gerichtet war. Das Schweigen wurde erst gebrochen, als die Babysitterin sich gähnend hinter der Sofalehne aufrichtete. Sie war gerade aufgewacht und rieb sich die Augen. »Ach, ihr seid zurück. Dann kann ich ja jetzt nach Hause gehen. Abrechnen können wir ja morgen.«

»Wir Frenchies stammen aus Frankreich. Muss ich mehr über meine Geschmackssinne sagen?«

WUFF! ELFRIEDE

Wie soll ich's nur schaffen? dachte Silke, als sie das Buchhaltungsheft zuschlug. Vor lauter Panik schnürte es ihr wieder die Brust zu. Sie starrte auf die Anmeldungen für die nächsten Wochen. Innerhalb kürzester Zeit hatte sie ein Drittel ihrer Kundschaft verloren. Wenn das so weiterging, würde sie die nächste Darlehensrate trotz der Fristverlängerung nicht zahlen können. Und noch etwas lag Silke im Magen. Sie hatte sich mit ihrer Praktikantin gestritten. Susi hatte schon den ganzen Tag schlechte Laune gehabt. Als Silke ihr dann auch noch erklärt hatte, dass sie in diesem Monat ihre Stunden kürzen müsse, weil es nicht genug Einnahmen in der Kasse gab, war Susi wütend geworden. Sie hatte kein Blatt vor den Mund genommen und Silke an den Kopf geworfen, dass es neben der Konkurrenz ja sicher auch andere Gründe gäbe, weshalb die Hundeschule so schlecht laufen würde.

»Wie meinst du das?«, hatte Silke irritiert gefragt.

»Es ist nicht fair, dass ich nun weniger verdiene, obwohl es sicher nicht an mir liegt, dass die Kunden wegbleiben. *Ich* bin schließlich immer freundlich zu ihnen!« Susi hatte sich wütend umgedreht und wollte gehen, aber Silke hatte sie sanft am Arm gepackt.

»Susi, willst du damit vielleicht sagen, dass es *meine* Schuld ist, dass die Kundschaft wegbleibt?«

»Um ehrlich zu sein, ja. Du bist immer auf Krawall gebürstet, was die Hundebesitzer angeht. Zu den Hunden selbst bist du lieb! Aber es müssen alle happy sein, nicht nur die Tiere, sondern auch die Menschen, sonst läuft das nicht!« Und mit diesen Worten war Susi davonmarschiert. Silke hatte ihr geschockt hinterhergeschaut.

Berta und Julie gaben jetzt abwechselnd tiefe Seufzer von sich, so als wüssten sie, worüber ihr Frauchen nachdachte. Silke guckte ihre beiden Hunde an, die vor dem Schreibtisch lagen. »Bin ich wirklich so schlimm? Behandle ich die Menschen wirklich so anders im Vergleich zu euch Tieren?«, fragte sie laut. Aber die Hunde blickten ihr Frauchen nur regungslos an. Diese Frage schien sie zu überfordern.

Silkes Blick schweifte zur Wand, an der die vielen Sprüche hingen, die sie einmal gerahmt hatte: *Wer nie einen Hund gehabt hat, weiß nicht, was lieben und geliebt werden heißt.* Silke biss sich auf die Unterlippe. Sie wusste, dass Susi irgendwie recht hatte. Mit Hunden hatte sie eine endlose Geduld. Bei Menschen fehlte ihr diese. Bei Hunden schien sie in Sachen »Kommunikation« einen sechsten Sinn zu haben. Mit Menschen gab es ständig Missverständnisse: Entweder verstanden die Leute sie falsch, oder sie verstand die Leute falsch. Silke seufzte tief. Denn wenn sie ganz ehrlich war, dann glaubte sie ja tatsächlich, dass Hunde die treueren Wesen waren … Das war eben so. Die Erfahrung hatte sie gemacht.

Ihre Eltern hatten sich getrennt, als sie erst sechs Jahre alt war. Ihr Vater hatte sich in seine Sekretärin verliebt und war von einem Tag auf den anderen aus ihrem Leben verschwunden. Ihre Mutter war so am Boden zerstört gewesen, dass sie, überfordert vom Leben, ihr kleines Töchterchen in die Obhut ihrer Mutter gegeben hatte. So wuchs Silke bei ihrer Oma auf. Die schenkte ihr zur Überraschung – und zum Trost – einen Welpen. Es war Silkes allererste Vizsla-Hündin gewesen. Silke hatte sie Bella getauft, Bella wurde ihre beste Freundin. Silke vertraute ihrem Hündchen alles an, auch die heimlichen Tränen, die nachts reichlich flossen, wenn sie im Bett lag und sich von Gott und der Welt – und vor allem von ihren Eltern – zutiefst verlassen fühlte. Dann vergrub sie ihr Gesicht im weichen Fell von Bella und schüttete dem Tier ihr Herz aus. Bella leckte ihr oft die Tränen von den Wangen. Als Bella mit elf Jahren starb, war Silke schon fast volljährig, aber der Tod ihres geliebten Tieres ging ihr mehr ans Herz als irgendetwas anderes in ihrem bisherigen Leben. Dieser Moment der Trauer war der Auslöser für Silkes Entscheidung gewesen, irgendwann einmal die beste Hundetrainerin der Welt zu werden. Ihre Großmutter war nicht gerade glücklich darüber gewesen, als Silke nach ihrem Abitur verkündete, dass sie nicht studieren würde. Sie hätte es gerne gesehen, wenn Silke Tiermedizin studiert hätte. Aber Silke erklärte ihr, dass sie sich in erster Linie nicht im medizinischen oder wirtschaftlichen Sinne, sondern mit der Pflege und der Haltung von Hunden befassen wollte. Und genau das tat sie dann auch. Zehn Jahre lang arbeitete sie an den unterschiedlichsten Hundeschulen und sammelte Erfahrung, bis sie schließlich nur noch einen Traum hatte: die eigene Hundeschule.

Ein Klopfen riss Silke schlagartig aus ihren Gedanken.

»Hallo? Ist hier jemand?«, rief eine Männerstimme. Und dann schaute ein Mann durch das Fenster. Silke erkannte ihn sofort wieder. Es war dieser Oli, der mit ihr über die Preise gefeilscht hatte, mit seiner Französischen Dogge, Elfriede. Was wollte der schon wieder? Hatte er keine andere Bleibe für seinen Frenchie gefunden? Silke hatte keine Lust, sich erneut anhören zu müssen, dass ihre Preise zu hoch waren. Im Nachhinein hatte sie sich jedoch gefragt, ob dieser Oli recht gehabt hatte. War sie zu teuer gewesen? Trotzdem hatte sie jetzt keine Lust, ihn zu sehen.

»Wir haben schon geschlossen!«, rief Silke durch die Wand ihres Bürocontainers.

»Aber ich seh dich doch. Mach auf, bitte.«

Oli schaute jetzt direkt durch das Fenster auf Silke. Und die ärgerte sich, dass sie die selbst genähten Gardinen nicht zugezogen hatte. Jetzt war es zu spät. Der Typ stand mit seinem Frenchie im Arm vor dem Fenster und winkte Silke zu.

»Bitte, ich brauch deinen Rat.«

»Was willst du denn für einen Rat? Wo du billig deinen Hund abgeben kannst? Kannst du bald hier tun, ich muss eh mit den Preisen runtergehen.« Silke hielt inne und biss sich auf die Zunge. *Das war der beste Beweis. Ich bin schon wieder irritiert von meinen Mitmenschen … Wenn der Typ ein Hund wär, wär ich längst nicht so unfreundlich.*

»Nee, das ist nicht das Problem«, fuhr Oli fort. »Elfriede hat seit Tagen nichts gegessen, und Frau Klein … das ist Elfriedes Frauchen, die ist immer noch im Krankenhaus, und ich durfte nicht zu ihr, weil's ihr schlechter geht. Ich mach mir langsam echt Sorgen und dachte …«

Silke war schon an der Tür, bevor er den Satz zu Ende gesprochen hatte. Sie bückte sich, um Elfriede zu streicheln, und bemerkte sofort, dass die Hündin tatsächlich geschwächt aussah.

»Was haste denn dem Hund die ganze Zeit zu essen angedreht?«

Es duftete nach gebratenem Fleisch. Die Nasen von Berta und Julie zeigten in die Richtung, aus der der köstliche Geruch zu ihnen drang. Leider durften sie nur von Weitem zugucken, während Elfriede an ihrer beider Fressplatz stand und sich das Maul leckte, nachdem sie soeben den letzten Rest eines frisch gebratenen Steaks verschlungen hatte. Nun guckte sie Silke erneut erwartungsvoll an. Der Frenchie hatte offensichtlich noch immer Hunger.

Silke schüttelte amüsiert den Kopf und stellte ein weiteres Tellerchen hin.

»Steak zum Hauptgang und Hundeeis mit Lachsgeschmack zum Nachtisch.«

Oli und Silke standen in der Küche in Silkes kleinem Häuschen und beobachteten, wie Elfriede das Hundeeis im Nu verschlang.

»Du bist ja gar nicht depressiv«, sagte Oli erstaunt und warf dem kleinen Frenchie einen tadelnden Blick zu.

»Nee!« Silke lachte laut. »Sie ist nicht depressiv. Deine Nachbarin hat sie nur verwöhnt. Sie steht auf gutes Essen.«

Silke schaute Oli mit einem Schulterzucken an.

»Hab ich dir von Anfang an gesagt. Hunde wollen gesundes Fressen.«

Oli nickte schuldbewusst. Silke merkte, dass er etwas auf dem Herzen hatte, und er schien hin- und herzuüberlegen, ob er es ihr sagen sollte … Sie warf einen Blick auf die Küchenuhr. Es war elf Uhr vormittags, und sie hatte noch viel zu tun – schließlich musste sie ja auch noch die Arbeit von ihrer Praktikantin machen, der sie für den Rest des Monats freigegeben hatte. Auf ihrem Zettel stand heute auch noch: Hundedecken waschen. Und zu Fressnapf wollte sie eigentlich auch noch, um ein paar neue Schleppleinen zu kaufen.

Silke gab sich einen Ruck. »Du siehst aus, als ob dir irgendetwas auf dem Herzen liegt … alles okay?«

Oli schaute Silke erstaunt – fast ein wenig ertappt – an. Er druckste noch ein bisschen herum, und dann platzte er endlich mit der Sprache heraus und zeigte auf die Bratpfanne, die auf dem Herd stand. »Sag mal … also … meinst du, du könntest mir vielleicht auch ein Steak braten?«

»Ach, und Nachtisch willste wohl auch noch haben?«

Erst als Oli sie überrascht und dann eindeutig angrinste, wurde Silke bewusst, dass ihre Gegenfrage eine gewisse Zweideutigkeit gehabt hatte …

Mist! Warum muss der Typ so sexy sein und schon wieder so gut riechen! dachte Silke, bevor sie ganz nah an Oli herantrat und ihm ins Ohr flüsterte: »Okay. Aber erst den Nachtisch und dann das Steak.«

Wow, passen unsere Körper zusammen! dachte Silke, als sie und Oli schweißgebadet und schwer atmend nebeneinander in ihrem Bett lagen. Sie hatte diesmal die Vorhänge zugezogen, aber die Mittagssonne drang durch einen kleinen Spalt, wo sie sich nicht ganz berührten.

Silke lächelte Oli an. »Das war super. Jetzt kann ich heute Abend besser schlafen. Sex ist einfach gesund, stimmt's?«

Damit warf sie die Bettdecke zur Seite und wollte aufstehen. Silke hatte – anders als die meisten Frauen – gerne auch nach dem Sex noch die Kontrolle, und das bedeutete, sie entschied, wann der Sex vorbei war. Aber Oli hielt sie am Arm fest. »Wie jetzt, keine zweite Halbzeit?«, fragte er enttäuscht.

»Halbzeit? Wieso Halbzeit?«

»Es gibt bei jedem Spiel immer eine zweite Halbzeit«, antwortete Oli und lächelte bedeutsam.

Jetzt ging Silke ein Licht auf. »Du?! Ein Fußballer?«, fragte Silke, und ihr Ton verriet Überraschung, was Oli ein bisschen zu beleidigen schien.

»Ja, wieso? Mache ich etwa keinen trainierten Eindruck? Hab früher mal bei Hertha gespielt, bis ich mein Knie verletzt hab …« Silke sah, dass ein wehmütiger Ausdruck über Olis Gesicht huschte, aber dann sprang er schnell auf. »Glaubst du mir nicht?! Haste irgendwo ’nen Ball? Ich bin noch echt gut …«

Und bevor Silke antworten konnte, hatte Oli im Wohnzimmer schon einen Ball gefunden. Offensichtlich gehörte der Berta und Julie, denn die Hunde folgten ihm ins Schlafzimmer. Auch Elfriede gesellte sich dazu. Es schien, als wollten sie Olis Performance nicht verpassen.

Silke setzte sich aufrecht hin und zog die Decke über ihre nackten Brüste. Dann schaute sie Oli mit einem amüsierten Blick an. »Was soll das werden, Oli? Willst du wirklich allen Ernstes nackt den Ball jonglieren?«

»Jepp. Wenn du mir nicht glaubst.« Und damit fing Oli an, den Ball mit seinen Füßen gekonnt hin und her zu dribbeln. Silke musste erst kichern und dann laut losprusten.

»Was lachst du? Weißt du, wie schwer das ist?«, rief Oli entrüstet und kickte den Ball extra hoch. Dann machte er eine Pirouette und fing den Ball mit dem anderen Fuß auf, bevor er ihn mit den Füßen weiter jonglierte.

Silke konnte sich jetzt nicht mehr einkriegen vor Lachen, denn das Bild vom nackten jonglierenden Oli war einfach zu komisch.

»Glaubst du mir jetzt, dass ich bei Hertha gespielt hab?«, fragte Oli grinsend.

»Ja, ja, ich glaub dir. Aufhören! Ich kann nicht mehr!«,

rief Silke. Tatsächlich tat ihr vor Lachen der Brustkorb weh. Sie konnte sich nicht daran erinnern, wann sie das letzte Mal so herzhaft gelacht hatte.

Plötzlich köpfte Oli den Ball in die Luft und fing ihn dann mit einer Hand auf. Außer Atem grinste er Silke an. »Und? Gibt's jetzt 'ne zweite Halbzeit?«

Silke hielt inne und schien zu überlegen, aber der Typ gefiel ihr einfach zu gut. Sie lachte. »Okay. Und wenn du gut spielst … gibt's vielleicht sogar noch Nachspielzeit …«

Oli, sichtlich erfreut über ihre Antwort, machte einen gekonnten Hechtsprung durch die Luft, zurück ins Bett. Daraufhin fragte ihn Silke ernsthaft: »Warst du Torwart?«

»Nee, Stürmer«, antwortete Oli und zog die Decke über ihre Köpfe und Körper.

Die Hunde horchten den Lauten, die – gedämpft durch die Bettdecke – nach draußen drängten, noch ein paar Minuten, bevor sie sich gelangweilt abwendeten und ins Wohnzimmer zurücktapsten.

»Ich bin immer da, wo die Action ist.«

WUFF! BOZER

Ella war noch ganz in Gedanken an das Gesetz in Schweden, von dem der Förster ihr erzählt hatte, als sie die Stufen der Redaktionstreppe mit Bozer im Schlepptau hinaufging. Sie hatte Silke nicht erreichen können, darum musste sie ihren Hund aus Mangel an Alternativen und trotz der schrecklichen Szenen neulich wieder mit ins Büro nehmen. Vielleicht geschah ja ein Wunder, und er würde ganz brav und unauffällig unter ihrem Schreibtisch liegen, sodass ihre Kollegen ihn gar nicht bemerken würden.

Noch auf der Treppe hielt Ella plötzlich inne. Sie hatte bemerkt, dass Bozer bisher total synchron mit ihr die Stufen hinaufgegangen war … Oder bildete sie sich das nur ein? Ella blieb stehen, hob nun ihren Fuß, setzte ihn aber nicht auf die nächste Treppenstufe. Bozer tat genau das Gleiche. Er hielt seine Vorderpfote in der Luft und wartete. Ella nahm jetzt schnell zwei Stufen hintereinander. Bozer folgte dicht hinter ihr und setzte seine Pfoten im selben Tempo auf die nächsten Stufen. Ella musste grinsen. *Was für ein verrückter Hund!* Bozer überraschte sie immer wieder aufs Neue. Sie musste unbedingt Silke fragen, was das zu bedeuten hatte. Ella und ihr neuer treuer Begleiter waren fast oben angekommen, doch dann blieb Ella stehen, denn in ihr Blickfeld schoben sich die längsten und perfektesten Frauenbeine, die sie je in ihrem Leben gesehen hatte. Sie gehörten einer jungen Frau mit langen blonden Haaren, die auf dem obersten Treppenabsatz stand und lächelte. Hübsch, dachte Ella und korrigierte sich augenblicklich. *Nein, diese Frau ist mehr als hübsch … sie ist der totale Hammer!* Ella schätzte sie auf Mitte zwanzig. So hab ich nie ausgesehen, auch nicht, als ich zwanzig war, war der nächste Gedanke, der Ella durch den Kopf schoss. Die Frau war sicher Model oder Schauspielerin. Die Hammerhübsche bückte sich jetzt entzückt zu Bozer runter und kraulte ihn gekonnt hinter den Ohren. »Der ist ja süß! Wie heißt er denn? Ich hab auch so einen Süßen.«

»Bozer. Und wie heißt Ihrer?«, fragte Ella freundlich.

»Puck«, antwortete die Frau lächelnd und fuhr fort. »Wie der Puck aus dem Sommernachtstraum, der alles durcheinanderbringt. Durch ihn hab ich auch meinen neuen Freund kennengelernt.«

Folge dem Hund. Ella musste grinsen, als sie an Lulus Worte dachte.

»Wir können ja mal zusammen spazieren gehen. Ich bin nämlich jetzt öfter hier«, sagte die Frau und schwebte selbstbewusst die Treppen runter.

Als Ella in der Redaktion angekommen war, ging sie schnurstracks zum großen Konferenztisch, auf dem stets die Kopien der aktuellsten Ausgabe für die Mitarbeiter lagen. Ella checkte immer als Erstes ihre eigenen Artikel. Sie wollte sehen, wie das Layout war, ob der Chef – *Gott, das war ja jetzt Oscar!* – ihn gekürzt hatte … Sie verdrehte die Augen. Mit dem Artikel über den Leubel, den neuen Kulturbeauftragten von Berlin, hatte es bis zum Redaktionsschluss noch ein ewiges Hin und Her gegeben. Aber Ella hatte sich am Ende durchsetzen können.

Sie war sich sicher, dass ihr Artikel mehr als gut geworden war. Ella griff sich ein Exemplar der frisch gedruckten Ausgabe und blätterte es suchend durch. Aber sie fand ihren Artikel nicht, zumindest nicht dort, wo er eigentlich stehen sollte. Dann erinnerte sie sich. *Ach ja, der sollte doch auf Seite 4 und 5 erscheinen.* Ella blätterte das Heft wieder nach vorn durch … und hielt plötzlich fassungslos inne: Auf der Doppelseite 4 und 5, wo ihr Artikel hätte stehen sollen, prangte nun ein riesiges Foto von der hammerhübschen Frau, die ihr gerade auf der Treppe begegnet war. Ella las die Überschrift laut: »Kiera Kowalski, der neue Star im Ensemble von Oscar Friedrichs.« Ella starrte ihren Hund an, der schon längst die innere Anspannung bemerkt hatte, in der sich sein Frauchen befand. Doch da hallte schon Ellas wütender Schrei durch die Redaktion: »Oscar!«

Sie eilte direkt zu Oscars Schreibtisch und feuerte ihm die Zeitung unter die Nase.

»Was hat *die* bitte schön hier zu suchen, da, wo eigentlich mein Artikel stehen sollte?« Ella bebte vor Wut und wollte eine Erklärung. Mit allem hatte sie gerechnet, nur nicht mit dem, was Oscar ihr jetzt sagte.

»Eifersucht steht dir nicht, Ella.« Ella schaute Oscar irritiert an. *Was meint er denn damit?* Und plötzlich ging ihr ein Licht auf. Ella hatte soeben ihre Nachfolgerin kennengelernt.

»Ach … *Die* ist es, bei der dir was einfällt … seitdem dir bei mir nichts mehr einfällt?«

»Ella …«

»Nein, komm mir jetzt nicht mit *Elllaaa* …. Nur weil dir dein Gehirn bei dieser Kiera in die Hose gerutscht ist, schickst du mich in den Wald, um mich hier loszuwerden. Und du schreibst weiterhin spannende Sachen und spannende Porträts über eine *sooo* spannende Schauspielerin, bei der dir ja *sooo* viel Spannendes einfällt …«

Ella musste kurz Luft holen, brauchte aber auch eine kleine Denksekunde, um sich einen treffenden letzten Satz zu überlegen … einen Satz, der richtig saß.

»Na, da bin ich aber gespannt, ob du ihr auf Dauer auch spannend genug bist!«

Ella bemerkte, dass die gesamte Redaktion schon wieder zuhörte.

»Ella, jetzt vermischst du mal wieder alles. Dein Artikel über den Leubel war einfach nicht stark genug.« Oscar hatte einen versöhnlichen Ton angeschlagen, der Ella nur noch mehr in Rage brachte.

»*Wie* meinst du? Nicht *spannend* genug?«, fragte sie spitz. Aber Oscar ließ sich immer noch nicht aus der Fassung bringen.

»Ella, das lag ja nicht an dir. Ein Interview ist immer nur so gut wie der Interviewte … und das Ganze war einfach ein bisschen zu dünn und zu lang. Das kommt übrigens von Harald, nicht von mir.«

Ella warf einen wilden Blick in das gläserne Büro des Chefs, der hektisch mit einer Hand auf sein Handy deutete, das er mit der anderen Hand ans Ohr hielt, so als ob er Ella damit signalisieren wollte: *Kann nicht sprechen, telefoniere gerade.*

Oscar fuhr fort. »Jetzt schreib deinen Artikel über den Wald, und wir schauen mal. Es kommt ganz drauf an, was du da zustande bringst.«

»Was willst du mir jetzt damit wieder sagen?« Ella hatte inzwischen kapiert, dass sich ihr Chef immer hinter Oscar stellen würde – und nicht hinter sie. Ella hätte schreien können vor Wut, aber sie wusste, dass sie jetzt halbwegs professionell bleiben musste, wenn sie ihren Job behalten wollte.

»Dass du was liefern musst!«

»Werd' ich! Und zwar keinen Schwachsinn! Darauf kannst du Gift nehmen.« Damit drehte sich Ella um.

Oscar rief ihr hinterher. »Nur zu, Ella. Mich überzeugt Qualität! Da bin ich ganz professionell, aber eins muss ich noch sagen …«

Ella drehte sich wieder um. Was wollte Oscar denn noch von ihr?

»Dein Hund. Ich dachte, das sei geklärt. Lass ihn bitte ab jetzt zu Hause. Er ist zu groß für die Redaktion.«

»Ach, und der süße Puck ist wohl klein genug oder was?« Wenn Ellas Blick hätten töten können, dann wäre Oscar einfach tot umgefallen. Aber stattdessen leuchteten seine Augen auf. »Ach, hat Kiera dir von Puck erzählt? Ja, der ist wirklich ein kleines süßes Kerlchen …«

Ella wartete den fertigen Satz gar nicht erst ab, sondern drehte sich mit dem Rücken zu Oscar, schaute ihren Hund an und steckte zwei Finger in den Mund, eine Geste, die Bozer nicht so richtig verstand. Aber als Ella hinzufügte: »Komm, Bozer, wir gehen in den Wald«, geriet Bozer bei dem Wort »Wald« völlig außer sich vor Freude. Das Echo seines beglückten Bellens hing noch eine Weile in den Räumen der Redaktion.

Keine Stunde später stand Ella vor Daniel, bewaffnet mit einem Notizheft und einem Stift. Verwundert starrte sie auf das Häuflein Walderde, das Daniel in der Hand und ihr direkt vor die Nase hielt. Was sollte daran jetzt spannend sein, schien ihr Gesichtsausdruck zu fragen.

»Und jetzt gehen Sie ganz nah ran …«, sagte Daniel. Ella beugte sich ein bisschen vor. »Noch näher. Und mit ein bisschen Fantasie sehen Sie's«, fuhr Daniel bestimmt fort.

»Ähm … was soll ich denn da sehen?«

»In einer Handvoll Waldboden sind mehr Lebewesen als Menschen auf der Erde.« Daniel lächelte, als er sah, dass Ella ihn für eine Sekunde für komplett verrückt hielt, und fügte hinzu: »Mikroben.« Dann ließ er die Erde sanft zu Boden fallen, wischte seine Hände kurz an der Hose ab und gab Ella ein Zeichen, ihm zu folgen.

Wow, dachte Ella und musste lächeln. Noch vor kurzer Zeit hatte sie rein gar nichts mit dem Wald anfangen können, aber jetzt schien er voller Abenteuer und Wissenswertem zu sein. Sie beeilte sich, um mit Daniel Schritt halten zu können, und schaute ihn verstohlen von der Seite an, während sie weiter schweigend durch den Wald gingen. Förster Daniel Leschke war ja ein richtiger Peter Wohlleben. Selbst Ella kannte den Bestsellerautor aus verschiedenen Talkshows. Doch damals hatte sie der Wald eben einfach nicht interessiert. Oder war es in Wahrheit nur Daniel, der sie interessierte? Ella wich in diesem Moment Daniels Blick aus. Sie wollte nicht, dass er in ihren Augen ein aufflackerndes Interesse erkennen konnte. Sie schaute zu ihrem Hund. Bozer war so glücklich im Wald! Überall schnüffelte er, hob hier und da sein Bein. Ella musste lachen, als er auf eine Gruppe Pilze pinkelte, sie danach anschaute und anbellte. Als wolle er ihr sagen: *Ich bin ein Wolf, und hier im Wald ist es am schönsten!*

»Hast du ein Eichhörnchen gerochen, Bozer?«, fragte Daniel, als Bozer schon wieder bellte. Denn dieses Mal war sein Bellen an einen Baum gerichtet, und er versuchte immer wieder, den Baum hochzuspringen. Aber das Eichhörnchen war schon längst über alle Äste verschwunden. Daniel hatte ausnahmsweise erlaubt, dass Bozer sie bei ihrem Ausflug ohne Leine begleitete. Bislang war ihr Hund auch total brav gewesen. Kurz zuvor hatten sie ein Reh gesehen. Daniel legte ihm bei dieser Gelegenheit sanft die Hand aufs Halsband. Bozer verstand sofort, dass er das Reh nicht jagen durfte. Stattdessen hielt er still und verfolgte es nur mit den Augen, bis es im Dickicht verschwunden war. »Braver Hund«, hatte Daniel daraufhin gesagt, und Ella platzte fast vor Stolz.

Da fiel ihr plötzlich eine Frage ein, die sie Daniel schon lange hatte stellen wollen: »Warum haben Sie eigentlich keinen Hund? Förster haben doch sonst immer Hunde.« Ella hatte an seiner Reaktion sofort erkannt, dass Daniel aus irgendeinem Grund nicht über dieses Thema reden wollte. Er antwortete ihr nur kurz und knapp, dass er früher einmal einen Hund hatte und irgendwann bestimmt wieder einen haben würde. Ella konnte sich seine komische Reaktion nur so erklären, dass sein Hund gestorben war und Daniel ihn vermisste. Der Gedanke machte Ella traurig und rührte sie gleichzeitig. Aber dann ermahnte sie sich schnell. *Jetzt aber nicht in den Förster verlieben, Ella! Du bist hier, um zu recherchieren und dann den tollsten Artikel zu schreiben und es Oscar so richtig zu zeigen!*

»Kommen Sie!«, rief Daniel. Er war schon vorausgegangen und stand jetzt vor einem großen umgefallenen Baumstamm. Dort legte er sich auf den Waldboden und signalisierte Ella, sich neben ihn zu legen. Ella überlegte kurz, ob das jetzt eine Art Annäherungsversuch sein sollte. Aber da fing Daniel schon an, ihr in seinem ernsten, aber leidenschaftlichen »Försterton« den am Waldboden liegenden Baumstamm zu erklären. Ella legte sich neben ihn und war erstaunt, dass der Boden so weich und warm war. Und er roch so gut. Oder war das der Förster? *Konzentrier dich, Ella!* Daniel zeigte in das hohle Innere des Stammes, wo man, wenn man wie durch einen Tunnel durchguckte, am anderen Ende Licht sah. »Der Baumkadaver hier, der lebt«, hörte Ella ihn sagen.

Ella lachte über den Witz. »Wie *lebt*? Der ist tot. Das sieht man doch! Nur totes Holz und eklige Pilze!«

»Nein. Das ist zwar ein toter Mutterbaum, aber der hat noch viele Funktionen … zum Beispiel speichert er enorme Mengen Wasser, die er im Sommer abgibt, und so hilft er, den Wald zu kühlen.«

Ella war jetzt ehrlich beeindruckt. »Wie? So 'ne Art Klimaanlage ohne Strom?«, fragte sie.

»So kann man's auch sehen.« Daniel lachte. Ellas Assoziation schien ihm zu gefallen. Er stand auf und reichte ihr die Hand, um ihr beim Aufstehen zu helfen. Ella zögerte kurz – nicht, weil sie sich nicht helfen lassen wollte, sondern weil sie plötzlich gemerkt hatte, dass sie gerne noch ein bisschen länger bäuchlings neben Daniel liegen geblieben wäre.

Je länger Daniel Ella durch den Wald führte, desto mehr spürte sie seine leidenschaftliche Begeisterung dafür. Und die war ansteckend.

»Oh, mein Gott, gucken Sie mal!« Ella hatte einen zwei Meter hohen Ameisenhaufen entdeckt. »Igittigitt …«, schrie sie beim Anblick des lebenden Haufens. Auch Bozer schien nicht zu wissen, was er von den Millionen von Ameisen halten sollte. Er schnüffelte immer wieder an dem Ameisenhaufen herum, nur um jedes Mal erschrocken zurückzuweichen. Daniel hingegen war euphorisch. Er nahm Ella ihren Stift ab und stocherte damit kurz in dem Haufen herum. Die Ameisen schlugen augenblicklich Alarm und krabbelten noch schneller als sonst.

»Ameisen sind als Einzeltiere nicht überlebensfähig, nur in ihrem Staat. Das sieht hier alles sehr chaotisch aus. Aber jedes Tier hat seine Aufgabe …« Daniel hielt plötzlich inne. Er schien Ellas Lächeln zu bemerken. »Was?«, fragte er grinsend.

»Nichts. Ich hab nur noch nie jemanden so begeistert von Ameisen reden hören«, antwortete Ella belustigt.

»Wie kann man da nicht begeistert sein? Die Biomasse aller Ameisen auf der Erde übersteigt jene der Menschen bei Weitem, obwohl eine einzelne Ameise je nach Art und Kaste nur etwa …«

Ellas Blick ruhte auf Daniel, aber seine Worte wurden durch ihre Gedanken verdrängt. *Dieser Mann ist eigentlich so gar nicht mein Typ … Immer trägt er diese unmodischen karierten Hemden … aber seine Gesichtszüge sind so fein … und diese tiefsinnigen, schönen braunen Augen …* Daniel war ganz anders als Oscar und ihre Freunde davor. Er hatte etwas an sich, was Ella das Gefühl gab, ihn schon seit langer Zeit zu kennen. Daniel musste ihren Blick bemerkt haben. Denn er hörte mitten im Satz auf zu sprechen und erwiderte Ellas Lächeln. Diese errötete prompt daraufhin. Es lag jetzt ein Knistern in der Luft, das beide spürten.

»Sorry …«, sagte Daniel plötzlich. »Ich rede zu viel … kommt davon, wenn man zu lange im Wald allein lebt.«

Eine halbe Stunde später lagen sie wieder bäuchlings Seite an Seite auf dem Waldboden, und Daniel zeigte auf einen Querschnitt, den er in den Waldboden gemacht hatte, wo ein Pilzgeflecht deutlich zu erkennen war.

»Das Pilzgeflecht zieht sich durch den gesamten Waldboden, und die Bäume nutzen es, um miteinander zu kommunizieren … Es ist quasi das Internet des Waldes.«

»Und die NSA ist auch hier, oder warum flüstern Sie?«, fragte ihn Ella und flüsterte genauso, wie er es getan hatte. Ihr Ton war amüsiert, und Daniel guckte sie ertappt an.

»Weiß nicht«, antwortete er in normaler Lautstärke und lachte.

Er hat Humor, stellte Ella angenehm überrascht fest – und auch, dass sie gerne noch länger neben ihm gelegen hätte, um weiter die Wärme seines Körpers zu spüren, aber Daniel stand mit einem sportlichen Schwung auf.

»Weiter geht's.« Er reichte ihr wieder die Hand. Ella nahm sie, und er zog sie hoch. Für einen kurzen Moment standen sie ganz nah beieinander, und Ella spürte wieder die Nähe seines Körpers, und sie dachte, wie es sich wohl anfühlen würde, in seinen Armen zu liegen? In dem Moment, als Ella bewusst wurde, welchen Gedanken sie da gerade gehabt hatte, wurde ihr klar, dass sie sich in den Förster verknallt hatte.

»Zu kalt?«, hörte sie Daniel plötzlich fragen und merkte erst jetzt, dass sie an einem wunderschönen kleinen Waldsee angekommen waren, auf dessen Wasseroberfläche die Nachmittagssonne glitzerte.

»Ein See! Das hab ich ja gar nicht gewusst ...«, schrie sie entzückt auf, und Daniel beendete ihren Satz, »... dass es so etwas hier gibt. In diesem Grünstreifen zwischen zwei Schnellstraßen.«

Daniel grinste Ella an, aber sein Grinsen wechselte in Unsicherheit, als er sah, dass Ella anfing sich auszuziehen. Jetzt lachte Ella. »Keine Sorge, ich zieh mich nicht nackig aus, aber es ist so schön und gerade noch so spätsommerlich warm ... da muss ich einfach rein!«

Ella rannte in Unterhose ins Wasser und quietschte.

»Aaaaahhh! Das ist ja kalt!«

Sie drehte sich um und schien zu spüren, dass Daniel seinen Blick auf ihren Köper gerichtet hatte, und sie registrierte, dass ihm gefiel, was er sah.

»Kommen Sie?« Ella bemerkte seine Unschlüssigkeit. »Jetzt kommen Sie doch schon! Bozer, du auch!« Und dann verschwand Ella mit einem Kopfsprung im See. Es war herrlich. Das Wasser war seidenweich und angenehm warm direkt unter der Wasseroberfläche. Als sie auftauchte, prustete sie laut, strich die nassen Haare aus dem Gesicht und schaute zum Ufer. Daniel und Bozer standen jetzt nebeneinander. Beide schienen unschlüssig zu sein, ob sie ihr folgen sollten oder nicht. »Herr Förster, wenn Sie jetzt nicht sofort reinkommen, schreib ich in meinem Artikel, dass sie nicht schwimmen können!«

Ella kraulte zum Ufer zurück und fing an, Daniel und

Bozer vollzuspritzen. Bozer sprang zwar ins Wasser. Aber dann bellte er aufgeregt und schwamm wieder zurück ans Ufer, wo er das Wasser abschüttelte. Er schien abzuwarten, ob Daniel baden gehen würde.

»Also gut«, sagte Daniel schließlich. »Sie sollen ja keinen Quatsch schreiben.«

Er schlüpfte aus seinen festen Schuhen, dann aus seinen grünen Forsthosen, zog das karierte Hemd aus und stand plötzlich in seinen Boxershorts da ... Diesmal sah er in Ellas Blick, dass ihr gefiel, was sie sah.

»Komm, Bozer, dein verrücktes Frauchen gibt doch eh keine Ruhe!« Und dann machte Daniel auch einen Kopfsprung, schwamm und tauchte direkt vor Ella auf. Sie lachten laut, und plötzlich verspürte Ella den Wunsch, Daniel zu küssen. Ohne zu überlegen, was sie in dem Moment tat, hatte sie schon ihre Hände auf seine Wangen gelegt. Daniel schien im ersten Moment überrascht, aber dann fanden ihre Lippen zueinander in einem innigen Kuss. Ella spürte, wie Daniel, der gerade noch mit seinen Zehenspitzen auf dem Seeboden stehen konnte, seine Hände zärtlich um ihre Taille legte und sie noch näher zu sich zog, bis sich ihre Körper unter Wasser berührten.

Ein lautes Bellen riss sie aus dem romantischen Moment. Ella und Daniel lösten sich erschrocken voneinander, gerade im richtigen Moment, um zu sehen, wie Bozer seinen Mut zusammennahm, Anlauf nahm und ins Wasser sprang. Schnaufend tauchte er jetzt vor ihnen auf.

Beim Anblick ihres nassen schwimmenden Hundes schrie Ella entzückt auf: »Bozer! Du kannst ja schwimmen!«

»Klar kann der schwimmen, und wie! Nicht wahr, Bozer!« Daniel lachte.

»Aber wer hier der Schnellste ist, das wollen wir doch mal sehen!«, forderte Ella die beiden kokett heraus. »Wer zuerst zurück am Ufer ist: eins, zwei … drei!« Ella schwamm los, bevor sie fertig gezählt hatte, und verschaffte sich somit einen Vorsprung, den Daniel aber bald mit seinen schnellen starken Schwimmzügen aufgeholt hatte. Bozer, der sofort kapiert hatte, dass dies ein Wettschwimmen war, hatte wohl entschieden, zu zeigen, was er draufhatte. Er machte Tempo, und seine Paddelbewegungen wurden immer schneller, bis sein Kopf und die Schultern sich wie in einem Zeitraffer oder Trickfilm lustig von einer Seite zur anderen bewegten. Spielend überholte Bozer nicht nur Ella, sondern kurz vor dem Ufer auch Daniel. Er sprang als Erster wieder an Land, schüttelte sich und bellte dann frech in Richtung Ella und Daniel, als wolle er sagen: *Seht ihr! Ich hab gewonnen!*

Die Sonne schien noch, aber Ella hatte gefroren, als sie aus dem See gestiegen waren, und so hatte sie Daniels Angebot, sein Hemd über ihre Sachen zu ziehen, angenommen. Sie musste lächeln über den Gedanken, dass sie jetzt ein altmodisches kariertes Hemd eines Försters trug, während sie langsam durch den Wald schlenderten. An einem Wegrand blieb Daniel stehen. Er hatte gerade einen Brombeerbusch entdeckt und pflückte nun die letzten Brombeeren des Sommers ab.

»Hier …« Er legte Ella ein paar dicke reife Brombeeren in die Hand, die sie sofort verschlang.

»Hmm … Ich versteh nicht, warum die nie schmecken, wenn man sie kauft, aber diese hier … köstlich.« In dem Moment pinkelte Bozer vor ihren Augen an den Brombeerbusch. »Iiiieee, Bozer!«, schrie Ella auf.

»Das war's dann wohl mit den Brombeeren!« Daniel lachte.

Sie gingen weiter, und Daniel führte sie jetzt vom Weg ab wieder in den Wald. Ella vertraute darauf, dass er den Weg kannte. Verstohlen schaute sie ihn immer wieder von der Seite an und fragte sich, ob es noch mal zu einem Kuss kommen würde. Sie hoffte es.

Plötzlich hörte Ella ein leises Klingeln durch den Wald tönen. Auch Bozer spitzte die Ohren. Wieder ertönte ein sanftes *Klingeling …* aus den Baumwipfeln. Ella blieb stehen und schaute um sich. »Hörst du das?«, fragte sie Daniel erstaunt. »Woher kommt das?«

Daniel zeigte mit seinem Finger hoch oben in einen Baum. Und dann sah es Ella auch. In einzelnen Bäumen hingen Windspiele. »Wir sind hier in einem Friedwald. Ein Waldfriedhof«, erklärte Daniel, als er Ellas fragenden Blick sah. »Ich hab einen Teil des Waldes dafür bereitgestellt. Ich finde die Idee, hier, zwischen den Bäumen, in aller Ewigkeit zu liegen, schön.«

Klingeling … Klingeling … tönte es wieder durch den Wald, und die harmonischen, ja, fast magischen Töne der Windspiele rührten Ella zutiefst. Sie schaute Daniel an und plötzlich, ergriffen von dem Moment und dem Ort, rutschte ihr ein Satz raus, von dem sie auch nicht wusste, woher er kam. »Gestorben wird immer, aber davor muss man leben …«, sagte Ella leise.

Daniel wartete, als ob er ahnte, dass sie fortfahren würde, was sie dann auch tat.

»Du bist eigentlich gar nicht mein Typ …«, und nach einer langen Pause, in der die beiden sich tief in die Augen schauten, küsste sie ihn, und Daniel erwiderte Ellas Kuss.

»Man kann im Leben nicht alles haben. Aber auf Fressen, Gassi gehen im Wald und ab und zu hinter den Ohren gekrault zu werden bestehe ich.«

WUFF! BOZER

»Who the fuck ist Kiera Kowalski?«, rief Silke aufgebracht in die Runde und zeigte dabei auf Ellas leeren Platz. Sie fuhr kopfschüttelnd fort. »Dieser Oscar, so niveaulos!«

»Meinst du, sie hat sich was angetan?« Cecile stellte die Frage leise und schaute ihre Freundinnen besorgt an.

Die Freundinnen – minus Ella – waren endlich wieder in Lulus Jurte versammelt und wie an jedem Mädelsabend stand reichlich Prosecco bereit. Nur heute schien die Lust auf Alkohol gedämpft, denn die Flaschen waren noch unberührt. Überhaupt hing unter dem Jurten-Sternenhimmel eine bedrückende Stimmung. Sogar Lulu, die sonst immer und überall versuchte, die Laune zu heben, fiel es schwer, die Enttäuschung über ihr Date zu überspielen.

»Aber die Sterne haben Ella doch zu diesem Förster geschickt! Was ist jetzt mit dem?« Lulu guckte in die Runde.

Silke zuckte mit den Schultern, sie hatte schon eine gefühlte Ewigkeit nicht mehr mit Ella telefoniert.

Cecile hingegen stieß einen tiefen Seufzer aus. »Egal, ob man einen Mann hat oder nicht … am Ende ist man immer allein«, sagte sie nachdenklich und niedergeschlagen und schüttelte dabei ihren Kopf. Aber bevor Lulu oder Silke nachfragen konnten, was sie damit meinte, ertönte in dem Moment Ellas Stimme.

»Genau«, sagte Ella, nachdem sie in die Jurte getreten war, was niemand bemerkt hatte.

»Ella! Wo bist du gewesen?«, rief Lulu aufgebracht. »Wir haben uns schon Sorgen gemacht.« Plötzlich grinste Lulu breit, riss den Arm in die Luft und zeigte mit ihrem Zeigefinger auf Ellas Hals. »Ein Knutschfleck! Da!« Die anderen Mädels schauten neugierig. Lulu lachte, griff nach einer Flasche und ließ den Korken knallen. »Das muss gefeiert werden. Gläser her. Wir trinken auf Ella! Und ich finde, wir sollten deinen Förster bald mal kennenlernen!« Lulu schaute Ella erwartungsvoll an.

»Nein«, antwortete Ella und wich Lulus Blick aus.

Nein? Lulu glaubte nicht richtig gehört zu haben. Cecile und Silke schauten Ella neugierig an, die aber wich auch den Blicken der anderen beiden Freundinnen aus und starrte auf den Tisch.

»Weil du den für dich behalten willst?«, fragte Lulu vorsichtig.

»Nein«, sagte Ella wieder, nur ein bisschen leiser.

Cecile lehnte sich zu ihr rüber und hob vorsichtig ihr

Kinn. Und dann sahen es alle: Tränen rollten Ellas Wange runter. »Ella, was ist passiert? Was ist denn mit dir los?«, rief Cecile, wie es nur eine Mutter tut.

Ella wischte sich das Gesicht mit dem Hemdärmel ab, nahm das Glas Prosecco, das Lulu ihr hinhielt, und trank es in einem Zug leer. Als sie es abgestellt hatte, schaute sie ihre Freundinnen an, mit dem traurigsten Blick der Welt.

»Mein Förster … der kann mit allen vögeln, aber da passiert nichts.«

In der Jurte herrschte tiefes Schweigen.

Die Katzen studierten Ella aufmerksam von ihrem Katzenbaum aus, und die Freundinnen warfen sich gegenseitig fragende Blicke zu, trauten sich aber nicht nachzufragen, was Ella jetzt genau damit meinte. Sogar Lulu verkniff sich einen ironischen Kommentar über die fruchtbaren Spermis unserer Zeit, dass diese immer weniger, langsamer und untrainierter wurden. Stattdessen wartete auch sie, bis Ella bereit war, ihnen mehr zu erzählen.

Als Ella und Daniel sich endlich im Friedwald küssten, konnten sie ihre Lust aufeinander nicht länger zurückhalten. Aber gerade in dem Moment, als Daniel Ella auf den warmen feuchten Waldboden herunterziehen wollte, hielt Ella kurz inne. »Daniel … meinst du die beobachten uns?«, fragte sie und warf dabei einen Blick in die Windspiele in Gedanken an die Toten, die im Friedwald begraben waren.

Daniel lächelte. »Und wennschon … die haben bestimmt Freude, wenn hier mal was los ist.«

Ella überlegte kurz, dann nickte sie, und Daniel zog sie endgültig auf den moosigen Boden. Als er in sie eindrang, vergaß Ella alles um sich herum – und auch das, was in den letzten Wochen passiert war. Ihr einziger Gedanke war, dass sich Daniel himmlisch anfühlte. *So, als ob wir füreinander gemacht sind …*

Bozer ahnte, dass er diesmal der »Action« ein wenig fernbleiben sollte, und legte sich weit genug weg von dem Liebespaar, um nicht zu stören, aber nah genug, um trotzdem alles drum herum im Blick zu haben. Er lag entspannt mit seinem Kopf auf dem Waldboden, und irgendwann schloss er auch die Augen; der Hund schien einverstanden mit dem, was zwischen Ella und Daniel passierte.

Die letzten Sonnenstrahlen verschwanden gerade hinter dem Blätterwald, als Ella, Bozer und Daniel später im Forsthaus ankamen. Ella machte sich keine Gedanken darüber, ob sie jetzt bleiben oder gehen sollte, denn es war klar, dass sie und Bozer die Nacht im Forsthaus verbringen würden.

Als Ella am nächsten Morgen aufwachte, war Daniel schon aufgestanden. Sie roch, dass er Kaffee machte. Ella lächelte. So glücklich hatte sie sich schon lange nicht mehr gefühlt, und sie spürte das Flattern der Verliebtheit in ihrem ganzen Körper. Ella schloss die Augen, um die Erinnerung an den See, den Friedwald und an die Nacht mit Daniel noch ein klein bisschen länger festzuhalten. Aber Bozers fröhliches Bellen drang von draußen durch das offene Schlafzimmerfenster. Ella schlug die Augen wieder auf und musste lächeln. *Folge dem Hund …*

Daniel hatte den Frühstückstisch auf der kleinen Veranda schon gedeckt. Als er Ella sah, leuchteten seine Augen verliebt auf. Ella fiel ein Stein vom Herzen. Er schien genauso glücklich zu sein wie sie.

»Ich hoffe, du magst es ein bisschen derb«, sagte Daniel und zeigte auf die Spiegeleier, den Schinken und die Wurst. »Hab leider keine Marmelade mehr. Bin noch nicht dazu gekommen, die Brombeeren zu verarbeiten.«

Ella lachte laut. »Du machst selber Marmelade!«

Daniel lächelte und nickte. »Bring ich dir gerne bei.«

Ella machte einen Schritt auf ihn zu und atmete seinen wunderbaren Geruch ein, wie sie es schon die ganze Nacht getan hatte. Flirtend fuhr sie ihm mit ihrer Hand über seinen Eintagesbart. »Hmmm, da muss ich mir ja überlegen, was ich dir beibringen könnte …«

In der Jurte guckte Ella ihre Freundinnen jetzt wieder mit ihren verheulten Augen an. »Kennt ihr das, den Moment, in dem alles noch gut ist … wenn die Welt noch in Ordnung ist – und dann plötzlich … einen Moment später weiß man nicht, was zwischen den beiden Momenten passiert ist, aber man weiß, dass nichts mehr so sein wird, wie es war?«

Silke und Lulu tauschten verstohlen Blicke aus, die so viel bedeuteten wie: Was *ist denn in die gefahren?*

Cecile aber schien zu verstehen, was Ella meinte, denn sie

nickte und sagte traurig: »Ja, und dann ist man plötzlich wieder allein.«

»Genau«, sagte Ella und schluchzte kurz, bevor sie weitererzählte.

»Oh, wie süß! Guck mal da, Daniel«, rief Ella begeistert vom Frühstückstisch. Daniel schaute von der Veranda in die Richtung, in die Ella zeigte. Eine Bache mit mindestens zwölf oder dreizehn Frischlingen spazierte gerade gemütlich direkt am Forsthaus vorbei. Bozer knurrte kurz, schien aber zu ahnen, dass er sich nicht mit einer Bache anlegen sollte.

Daniel sah auch nicht sonderlich begeistert aus und runzelte die Stirn. »Es gibt schon wieder viel zu viele davon«, sagte er kopfschüttelnd und schenkte sich noch einen Kaffee ein.

»Also, ich finde die kleinen Babyschweinchen total süß, aber im Moment finde ich wahrscheinlich eh alles, was mit Babys zu tun hat, süß.«

Ella wendete lächelnd ihren Blick von den Frischlingen ab. Aber als sie in das Gesicht von Daniel blickte, erstarrte sie, denn Daniel schien irritiert.

»Was ist? Darf ich die nicht süß finden?«, fragte sie verunsichert.

Und ihr fiel auf, dass Daniel ihr nicht in die Augen sah, als er die Veranda verließ, zurück ins Haus ging und dabei nur über seine Schulter murmelte: »Doch, doch.«

Ella blieb sitzen und schaute noch mal in den Wald. Die

Wildschweinfamilie war schon längst verschwunden. Dann fiel ihr Blick auf Daniels Frühstücksteller, wo noch sein angebissenes Brot lag.

»Daniel? Kommst du? Du bist ja noch gar nicht fertig«, rief sie vom gedeckten Tisch ins Forsthaus hinein.

Plötzlich stand Daniel wieder auf der Veranda, aber er trug bereits seine Arbeitskluft. Ella spürte, wie es in ihrem Herzen nervös zuckte, als ihr klar wurde, dass damit das Frühstück vorbei war. Warum dieser plötzliche Stimmungswechsel? dachte Ella. Es konnte doch nichts mit den Frischlingen zu tun haben … oder doch? *Mag er keine Babys?* Ella schluckte und hoffte, dass dies nicht der Fall war. Sie hätte ihn gerne in dem Moment gefragt, ob er mal Kinder haben wollte, aber ihre Intuition sagte ihr, dass dies nicht der richtige Zeitpunkt war.

Ella stand auf und versuchte, ihre Unsicherheit zu überspielen und das Thema zu wechseln.

»Ach, schade, dass du schon gehen musst. Aber … also ich hab überlegt … vielleicht könnte Bozer ja hierbleiben bei dir, und ich komm heute Abend aus der Redaktion, und wir springen noch mal zusammen in den See. Ich glaube, ich könnte mich daran gewöhnen, hier zu sein … mit dir hier im Wald.«

Ella schenkte Daniel ein verliebtes Lächeln, aber diesmal lächelte er nicht zurück. Es entstand eine kurze, aber unbequeme Pause. Ella, die jetzt komplett verunsichert war, sah, wie Daniels Augen furchtbar traurig wurden und dass ihn sein Lächeln viel Kraft kostete. »Ich könnte mich auch daran gewöhnen, Ella, aber ich muss dir was sagen.«

Daniels Ton war so ernst und schwermütig, dass Ella in diesem Moment am liebsten vom Tisch aufgesprungen wäre und wie ein verwöhntes Kind die Finger in die Ohren gesteckt und laut geschrien hätte. Sie wollte nichts hören, was ihr das momentane Glück vermiesen könnte. Aber stattdessen zwang sie sich ruhig zu bleiben – von außen zumindest – und fragte: »Was ist denn? Findest du mich langweilig ... nicht spannend genug?«

Daniel lächelte und schüttelte den Kopf. »Nein.«

»Ja, aber ... was ist es denn dann?«, fragte Ella und hörte, wie in ihrer Stimme jetzt ein Hauch von Verzweiflung lag.

»Ella ...«

Daniel brach ab und schwieg wieder, als ob er seine Worte richtig wählen wollte.

»Jetzt sag's doch endlich!« Ella fühlte, wie ihr Herz schneller schlug und ihr ganz heiß wurde.

»Ella, wir können hundert Mal miteinander schlafen, aber da wird nichts passieren!«

Ella lachte laut, aber gepresst. »Da hatte ich aber im Friedwald und gestern Nacht ein anderes Gefühl.«

»Das meine ich nicht.«

Ella war jetzt komplett verwirrt. »Ja, aber was meinst du denn dann?«, fragte sie.

Daniel holte tief Luft, und endlich platzte es aus ihm heraus.

»Von mir kannst du keine Babys bekommen.«

Ella starrte Daniel an, als hätte sie ihn nicht verstanden. Aber sie hatte verstanden.

»Da kann man … doch bestimmt was machen …« Ellas Stimme brach ab.

»Nein. Ist genetisch«, antwortete Daniel.

Die Freundinnen sahen Ella an. Dann brach Silke das Schweigen. »Ja, aber … das hat doch aber auch gute Seiten«, meinte Silke in die Runde.

»Was ist daran gut?«, fuhr Ella Silke wütend an. »Ich hab mich verliebt, aber ich will eine Familie, und er kann nicht.«

»Oh, Ella, wie furchtbar!« Cecile warf die Arme um Ella, die das Gesicht in ihrer Schulter vergrub und weinte. Auch weil sie ihren Freundinnen nicht erzählen wollte, wie schrecklich die schmerzhafte Stille gewesen war, die folgte, nachdem Daniel ihr sein Geheimnis gebeichtet hatte. Er hatte sie ganz lange mit einem hoffnungsvollen Blick angesehen, und sie hatte gewusst, was er von ihr hören wollte. Nämlich dass das doch kein Problem sei und dass es Ella nichts ausmachte, keine Kinder zu haben. Überhaupt sei das Kinderthema in ihrer jungen Beziehung doch überhaupt kein Thema usw. Aber Ella hatte ihre tiefe Enttäuschung nicht verbergen können. Denn die Wahrheit war ja, dass sie Kinder haben wollte.

»Es tut mir so leid«, waren schließlich die einzigen Worte gewesen, die Ella herausbrachte. Daraufhin war Daniel aufgestanden und hatte gesagt, dass er sie und Bozer zu ihrem Auto fahren würde.

»Ach, Ella, sieh's nicht so ernst, dann soll es eben nicht sein!«, sagte jetzt Lulu und wollte ihre Freundin trösten. »Hauptsache, du hast dich mal wieder verliebt, das ist doch wunderbar! Ich habe wochenlang ein Date mit den Sternen vorbereitet und dann …«

»Ja genau! Was ist mit deinem Date passiert? Ihr seid so früh los. Max meinte, ihr seid …« Cecile schaute Lulu fragend an.

»Ab in die Kiste? Von wegen! Das ganze Date war eine große Katastrophe! Stellt euch vor, er hat mir verheimlicht, dass er Hundebesitzer ist, und hat die ganze Zeit nur über seinen Hund geredet, der auch noch Galileo heißt!« Ella hob neugierig ihren Kopf und schniefte kurz, bevor sie sprach.

»Galileo? Dein Date hatte einen Hund, der Galileo heißt? Trägt der Typ so 'ne Hornbrille?«

Silke guckte Ella ungläubig an. Dann zuckte sie blitzschnell ihr Handy und suchte ein Bild heraus, das sie Lulu vor die Nase hielt. »Dr. Michael Seligmann? Der da? Ist er das?«

»Ja!«, rief Cecile, die über Lulus Schulter auch in Silkes Handy geschaut hatte. »Aber ich finde, dass der ganz nett aussieht.«

»Der hat mich erst kürzlich angebaggert, während sein Galileo unfähig war, meine Berta zu begatten«, sagte Silke in die Runde und rollte mit den Augen.

»Und vorletzte Woche hat er bei mir Zecken abgesammelt«, fügte Ella leise hinzu.

»Wie bitte?«, klang es unisono von den Freundinnen.

Ella zuckte die Schulten. »Ja, Zecken abgesammelt. Aber mehr ist dann nicht passiert … glaub ich …«

Cecile war fassungslos. »So ein Hallodri! Da sieht man mal wieder, wie falsch man liegen kann. Also, Lulu, sei froh, dass du Katzen hast und er bei dir nicht gelandet ist.« Cecile schwieg und wurde mit einem Mal wieder traurig.

»Ich sag's euch ja, es ist alles egal, ob die Männer nun Förster, Konzertpianisten oder Hallodri sind … am Ende ist man immer allein.« Darauf leerte sie ihr Glas Prosecco in einem Zug.

»Mann, Cecile, immer musst du alles so dramatisieren. Schon den ganzen Abend! Was soll dieses Immer-ist-man-allein?«, schimpfte Silke und imitierte die letzten Worte in dem gleichen pathetischen Ton von Cecile.

»Ich dramatisiere gar nichts! Max …« Cecile hatte es ihren Freudinnen nicht sagen wollen, aber jetzt platzte es gegen ihren Willen aus ihr heraus. »Max ist in ein Hotel gezogen. Er hat gesagt, dass er es nicht erträgt, seinen Sohn jeden Abend weinen zu hören. Er sagte, dass kein Vater das ertragen würde.« Cecile versuchte, ihre Freundinnen stoisch anzuschauen, aber alle sahen, wie schwer ihr das fiel.

»Aber an dem Abend im Restaurant saht ihr so *in love* aus!«, rief Lulu entsetzt.

Cecile schüttelte den Kopf, als ob sie es selber auch nicht glauben konnte. »Ja, aber jetzt ist er weg und wohnt im Hotel. Und ich hol Simpson morgen wieder nach Hause.«

»Wo ist Simpson denn überhaupt?«, fragte Silke.

»Bei einem Hundeflüsterer«, antwortete Cecile.

»Ja, aber warum hast du ihn nicht zu mir gebracht?« Silke war geschockt. Sie hatte Cecile nach dem Streit im Café mehrmals angerufen, sich sogar entschuldigt und ihrer Freundin versichert, dass sie ihr mit Simpson helfen würde.

»Du warst so kompliziert, Silke!«, fuhr Cecile ihre Freundin scharf an. »Und dieser Hundeflüsterer … der stand plötzlich vor meiner Tür und wirkte freundlich und aufgeschlossen, genau wie es meine Nachbarin, das Frauchen von Rocky, beschrieben hatte.«

Als der Hundename Rocky fiel, sprang Silke auf, und Lulus Katzen fauchten erschrocken. »Rocky? Mein Rocky? Den hat mir jemand abgeworben, wie fast alle meine anderen Kunden auch!«, empörte sich Silke.

Cecile kramte jetzt Olis zusammengefalteten Flyer aus ihrer Handtasche und gab ihn Silke, die ihn schweigend betrachtete. Dann las sie laut vor, was auf dem Zettel stand: »Oli Simon, Ihr *Happyhundeflüsterer* … Das gibt's nicht! Das ist kein Hundeflüsterer, das ist ein Ex-Fußballer!«

Silke war aufgebracht.

Lulu starrte Silke neugierig an. »Und woher kennst du den?«

»Der war bei mir im Kurs«, antwortete Silke knapp.

Aber Lulu ließ nicht locker. »Ach, und was hat er bei dir gelernt?«

»Nenn es, wie du willst«, zischte Silke Lulu an.

Aber Lulu fing an zu lachen. »Ich glaub das alles nicht. Poppie! Poppie, mein Kätzchen, komm her zu Mama. Bin ich froh, dass ich eine Katzenmama bin!«

Poppie sprang auf die Schulter von Lulu, die sie liebevoll streichelte. Ihr Lachen wurde langsam leiser.

Ella griff nach dem Flyer. »Oli Simon? Das ist doch dieser ehemalige Auswechselstürmer von Hertha. Der hat nichts auf dem Platz geleistet, aber war ständig in den Klatschspalten. Hat wohl vom Zocken hohe Schulden.«

»*Dieser Friseur* hat mir meine ganzen Kunden abgeworben!«, rief Silke und war so sauer, wie ihre Freundinnen sie noch nie gesehen hatten.

Cecile hingegen warf die Hände in die Luft. »Na, dann macht ja jetzt alles Sinn. Morgen organisiert er ein Hundefußballspiel, und Simpson spielt mit.«

»Klar, weil er selber nicht mehr kicken kann, lässt er die Hunde für sich spielen«, stellte Ella nüchtern fest.

»Mädels, das Spiel gucken wir uns morgen alle zusammen an!«, schrie Lulu plötzlich laut.

Poppie erschrak, sprang von ihrer Schulter auf den Tisch und stieß dabei fast ein Glas um.

Ella, Silke und Cecile schauten Lulu überrascht an. Die ließ ihre Freundinnen für einen kurzen Moment im Glauben, dass sie ihren Vorschlag ernst meinte … aber dann prustete sie los. »Ihr habt gedacht … ihr habt wirklich gedacht, *ich* geh zu ’nem Hundefußballspiel?« Lulu konnte sich vor Lachen gar nicht mehr einkriegen.

Ella hatte sich als Erste verabschiedet. Sie war müde und traurig und wollte nur noch ins Bett. Es war eigenartig, dachte sie, als sie aus Lulus Haus rauskam und kurz überlegen musste, wo sie ihr Auto geparkt hatte. Alle vier Freundinnen hatten in den letzten vierundzwanzig Stunden derbe Niederlagen einstecken müssen. Cecile und Max lebten jetzt getrennt; das wäre vor einem Tag noch undenkbar gewesen. Und eins war Ella heute Abend auch klar geworden: Silke schien ein ernstes Problem zu haben. Sie hatte sich in einen Typen verknallt – und mit ihm geschlafen –, der womöglich schuld daran war, dass ihr Unternehmen auf eine Insolvenz zusteuerte. Und Lulu? Ella versuchte sich zu erinnern, wann Lulu das letzte Mal eine richtige Beziehung hatte … Es war schon sehr, sehr lange her. Lulu tat Ella plötzlich leid. Schade, dachte sie, dass zwei Menschen wegen ihrer Tierliebe nicht zueinanderfinden. Eigentlich hätten Lulu und Michael gut zusammengepasst. Beide hatten etwas Extravagantes an sich.

Ella schüttelte sich, es war noch kühler als die Abende zuvor. Und schon bald würden die Tage noch kürzer werden, und dann würde der November wieder vor der Tür stehen. Ella verdrängte den Gedanken schnell wieder. Sie hasste den Monat November. In Berlin war er besonders trostlos und dunkel. Überhaupt war die Vorstellung, dass sie den langen Berliner Winter diesmal vielleicht als Single durchleben müsste, schrecklich. Ella stand jetzt mit dem Schlüssel in der Hand vor ihrem Auto und war irritiert. Sie hatte Bozer im Auto gelassen wegen Lulus Katzen. Und weil Michael ihr damals erzählt hatte, dass er für Galileo immer *Klassik Radio* laufen ließ, weil es den Hund beruhigte, hatte sie den Sender auch für Bozer eingeschaltet, bevor sie in die

Jurte gegangen war. Jetzt aber schallte aus ihrem Auto keine klassische Musik, sondern laute hässliche Rockmusik. Die Straße war dunkel. Ella drehte den Kopf nach links und rechts, um zu sehen, ob die Musik nicht doch von irgendwo anders herkam. Aber nein, die Musik drang aus *ihrem* Auto, in dem Bozer auf dem Beifahrersitz saß. Fast schien es Ella so, als würde ihr Hund ein bisschen mit dem Kopf zur Musik wippen. Sie drückte auf den Autoschlüssel. Die Lichter leuchteten auf, und die Zentralverriegelung öffnete sich mit einem doppelten Piepsen. Vorsichtig machte Ella die Autotür auf. Nun dröhnte ihr in voller Lautstärke Death-Metal-Musik entgegen.

Vorsichtig stieg Ella ins Auto und setzte sich auf den Fahrersitz. Bozer schien sie erst jetzt wahrzunehmen. Er drehte den Kopf zu seinem Frauchen und schaute sie an.

Ella hätte in diesem Moment schwören können, dass er ihr mit diesem Blick sagen wollte: *Geil, nicht?*

Ella räusperte sich. »Ähm … aber … vielleicht … ein bisschen leiser?«, fragte sie ihren Hund und drehte vorsichtig die Musik leiser. Als sie losfuhr, musste sie innerlich grinsen. *Was für ein verrückter Kerl mein Bozer ist! Was Daniel wohl dazu sagt …?* Ella fühlte plötzlich einen Stich im Herzen. Und mit einem Mal erinnerte sie sich, dass sie Daniel nicht von Bozers Radiosenderwechsel erzählen würde … dass sie Daniel vielleicht niemals wiedersehen würde …

Dieser Gedanke hielt Ella die ganze restliche Nacht wach. Irgendwann gab sie den Kampf auf. Ihren Kummer würde sie nur mit der Bridget-Jones-Methode bewältigen können.

Und so kuschelte sich Ella in ihrem Schlafanzug aufs Sofa. Während sie mit einer Hand einen großen Becher *Florida Eis* leer löffelte, kraulte sie Bozer, der neben ihr lag, mit der anderen Hand die Ohren. Dabei zappte sie sich durch das nächtliche Fernsehprogramm, bis sie bei einer alten Kamelle hängen blieb. *Im Dutzend billiger* war eine alte Komödie, in der es um eine Patchwork-Familie ging, die zwölf Kinder hatte. An jedem anderen Abend hätte Ella weggeschaltet, aber heute weinte sie an all den Stellen, an denen andere Menschen üblicherweise lachten.

Auch die anderen Freundinnen schliefen schlecht in dieser Nacht. Cecile schreckte um drei Uhr morgens schweißgebadet aus dem Schlaf auf. Sie hatte erneut diesen Albtraum gehabt und war wieder am gleichen Punkt aufgewacht. Im Dunkeln tastete sie nach dem warmen Körper von Max und wollte sich aus Gewohnheit an ihn schmiegen, weil sie wusste, dass sie nur dann wieder einschlafen konnte. Aber Max war nicht da. Es war kein vertrautes Atmen von ihm zu hören oder zu spüren. Nur die Bettwäsche duftete noch ein wenig nach ihm. Verstört knipste Cecile ihre Nachttischlampe an, blickte auf die leere Betthälfte, und plötzlich kam die Erinnerung an jene Nacht zurück.

Als Charlotte, die Babysitterin, gegangen war, hatte Nico immer noch auf der Treppe gestanden und seinen Vater angeschrien. Und er hörte erst auf damit, als Max seinem Sohn hoch und heilig versprach, Simpson zurückzuholen. Cecile warf ihrem Mann einen dankbaren Blick zu. Sie liebte ihn dafür, dass er immer im richtigen Moment einlenken konnte. Cecile hielt Nico ein Taschentuch vor die Nase und ließ ihn reinrotzen. Dann nahm sie ihren kleinen Jungen an der Hand und führte ihn die Treppen rauf ins Kinderzimmer. Nico war von seinem Wutanfall so erschöpft gewesen, dass er einschlief, noch während Cecile seinen kleinen Körper mit der bunt bedruckten Bettdecke zudeckte.

Als Cecile wieder ins Wohnzimmer kam, rief sie leise nach ihrem Mann: »Max?!«

Aber Max antwortete nicht. In der Küche war er nicht und im Wohnzimmer auch nicht. Dann sah Cecile durch die große Fensterfront die roten Rücklichter von einem Taxi. Das Taxi, was sie vom Restaurant nach Hause gebracht hatte, war doch schon lange weg, dachte Cecile. *Warum steht schon wieder ein Taxi vor unserer Tür?* Cecile ahnte plötzlich Schlimmes. Ihr Herz schlug bis zum Hals, als sie sich hastig ihren dunkelblauen gürtellosen Mantel umwarf und nach draußen rannte.

Max hievte gerade seinen gepackten Koffer in den Kofferraum des Taxis.

»Max, was machst du denn da? Lass doch den Quatsch!«

Die Heckklappe schlug zu. So laut, dass Cecile zusammenzuckte.

Max drehte sich um. Sein Gesicht war schmerzverzerrt, aber entschieden.

»Ich geh ins Hotel. Und du holst den Hund zurück.«

Cecile packte ihren Mann am Arm. »Nein, Max. Bitte

nicht ... ich lass es nicht zu, dass unsere Familie auseinanderbricht. Wir finden einen Weg mit Simpson ...«

»Nein!« Max explodierte. »Wie soll ich mich bei dem Wahnsinn auf das Konzert vorbereiten?! Denkst du, das schüttle ich einfach so aus dem Ärmel? Und das ganze Theater wegen Smilla ... Als du in mein Handy geguckt hast, da war nix! Aber letzte Woche hätt' ich Smilla fast geküsst, verdammt noch mal! Verstehst du, Cecile? Mit mir stimmt irgendwas nicht mehr. Mit Nico nicht! Mit *uns* stimmt was nicht mehr! Die Wahrheit ist, ich bin doch schuld, weil ich noch ein Kind wollte. Und du nicht. Und sag nicht, dass ich damit unrecht habe.«

Max hatte daraufhin eine Pause gemacht, aber nur, um Luft zu holen.

»Hol Simpson zurück. Ich muss mich auf mein Konzert vorbereiten.«

»Max, nein ...«, flehte Cecile.

Aber Max hatte sich schon auf den Rücksitz des Taxis gesetzt. Kurz bevor er die Autotür zuschlug, murmelte er noch: »Tut mir leid.« Dann fuhr das Taxi los.

Im Traum rannte Cecile immer dem Taxi hinterher, ohne es zu erreichen. Aber in Wirklichkeit war sie wie eine versteinerte Salzsäule stehen geblieben und hatte den Rücklichtern des Taxis noch lange nachgeschaut, bis sie in der Dunkelheit verschwunden waren.

Zur selben Zeit, als Ella Eis essend den alten Film schaute und Cecile versuchte, wieder einzuschlafen, saß Lulu in der

Jurte vor ihrem Computer. Sie hatte Räucherstäbchen angezündet, nachdem ihre Freundinnen gegangen waren. Dann schmuste sie lange mit ihren Katzen und dachte über Dr. Seligmann nach. Wie kann das alles sein? fragte sie sich. Die Sterne hatten ihr doch bestätigt, dass sie und Michael hervorragend zusammenpassten! Und bislang hatten die Sterne immer recht behalten! Zudem hatte ihr Michael vom Aussehen auch total gefallen. Er hatte etwas »Nerdiges« an sich, die karierten Hosen, die Hornbrille und auch seine etwas nasale, intellektuell angehauchte Stimme; all das hatte sie sexy gefunden. Und der Tagtraum, den sie im Restaurant gehabt hatte, in dem sie sich leidenschaftlich geküsst hatten …

»Ahhhh!«, entfuhr es Lulu frustriert bei dem Gedanken, dass es noch nicht mal zu einem Kuss gekommen war! Sie hätte es doch in den Sternen oder den Tarotkarten sehen müssen, dass Michael einen Hund hatte. Schließlich hatte sie bei Ella ja auch den Hund gesehen!

»Miau«, tönte es plötzlich. Poppie sprang auf den Tisch, setzte sich neben den aufgeklappten Computer und schaute Lulu fragend an.

»Die blöden Sterne!«, beschwerte sich Lulu bei ihrer Katze.

»Miau«, antwortete Poppie wieder.

»Genau.« Lulu sprang auf. Sie richtete ihren Blick auf die Lichterketten in ihrer Jurte und ballte die Faust. »Was ist denn mit euch los, ihr Sterne, he? Habt ihr es nicht kapiert? Ich bin ’ne Katzenfrau!«

Und Silke? Sie war zwar die einzige der vier Freundinnen, die in diesem Moment schlief. Aber sie träumte gerade davon, dass sie Oli zum Elfmeterschießen herausgefordert hatte und es schon sechs zu null für Silke stand. Diesen Friseur würde sie fertigmachen!

»Nicht jeder Hund liebt Fußball.
Meine Beine sind zu kurz.«

WUFF! ELFRIEDE

»Da ist der Platz!«, rief Silke aufgeregt von ihrem Fahrrad. Sie zeigte dabei mit einer Hand in Richtung des Hundebolzplatzes, den man in der Ferne sehen konnte, und verlor dabei fast die Kontrolle über ihr Lenkrad. Sie, Cecile und Ella hatten entschieden, mit ihren Fahrrädern zum Ort des Geschehens zu fahren. Ella war anfangs zögerlich gewesen, ob Bozer auch neben dem Rad herlaufen würde, aber es hatte nach ein oder zwei Versuchen geklappt. Ihr Hund war einfach intelligent, dachte Ella nicht ohne Stolz.

Die drei Freundinnen bremsten ab und schauten sich das Spektakel erst mal aus der Ferne an. Tatsächlich: Oli stand mitten auf dem Bolzplatz und hatte das Spiel mit den Hunden wohl gerade angepfiffen, denn die Hunde jagten dem Ball hinterher, und das nicht ohne Geschicklichkeit. Von Weitem sah es auch so aus, als ob die Tiere tatsächlich Fußball spielen würden. Spaß hatten die Vierbeiner auf jeden Fall. Oli pfiff und schrie den Hunden zu, mal als Trainer, mal als Schiedsrichter: »Abspielen! Ludwig, du musst auch mal abspielen!«, oder er schimpfte mit Elfriede: »Mann, Elfriede, der Götze hat auch kurze Beine, umso schneller musst du laufen. Gangster! Das ist ein Foul!«

Silkes Augen formten sich zu kleinen Schlitzen. »Kommt, lasst uns den Schwachsinn aus der Nähe betrachten!«

Als die Frauen ihre Fahrräder abgestellt hatten und sich am Rand auf eine der Bänke setzen wollten, fiel Olis Blick auf Silke. Er winkte ihr fröhlich zu, worauf Silke schnurstracks auf den Platz marschierte. Oli erspielte sich den Ball, dribbelte kurz damit und nahm ihn in die Hand. Die Hunde tänzelten aufgeregt um ihn herum.

»Herzlich willkommen!« Oli lächelte Silke an, als ob er sich wirklich freute, sie zu sehen.

»Was wird das hier?«, schnappte Silke unfreundlich zurück.

»'n Hundefußballspiel.«

»Ja, das seh ich. Da ist Rocky, da Cleo, da Ludwig, da Gangster und alle anderen Hunde, die du von mir abgeworben hast. Und ich Idiot hab dir auch noch 'ne zweite Halbzeit gegeben! Deinetwegen steh ich kurz vor der Insolvenz!« Silke schnaufte wütend.

»Ich steh auch kurz vor der Insolvenz, Silke. Wir sitzen im selben Boot …«

Silke fiel ihm ins Wort. »Ich sitz ganz bestimmt nicht in

deinem Boot! Wie hast du dir das hier überhaupt vorgestellt, he?« Silke zeigte auf die Hunde.

»Wie?« Oli verstand nicht, was sie meinte.

»Na, Hunde haben unterschiedliche Eigenschaften. Die einen jagen, die anderen hüten. Du kannst die doch nicht alle nach einem Ball jagen lassen.«

»Na, beim Fußball ist es doch genauso: Es gibt Stürmer, und es gibt Verteidiger.«

»Ja, genau«, tönte plötzlich eine männliche Stimme, die Silke von irgendwoher kannte. Der Vorwurf darin war kaum zu überhören. Silke drehte sich um. Vor ihr stand in einem offiziellen Linienrichter-Trikot das Herrchen von Gangster. Er baute sich vor Silke auf, und dabei war ganz klar zu spüren, dass er ihr das Anbrüllen von damals in der Hundeschule immer noch verübelte.

»Hör mal, Silke, der Mann hier hat ein Talent für Hunde. Und für Menschen. Endlich haben alle Spaß! So, und jetzt pfeif das Spiel hier wieder an, Oli!«

Oli warf Silke einen entschuldigenden Blick zu und ließ sie stehen, um der Aufforderung seines Kunden nachzukommen. Er ging zurück auf das Spielfeld und warf den Ball in die Luft. Die Hunde sprangen hoch, aber ein weißer Königspudel sprang am höchsten und köpfte den Ball gekonnt in Richtung Tor. Die vielen Zuschauer, die sich inzwischen versammelt hatten, schrien entzückt auf.

Silke drehte sich verärgert um und ging zu Ella und Cecile zurück. Während Cecile voll auf das Spiel konzentriert schien, sah Ella, wie verstört Silke war. Ella fasste ihre Hand.

»Nicht ärgern, Silke. Aber guck mal da. Da ist dieser Mickels, der immer noch für Hertha spielt … und die wetten auf die Hunde.«

Silke erblickte die Fußballer-Clique sofort. Die Typen waren in ihren edlen coolen Klamotten zusammen mit ihren aufgedonnerten Spielerfreundinnen kaum zu übersehen. Sie grölten, weil sie gerade eine Flasche Champagner geöffnet hatten. Und dann sah Silke auch das Geld und hörte aus der Ferne, wie ein Spieler einen anderen zu einer Wette herausforderte.

»Guck mal, Mickels, der Border Collie da, der hat was von dir, der läuft dem Ball immer davon!« Die Gruppe grölte wieder. Mickels zückte einen Fünfhunderteuroschein.

»Wetten, der macht ein Tor?« Der andere Spieler wedelte jetzt mit zwei Fünfhunderteuroscheinen. »Wette dagegen.«

Silke hatte genug gesehen. »Ich ertrag das nicht.«

Aber Cecile zog sie runter, neben sich auf die Bank. »Jetzt hab doch mal ein bisschen Humor, Silke. Guck dir doch mal an, wie toll die Hunde spielen. Sie köpfen und hechten dem Ball hinterher. Das sind richtige Akrobaten. Sogar Simpson! Ich wusste gar nicht, dass der sich so bewegen kann.«

In diesem Moment ergatterte Simpson tatsächlich die Kontrolle über den Ball und schob ihn mit seinem Riesenkörper ins Tor.

Cecile sprang vor Begeisterung auf. »*Tor*, Simpson, *Tor*!«

Ella konnte die Begeisterung nicht teilen. Bozer hatte laut geknurrt, und Ella hatte den Grund dafür auch schon entdeckt: ein voll tätowierter Typ stand am Rande des Bolzplatzes und neben ihm ein gefährlich aussehender Rottweiler mit Maulkorb.

Ella flüsterte Silke zu: »Guck mal, auf elf Uhr, der Typ da mit seinem Hund.« Silke schaute in die Richtung, in die Ella deutete. Augenblicklich machten sich Sorgenfalten auf ihrer Stirn breit. Der Typ und sein Hund sahen nach Krawall aus. Nein. Silke korrigierte ihren Eindruck. Die beiden sahen gefährlich aus.

In diesem Moment rief der Tätowierte Oli zu: »Hey, Oli, du Kumpel du! Liebling hier will mitspielen. Ist okay, oder? Ich lass dir auch ’nen Hunderter von deinen Schulden nach.«

Ella war fassungslos. »Der hat seinen hässlichen Hund Liebling genannt?«

»Und Lieblings Herrchen scheint Olis Schuldeneintreiber zu sein«, stellte Silke nüchtern fest.

Oli hatte inzwischen den Tätowierten wahrgenommen und stoppte das Spiel. Er ging rüber zu dem Mann. »Krüger, ich hab das Geld bald zusammen, sag’s deinem Chef. Jetzt mach bitte keinen Stress und verschwinde.«

»Zeig doch mal ein bisschen guten Willen, Alter! Liebling hier will auch ein bisschen Spaß haben!«

»Nee, das geht nicht. Meine Hunde sind ein eingespieltes Team, die kennen Liebling nicht. Bitte geh mit deinem Hund vom Platz runter.«

Jetzt stellte sich Gangsters Herrchen neben Oli. »Haste gehört, Mann, hau ab!« Oli legte besänftigend die Hand auf den Arm seines Linienrichters.

»Oh nein, hoffentlich fangen die keine Prügelei an. Das Spiel war doch so schön«, rief Cecile enttäuscht.

Bozer war unruhig geworden und zog an seiner Leine, so als ob er es mit dem Hund des Tätowierten aufnehmen wollte. Ella redete beruhigend auf ihn ein. »Alles gut, Bozer. Wir mischen uns da nicht ein!«

Silke und Ella warfen sich einen sorgenvollen Blick zu. Lieblings Anwesenheit hatte nicht nur Bozer, sondern auch die anderen Hunde unruhig gemacht. Spannung lag in der Luft.

Endlich lachte Krüger und schlug Oli auf die Schulter. »Du bist so ’n Loser, Oli. Warst früher bei Hertha, hattest die geilsten Partys und Frauen – und jetzt? Biste ’n Hundebabysitter. Komm, Liebling, wir gehen.«

Krüger wandte sich ab, und es war offensichtlich, dass Oli erleichtert war. Er pfiff das Spiel schnell wieder an. In den ersten paar Sekunden schien alles wieder beim Alten, doch dann sah Ella etwas.

»Oh, mein Gott!« Silke und Cecile schauten gleichzeitig auf Ella, die mit ihrem Finger auf Krüger zeigte. Der war zwar vom Platz gegangen, aber nicht weit davon entfernt stehen geblieben. Und in dem Moment, in dem Ella auf ihn zeigte, machte er gerade den Maulkorb seines Hundes ab.

»Oli!« Oli hielt inne, als er Silkes Warnschrei hörte. Aber es war zu spät. Der scharfe Rottweiler jagte schon auf den Bolzplatz – aber nicht Richtung Ball, sondern direkt auf Elfriede zu.

»Nein!« Oli versuchte, sich auf den wild gewordenen

Hund zu werfen, der gerade an ihm vorbeiraste. Aber Liebling war zu schnell und entkam. Elfriede erkannte die Gefahr und rannte, so schnell sie konnte, mit ihren kurzen Beinchen davon. Doch der Rottweiler war schneller, und es war absehbar, dass er die kleine Französische Bulldogge bald eingeholt haben würde. Doch plötzlich warf ihn ein harter Stoß aus der Bahn. Simpson hatte den Rotweiler mit seinem ganzen Gewicht von der Seite gerammt.

Cecile sprang entsetzt auf. »Simpson! *Nein!*«

In diesem Moment riss sich Bozer von Ella los und jagte in Richtung Spielfeld. *»Bozer!«*

Ella wollte ihrem Hund hinterherlaufen, aber Silke packte sie am Arm. »Die Wassereimer!« Am Rande des Platzes standen volle Wassereimer für die Hunde bereit, sodass sie während des Spiels ihren Durst löschen konnten. Oli hatte zum Glück ausnahmsweise mal mitgedacht. Ella, Cecile und Silke rannten zu den Eimern, und jede Frau schnappte sich einen. Ein schreckliches Jaulen ertönte, gefolgt von einem entsetzten Raunen der Zuschauer.

Ella war die Erste, die die kämpfenden Hunde erreichte. Aus dem Augenwinkel sah sie, dass Simpson bereits blutend auf dem Gras lag. Aber ihre volle Aufmerksamkeit galt dem Rottweiler, der mit blutigen gefletschten Zähnen vor Bozer stand. *»Nein! Nicht auch noch Bozer!«*, schrie sie und kippte den Eimer über dem Kampfhund aus. Gleich darauf folgten zwei weitere Ladungen Wasser von Silke und Cecile.

Die nasse Überraschung holte Liebling aus seinem Blutrausch. Oli, der plötzlich neben den Frauen stand, nutzte den Moment, packte den Hund und zog ihn zur Seite. Gangsters Herrchen, der Linienrichter, der auch zu Hilfe geeilt war, nahm Oli den Hund ab. Krüger, Lieblings Besitzer, hatte sich schon aus dem Staub gemacht, denn Zuschauer hatten die Polizei angerufen, die jetzt vor dem Bolzplatz vorfuhr.

Als Cecile den blutenden Simpson sah, stieß sie einen entsetzten Schrei aus und wollte sich auf ihren verletzten Hund stürzen, um ihn zu umarmen. Aber Ella hielt sie zurück, denn Oli und Silke waren schon dabei, Simpson aufzuheben, was keine leichte Angelegenheit war. Doch irgendwie schafften sie es und liefen mit ihm zum Hundemobil. Oli drehte sich noch kurz um und rief Ella zu, sich bitte um Elfriede zu kümmern.

»Wir werden nicht als Kampfhund geboren, sondern dazu erzogen.«

WUFF! LIEBLING

Im Flur der Tierklinik herrschte sorgenvolles Schweigen.

Ella, Silke und Oli saßen nebeneinander auf weißen Plastikstühlen, die in einer Reihe an der Wand eines langen Flurs standen. Obwohl es draußen Tag war, brannte an der Decke des Flurs eine unendlich lange Neonröhre. Alles war sehr steril gehalten, nur die postergroßen Bilder von Haustieren, die immer im selben Abstand zueinander hingen, lockerten das monotone Weiß auf.

Bozer lag zu Ellas Füßen und war sehr ruhig, als ob er die bedrückende Stimmung wahrnahm. Elfriede lag auf Olis Schoß und zitterte ein wenig. Sie erkannte wohl am Geruch, wo sie war. Arztbesuche waren Elfriede schon immer ungeheuer gewesen, selbst ohne eine vorausgegangene Kampfhund-Attacke.

Oli, der sonst für jeden Anlass einen Spruch parat hatte, streichelte schweigend und etwas abwesend die zitternde

Elfriede. Während sie zu dritt still nebeneinandersaßen, schauten Elle, Silke und Oli auf eine große Glasfront. Durch das Fenster konnten sie sehen, wie Cecile vor der Klinik nervös auf und ab ging und erfolglos versuchte, Max auf seinem Handy zu erreichen.

Oli konnte das Schweigen nicht länger ertragen. Er schluckte schwer und fing dann an zu erzählen – ohne den Blick von Cecile zu nehmen.

»Ich saß bei Hertha fast immer auf der Bank. Hab nur zwei Einsätze gehabt … Bei einem davon hab ich ein tolles Tor gemacht … Dann wird mal kurz über einen geschrieben, und man genießt die Aufmerksamkeit. Aber dann ist das mit meinem Knie passiert. Ich war einfach raus … und dann fing das Zocken an.«

Silke und Ella hatten beide zugehört. Aber nur Silke antwortete.

»Selbstmitleid kann ich nicht ausstehen. Ich jammere auch nicht den ganzen Tag, dass ich meinen Laden vielleicht verliere. Und das übrigens auch deinetwegen.«

Jetzt drehte Oli seinen Kopf zu Silke und schaute sie an. Er streckte ihr die Hand zur Entschuldigung entgegen.

»Es tut mir alles unendlich leid. Wirklich.«

»Leidtun hilft aber nichts«, antwortete Silke und verweigerte ihm den Handschlag. Enttäuscht stand Oli auf und ging mit Elfriede zu einem Getränkeautomaten, der am anderen Ende des Flures stand.

Ella schaute ihre Freundin an. »Was passiert jetzt eigentlich mit dem Rottweiler? Wird er eingeschläfert?«

Silke schüttelte den Kopf. »Nein, den nehme ich auf. Es gibt keine Kampfhunde, nur Kampfbesitzer.«

»Ach so.« Ella machte eine bedeutende Pause, dann fuhr sie fort. »Dem Hund gibst du 'ne Chance.« Sie warf einen Blick auf Oli, der immer noch vor dem Getränkeautomaten stand und erfolglos in seinen Hosentaschen nach Münzen kramte. Offensichtlich traute er sich nicht, die Frauen um etwas Kleingeld zu bitten. »Aber ihm nicht?« In Ellas Stimme war etwas Vorwurfsvolles.

»Musst du ja gerade sagen«, schoss es von Silke zurück.

»Wie meinst du das?«

»Deinem Förster. Dem gibst du ja auch keine Chance.« Silkes Worte trafen Ella hart. Zum Glück kam Cecile in diesem Moment durch die Tür und trat auf die beiden zu.

»Ich hab Max schon mehrmals angerufen, aber er reagiert gar nicht. Wir hatten abgemacht, dass jeder immer erreichbar ist. Immer!«, schimpfte sie.

»Als Mann an deiner Seite würde ich verrückt werden.« Silke hatte sich den Kommentar einfach nicht verkneifen können. Es hätte zwischen Cecile und Silke sicher wieder Streit gegeben. Aber nun ging die Tür zum Behandlungsraum auf, und eine Tierärztin führte Simpson heraus. Um seinen Rumpf trug er einen dicken Verband und um den Hals eine Halskrause, damit die Wunden in Ruhe heilen konnten.

Die Tierärztin lächelte die Wartenden an. »Es war nicht so schlimm, wie es ausgesehen hat. Berner Sennenhunde haben zum Glück ein dickes Fell.«

Cecile fiel Simpson glücklich um den Hals. Plötzlich hörte sie, wie ein Auto scharf bremste. Alle im Flur schauten Richtung Glasfront und konnten sehen, wie Max vor der Klink aus dem Wagen sprang. Er schien sich beeilt zu haben und hatte auch Nico und Lena mitgebracht.

Cecile führte Simpson nach draußen. Silke, Ella und Bozer folgten ihnen. Oli, der immer noch keine Münze für ein Getränk gefunden hatte, trottete ihnen mit Elfriede im Schlepptau hinterher.

»Da bist du ja endlich! Warum warst du nicht erreichbar?« Cecile raunte ihren Mann vorwurfsvoll, aber doch auch erleichtert an. Nico und Lena achteten gar nicht auf ihre Eltern, sondern stürzten sich freudig auf Simpson und umarmten ihn zärtlich.

»Tut mir leid, Cecile. Ich hatte Probe und …«

»Wuff! Wuff! Wuff!« Simpson hatte Max erblickt und stürzte sich – wenn auch etwas geschwächt – wieder auf Max.

»Simpson, aus«, rief Silke streng.

Simpson blieb augenblicklich stehen, aber er bellte Max weiter an.

»Hört das denn nie auf? Was will er denn? Warum will er mich wieder angreifen?« Max war völlig mit den Nerven fertig. Kurz sah es so aus, als ob er hier, vor allen, weinen würde. Cecile, die Kinder, Ella und sogar Oli waren schockiert über Simpsons Verhalten. Nur in Silke schien es zu arbeiten, und plötzlich ging ihr ein Licht auf.

»Natürlich! Simpson ist vom Charakter her ein ›Retter‹.

Das hat er heute gezeigt. Er hat Elfriede gerettet und sich der Gefahr gestellt. Ja! Er hat einen Instinkt für Gefahr!«

»Aber ich bin doch gar nicht gefährlich!«, sagte Max.

Simpson ging wieder einen Schritt auf Max zu und bellte ihn erneut an, diesmal aber schwächer.

»Nein, aber vielleicht ... bist du ja in Gefahr.« Max und Cecile schauten Silke an, als ob sie nun endgültig im Hunde-La-La-Land angekommen sei.

»Wie? Was? Ich versteh gar nichts mehr«, murmelte Max frustriert.

»Manche Hunde können Krankheiten riechen«, sagte Silke vorsichtig.

»Was für Krankheiten? Soll das jetzt ein Witz sein, Silke?«, rief Cecile empört.

Aber Silke fuhr unbeirrt fort. »Geschwüre ... Tumore ... dein Geruch verändert sich, wenn du krank bist«, fügte sie leise hinzu. Langsam wurde allen Anwesenden klar, was Silke meinte. Cecile schluckte und schaute ihren Mann tief besorgt an.

*»Wenn ich schreiben könnte,
würde ich meine Memoiren schreiben, statt sie zu bellen.
Denn ich hätte so viel zu erzählen.«*

WUFF! ELFRIEDE

Als ein Arzt endlich eines der vielen Büros in der Charité betrat, in dem Cecile und Max nun über eine Stunde gewartet hatten, entfuhr Cecile ein überraschtes »Sie?«. Vor ihnen stand kein anderer als Lulus Blind Date, der Mann, der außerdem bei Ella Zecken abgesammelt hatte und dessen Hund Galileo nicht in der Lage gewesen war, Silkes Berta zu schwängern.

Prof. Dr. Michael Seligmann hielt überrascht inne. »Kennen wir uns?«, fragte er Cecile. Offensichtlich hatte er sie und Max damals im Restaurant nicht wahrgenommen.

»Äh … nein … ich meine, ich kenne Sie vom Hörensagen, aber Sie mich nicht, ach … vergessen Sie's. Was ist mit meinem Mann?«, fragte Cecile besorgt. Dr. Seligmann bat Cecile und Max, näher an den Computerbildschirm zu rücken, auf dem die Aufnahmen der Computertomografie eines Darms zu sehen waren. Er nickte Max kurz zu, als wolle er damit sagen: *Das sind Sie*. Dann nahm er einen Stift in die Hand und zeigte auf einen dunklen Punkt.

»Sie haben einen kleinen Tumor in der Darmwand. Er hat noch nicht gestreut. Dank der Früherkennung durch Ihren Hund. Aber ich würde zu einer sofortigen Operation raten.«

Max und Cecile waren schockiert. Cecile griff nach Max' Hand. Dieser räusperte sich.

»Wie meinen Sie das genau?«

»Wir sollten keine Zeit verlieren. Ich würde Sie gerne schon morgen operieren.«

Max, das erkannte Cecile sofort, war so geschockt, dass es ihm die Sprache verschlug. Cecile ergriff das Wort für ihn. »Aber mein Mann hat ein Konzert in zwei Tagen, die Eröffnung der Musikfestspiele. Er kann unmöglich das Orchester im Stich lassen.«

Max schaute seine Frau dankbar an, aber Dr. Seligmann schien nicht begeistert.

»Tja, der freie Wille ist Gottes Himmelreich. Dann würde ich vorschlagen, wir sehen uns direkt nach dem Konzert.« Dr. Seligmann nickte und öffnete die Tür. Cecile und Max standen auf, verabschiedeten sich und gingen hinaus.

Cecile kämpfte damit, die Fassung nicht zu verlieren. Max spürte wohl, dass es nun an ihm war, stark zu sein. Denn er blieb stehen und schaute seine Frau liebevoll an. »Es wird alles gut, Cecile! Mach dir keine Sorgen.«

»Oh, Max!«, rief Cecile und fiel ihrem Mann um den

Hals. Sie küssten sich innig und leidenschaftlich, wie sie es lange nicht getan hatten. Keiner der Ärzte, Krankenschwestern, Pfleger oder Patienten, die währenddessen an Max und Cecile vorbeigingen, störte sich daran. Im Gegenteil. Sie machten unauffällig einen Bogen um das Paar, um so wenig wie möglich zu stören. Alle schienen zu ahnen, dass es hier um die Bewältigung von Leid und Angst ging. Und um Liebe.

Als Max und Cecile endlich die Charité verließen, waren sie so sehr mit sich selbst beschäftigt, dass sie gar nicht sahen, dass Oli zur selben Zeit das Krankenhaus betrat.

Oli hatte seit dem unglücklichen Ereignis auf dem Bolzplatz intensiv über sich und seine Situation nachgedacht und war zu dem Schluss gekommen, dass es das Beste wäre, Elfriede zu seiner Nachbarin, Frau Klein, zurückzubringen. Überhaupt hatte er für sich mit dem Hundeflüsterer-Dasein abgeschlossen. Silke hatte von Anfang an recht gehabt: Er war nichts anderes als ein Hochstapler.

Dass Hunde im Krankenhaus nicht zugelassen waren, wusste Oli. Deshalb hatte er Elfriede einfach in eine Tasche gesteckt, die er nun unauffällig über der Schulter trug. Wie genau es allerdings ablaufen sollte, dass er Elfriede hier bei Frau Klein lassen könnte, darüber hatte er noch nicht im Detail nachgedacht.

Er klopfte an die Glasscheibe der Rezeption, um die Aufmerksamkeit einer der Empfangsmitarbeiterinnen zu gewinnen. Eine nett aussehende dunkelhäutige Frau wandte sich ihm zu.

»Entschuldigung, in welchem Zimmer liegt Frau Klein, ich müsste sie mal ganz dringend sprechen.«

»Geburtsjahr?«, fragte die Dame hinter der Glasscheibe und machte sich bereit, die Information in ihren Computer zu tippen.

»Puh, keine Ahnung … Alt, sehr alt, vielleicht sechzig oder siebzig oder neunzig?«

Die Frau schaute jetzt auf und sah, dass Oli sie nicht verarschen wollte.

»Kennen Sie denn wenigstens den Vornamen?«

»Ich glaube, sie heißt Esther«, antwortete er und war überrascht, dass er sich noch an den Abend erinnerte, an dem Frau Klein darauf bestanden hatte, dass sie sich mit Vornamen ansprechen.

Er war damals sehr betrunken gewesen, wie so oft in dieser Zeit.

Denn nach seiner Verletzung hatte ihm sein Orthopäde erklärt, dass er, trotz OP, keine Hoffnung hätte, Olis Knie jemals wieder so hinzubekommen, dass er weiter Profifußball spielen könne. Oli hatte sich nach dieser Diagnose jeden Abend mit Alkohol volllaufen lassen, und zwar komplett. Als er eines Nachts wieder einmal torkelnd nach Hause gekommen war, schaffte er es kaum, die Treppen raufzugehen. Schließlich war er direkt vor Frau Kleins Wohnung gestürzt und heftig mit dem Kopf auf eine Treppenstufe geknallt.

Der Aufprall muss laut gewesen sein und Olis Fluchen noch lauter, denn plötzlich stand Frau Klein vor ihm, im Schlafrock und die Haare ordentlich in einem Haarnetz.

»Herr Simon, Herr Simon!«, hatte sie gerufen, erst schimpfend, dann aber in großer Sorge, als sie am Kopf seine Platzwunde entdeckte. Sie packte ihn am Arm, drückte ein Taschentuch auf seine Wunde und führte ihn unter Protest in ihre Wohnung. »Keine Widerrede jetzt. Sie sind ja so blau wie das funkelnde Meer und schaffen es niemals bis in Ihre Wohnung!« Frau Klein verarztete seine Wunde weiter, kochte ihm einen starken Kaffee und verdonnerte ihn dazu, Elfriede ein paar Mal zu streicheln. Angeblich, weil das für seinen Blutdruck gut war – oder irgendetwas dergleichen.

Oli hatte Elfriede skeptisch beäugt. Sie waren sich ja schon ein paar Mal im Treppenhaus begegnet. Aber bei den Gelegenheiten hatte Oli den Hund immer angezischt: »Hau ab, du kleiner Köter, du!«

Elfriede schien sich daran zu erinnern, denn auch sie hatte keine Lust, von Oli gestreichelt zu werden. Überall diese Köter, hatte Oli damals gedacht, als er auf Frau Kleins altem Sofa saß und Elfriede daneben. Ihm schien es, als ob immer mehr Leute, zumindest in seinem Kiez, einen Hund hatten, und er fragte sich, warum. Für Oli waren Hunde dumme Kreaturen auf vier Pfoten, die viel haarten, fraßen, furzten und kackten. Aber das würde er Frau Klein nicht sagen. Denn die stand inzwischen vor Oli und wartete darauf, dass Oli ihren Befehl ausführte. So blieb ihm nichts weiter übrig, als Elfriede kurz hinter den Ohren zu kraulen, was das Tier geduldig über sich ergehen ließ. Als Oli den Hund zur Zufriedenheit von Frau Klein gestreichelt hatte, fragte die alte Dame ganz mütterlich, warum er in letzter Zeit immer öfter betrunken nach Hause kam.

Oli hatte herumgedruckst, weil er Frau Klein nicht die Wahrheit erzählen wollte, sprich, dass er endgültig raus war bei Hertha und an jenem Abend sogar überlegt hatte, sich zu Tode zu saufen. Aber auch ohne Erklärung schien Olis Nachbarin zu ahnen, dass sein Trinken mit einer tiefen Traurigkeit zu tun hatte und nicht damit, dass er ein gewöhnlicher Rowdy war. Als Oli wieder einigermaßen klar war und eigentlich gehen wollte, zauberte Frau Klein plötzlich eine Flasche Eierlikör und zwei Gläser aus dem schweren Wohnzimmerschrank hervor und meinte, die Flasche hochhebend, das sei gute Medizin für ihn. Als sie die hellgelbe Flüssigkeit eingoss, hatte sie ihm zwar nicht das Du angeboten, aber ihren Vornamen gemurmelt: »Esther Maria«, und ihn dabei angegrinst.

»Oli. Für Oliver«, hatte er geantwortet und mit ihr angestoßen. Der Eierlikör schmeckte wirklich wie Medizin. Gehen durfte er erst, nachdem er Frau Klein versprochen hatte, ab und zu vorbeizuschauen, gerne auch, wenn er »wieder einmal die Nacht zum Tag machen wollte«. Sie würde das übrigens schon seit Jahren machen.

»Esther Maria«, fügte Oli hinzu. »Esther Maria Klein.«

Die Krankenhausmitarbeiterin scrollte herum, und plötzlich schien sie die Patientin gefunden zu haben, denn jetzt hob sie ihren Kopf und schaute Oli an.

»Frau Klein ist seit drei Tagen nicht mehr hier.«

»Ja, aber … wo ist sie denn?« Oli war verwirrt. Zu allem Überfluss rührte sich nun auch noch Elfriede in der Tasche und fing an zu wimmern.

»Im Keller«, antwortete die Dame hinter der Glasscheibe, ohne ihre Miene zu verziehen. Oli runzelte die Stirn und wollte gerade fragen, was denn Frau Klein im Keller mache, als die Frau an der Rezeption trocken fortfuhr. »War sie. Aber morgen ist sie im Himmel.«

Oli schien immer noch verwirrt.

»Die Beerdigung ist morgen«, sagte die Krankenhausmitarbeiterin schließlich kurz und knapp. Während Oli noch verarbeitete, was er da gerade gehört hatte, fragte sie ihn plötzlich: »Sind Sie zufällig Herr Oli Simon?« In ihrem Ton lag diesmal eine Spur Wärme.

Oli nickte, und die Frau reichte ihm einen Umschlag durch das Sprechloch. Sie lächelte zum ersten Mal.

»Das hat die Oberschwester für Sie hinterlegt. Ein Brief von Frau Klein. An Sie.«

Oli nahm den Umschlag wie in einem schlechten Traum entgegen und eilte dann – so schnell er konnte – aus dem Krankenhaus. Er musste dringend an die frische Luft, nicht nur um Elfriedes willen, die in der Tasche immer lauter wimmerte, sondern weil die Ereignisse der letzten vierundzwanzig Stunden sogar für einen deprimierten zynischen Ex-Fußballspieler wie ihn zu viel gewesen waren. Und jetzt auch noch die Nachricht, dass Frau Klein – er korrigierte sich: Esther Maria –, seine liebenswürdige Nachbarin, mit der er ab und zu einen Eierlikör getrunken hatte, gestorben war. Das überforderte ihn. Bevor Oli den Brief überhaupt öffnen konnte, strömten all sein aufgestauter Schmerz und die Schuldgefühle über das, was mit Simpson und Silke passiert war, in einer Flut von Tränen aus ihm heraus.

»Manche Hunde retten dich, andere retten dich einfach nur vor dir selbst.«

WUFF! BOZER

Auch wenn Ella ihre Augen nicht geschlossenen gehabt hätte, während sie regungslos auf ihrem Bett lag, hätte sie die Welt in diesem Moment trotzdem nur in Schwarz gesehen. Zumindest farblos. Ella war deprimiert. Die Nachricht von Max und dem Tumor hatte ihr wie auch Lulu und Silke mächtig zugesetzt. Cecile hatte allen drei Freundinnen eine SMS geschickt und sie über die Diagnose informiert. Trotzdem hatte Ceciles Nachricht hoffnungsvoll geklungen. Sie schrieb, dass sie überzeugt sei, dass nach der OP alles wieder gut werden würde und dass die Freundinnen sich nicht sorgen sollten. Cecile war so stark, dachte Ella. Woher nimmt sie diese Zuversicht? fragte sie sich, als ihr Handy piepte. Ella öffnete die Augen. Sie nahm das Telefon und schaute auf das Display. Es war wieder eine Nachricht von Cecile. Doch diesmal war die SMS nur an sie gerichtet. *Liebe Ella, ich will mich nicht einmischen, aber das Leben kann so kurz sein, und einer wahren Liebe zu begegnen ist so selten. Hör einfach auf dein Herz!*

Ella war so gerührt, dass sie weinen musste.

Bozer, der bis dahin vor dem Fenster gesessen und sehnsüchtig nach draußen geschaut hatte, sprang zu seinem Frauchen aufs Bett und stupste sie mit der Nase an.

»Ja, ich weiß, Bozer, du willst raus in den Wald, aber ich kann nicht«, sagte Ella und versuchte ein Schluchzen zu unterdrücken, was ihr aber nicht gelang.

Bozer stupste sie noch einmal an. Aber Ella ignorierte ihn und drehte sich einfach auf die andere Seite. Also sprang der Hund vom Bett und lief ins Wohnzimmer. Mit seinem Stofftiger im Maul jagte er zurück ins Schlafzimmer und sprang auf Ellas Bett. Vor ihrem Gesicht fing er an, den Tiger so heftig zu schütteln, dass Frauchen ihn diesmal nicht ignorieren konnte.

»Nein, Bozer, lass mich! Siehst du nicht, dass ich traurig bin? Lass mich doch einfach traurig sein.« Sie nahm den Tiger und warf ihn so weit weg, wie es ging.

Bozer sprintete dem Stofftier nach, schnappte ihn sich, jagte zurück ins Schlafzimmer und hopste zurück aufs Bett. Wieder schüttelte er den Tiger, direkt vor Ellas Gesicht.

»Mann, Bozer, du lässt auch nicht locker, oder?« Ella setzte sich endlich auf.

Erst dann hörte Bozer mit dem demonstrativen Schütteln auf und ließ den Tiger aus seinem Maul fallen. Er starrte Ella an. Und Ella schien seine Gedanken zu verstehen.

»Ja. Ich liebe ihn. Und Cecile hat recht. Ist doch egal, ob

er mir Kinder machen kann oder nicht. Aber was ist, wenn er uns nicht mehr will?« Ella schaute ihren Hund fragend an. Dieser schien zu verstehen, dass Ella jetzt eine Antwort brauchte, die eindeutig war. Bozer sprang vom Bett und bellte Ella an wie ein verrückt gewordener Hund, und dabei wedelte sein Schwanz so heftig, wie Ella es nie zuvor gesehen hatte.

Ella marschierte mit Bozer durch den Wald, in die Richtung, aus der der Lärm kam. Schon von Weitem sah sie die Waldarbeiter, die mithilfe von zwei Baggern einen großen Lkw mit Baumstämmen beluden. Und dann sah sie auch Daniel. Er führte gerade ein Rückepferd, das einen Baumstamm hinter sich herzog, an den Zügeln zum Lkw. Mit dem Pferd konnte Daniel einzelne Baumstämme, die abseits gefallen waren, aus dem Dickicht herausziehen, ohne im Wald viel Schaden anzurichten. Das war ihm bei der Holzernte wichtig, wie er Ella gegenüber einmal betont hatte.

Als das Pferd wieherte, schaute Daniel auf und sah Ella und Bozer vor sich stehen. Ella hatte den Hund ausnahmsweise an der Leine. Bozer wedelte jetzt wieder aufgeregt mit dem Schwanz – in Erwartung, dass er von Daniel freudig begrüßt würde, aber Daniel blieb regungslos stehen.

»Was willst du?«, fragte er nach einem langen Moment. Trotz des Motorenlärms hörte Ella, dass Daniels Ton harsch war. Aber sie ließ sich nicht beirren. Sie musste laut schreien, als sie antwortete, um sicherzustellen, dass Daniel sie auch hören würde.

»Ich hab kapiert, dass man das Leben nicht planen kann … und dass ich den Moment leben will.«

Die Waldarbeiter hatten inzwischen gemerkt, dass hier etwas Wichtiges verhandelt wurde, und stellten die Motoren ab – was Ella aber zu spät registrierte.

Wieder rief sie laut: »Und dass es keinen Platz gibt auf der Welt, wo ich jetzt lieber wäre als hier. Bei dir. In diesem Moment.« Die letzten Worte hallten laut nach, so als ob Ella sie in den Wald gerufen hätte, damit die ganze Welt sie hören konnte.

Die Arbeiter schienen peinlich berührt. Aber Ella war so sehr auf Daniels Antwort gespannt, dass sie ihre Zuschauer gar nicht zur Kenntnis nahm.

»Ich hab das alles schon mal durchgemacht, Ella. Meine Ex-Freundin hat auch gesagt, dass es ihr nichts ausmacht, und dann hat sie es sich doch anders überlegt und ist auf und davon. Und hat unseren Hund mitgenommen. Jetzt hat sie nicht nur einen Hund, sondern einen Mann und zwei Kinder und ist glücklich. Genau das willst du doch auch.«

»Nein. Ich will dich.«

Ein Waldarbeiter räusperte sich.

»Chef, sollen wir weitermachen?«

»Gleich«, sagte Daniel, ohne seine Augen von Ella abzuwenden. »Das sagst du jetzt«, fuhr Daniel fort. »In ein paar Jahren sieht das wieder anders aus, Ella. Da bin ich mir sicher. Bitte geh, und lass mich in Ruhe.«

Als Antwort darauf ließ Ella Bozers Leine fallen. Der trottete sofort zu Daniel und setzte sich neben ihn.

»Bozer, geh wieder zu Frauchen.«

Aber Bozer rührte sich nicht.

»Das ist ein abgekartetes Spiel«, meinte Daniel unbeeindruckt.

»Denkst du wirklich, ich hab das mit ihm einstudiert? Er macht doch, was er will. Jeden Moment, in dem er bei mir ist, spüre ich, dass er eigentlich zu dir in den Wald will.«

»Bozer geh jetzt. Geh zu Frauchen.« Aber Bozer schien sein Gehör auf Durchzug gestellt zu haben. Daniel schüttelte verärgert den Kopf. »Der Hund ist genauso stur wie sein Frauchen.« Dann wandte er sich ab und gab dem Waldarbeiter das Zeichen, weiterzumachen.

Ella hatte sich entschieden: erstens, Daniel zu zeigen, dass sie es wirklich ernst meinte; zweitens, ihren Artikel über den Wald fertig zu schreiben; und drittens, auch die dazugehörigen Fotos zu machen. Durch Daniels Reaktion blieb ihr in diesem Moment nichts anderes übrig, als sich erst einmal um den dritten Punkt zu kümmern.

Als die Sonne zwischen den Bäumen unterging, war Daniel schon längst ins Forsthaus zurückgekehrt. Ella hatte inzwischen alle Fotos für ihren Artikel gemacht. Nun versuchte sie gerade, ein kleines Zelt auf der Wiese, direkt vor Daniels Wohnzimmerfenster, aufzuschlagen. Aber immer, wenn die eine Hälfte des Zeltes endlich stand, kollabierte die andere.

»Mist!«, rief Ella frustriert und dachte, dass sie doch das teurere Model hätte kaufen sollen, welches sich automatisch von selbst aufbaute.

Plötzlich sah sie Daniels Silhouette am Fenster.

»Hallo, könntest du mir bitte helfen?«, rief sie in Richtung Forsthaus. »Ach, und hättest du vielleicht ein bisschen Zahnpasta, die ich ausleihen könnte? Meine hab ich vergessen.

Aber Daniels Antwort auf beide Fragen war eindeutig: Das Licht im Forsthaus erlosch. Ella seufzte und schaute Bozer an, der nicht zu verstehen schien, warum sie im Freien übernachten mussten statt bei Daniel im Haus.

»Ich weiß es auch nicht, Bozer.« Und damit zückte Ella ihr Handy, schaltete die Handytaschenlampe an und las sich noch einmal die Aufbauanleitung durch. Als sie es endlich geschafft hatte, ihr Zelt aufzustellen, war es schon spät. Die Sterne funkelten hoch über dem Wald.

Ella krabbelte müde in das kleine Zelt und Bozer hinterher. Als sie endlich in dem neu gekauften Schlafsack lag, merkte sie, dass ihr Hund sie immer noch fragend anschaute. Ella war durch seinen Hundeblick peinlich berührt und fühlte sich genötigt, Bozer die Lage zu erklären.

»Manchmal muss man halt stur bleiben und alles Mögliche tun, sodass man sich später keine Vorwürfe machen muss. Verstehst du?« Ella schaute ihren Hund an und war sich nicht sicher, ob er sie verstanden hatte. Also fuhr sie fort. »Was ich nur nicht verstehe, ist … warum muss er denn jetzt so stur sein? Kannst du mir das vielleicht erklären?«

Bozer stieß einen tiefen Seufzer aus und legte sich der Länge nach hin. Ella hatte das Gefühl, sein Seufzen war in Hundesprache eine Antwort gewesen.

»Ja«, sagte sie nachdenklich. »Wahrscheinlich hast du recht. Man kann die Dinge einfach nicht erzwingen.« Sie kraulte Bozer liebevoll, beugte sich vor und flüsterte in sein Ohr: »Ich hab dich lieb, Bozer. Und jetzt lass uns schlafen.« Ella schaltete die Handytaschenlampe aus. Sie hörte, wie Bozer alsbald eingeschlafen war. Sie dagegen lag noch lange wach, starrte das Zeltdach an und fragte sich, ob es auch Zelte gab, die oben durchsichtig waren, damit man den Himmel sehen konnte. Ella hätte jetzt gerne die Sterne gesehen. Plötzlich verstand sie auch, warum Lulu die Lichterkette in ihrer Jurte aufgehängt hatte. Ab und zu brauchte der Mensch wohl ein bisschen Hilfe vom Universum. Und Ella fühlte in dem Moment, als sie allein mit ihrem Hund in einem Zelt lag, dass sie die Hilfe der Sterne brauchte, um Daniels Liebe zurückzugewinnen.

Als Ella am nächsten Morgen aufwachte, regnete es in Strömen. Sie klopfte an Daniels Forsthaustür, aber er war schon lange weg. Für einen kurzen Moment überlegte Ella, ob es nicht besser sei, aufzugeben. Aber dann winselte Bozer. Ella guckte ihren Hund an.

»Okay, Bozer. Such Daniel. Ich folge dir.«

Daniel und seine Waldarbeiter trugen dunkelgrüne Regenponchos und waren gerade dabei, verschiedene Bäume mit einem großen orangefarbenen X zu markieren, um sie somit zum Fällen freizugeben. Obwohl alle Männer von hinten gleich aussahen, wussten Bozer und Ella sofort, welcher von ihnen Daniel war. Bozer rannte zu ihm hin und sprang Daniel freudig an. Ella stand etwas abseits und hielt die Luft an. *Bitte, bitte, lass ihn Bozer begrüßen.* Aber zu ihrer Enttäuschung ignorierte Daniel den Hund. Stattdessen drehte er sich um und kam auf Ella zu. Sein Ausdruck hatte was Steinernes. »Hör einfach auf, Ella. Es geht nicht immer nur um dich«, sagte er und ging wieder an die Arbeit.

Keine Stunde später saß Bozer angeleint und unglücklich an einem Fahrradständer vor dem Redaktionsbüro, während Frauchen mit leerem Gesichtsausdruck drinnen an ihrem Schreibtisch saß und den Bildschirm ihres Computers anstarrte. Ella hatte es mit Mühe und Not geschafft, den Titel ihres Artikels zu tippen: *Warum der Wald kein iPhone braucht.* Der Kursor blinkte und wartete darauf, dass Ella weiterschrieb.

Plötzlich tänzelte Oscar sich an ihren Schreibtisch ran. Sie hatte schon bemerkt, dass er heute ausgesprochen gute Laune hatte. »Ella, sag mal, wann bringst du eigentlich deinen Artikel zur Welt?«, fragte er gut gelaunt. Aber als er auf ihren Bildschirm schaute, runzelte er die Stirn. »Ja, also, wenn du nichts schreibst, kann ich auch nichts drucken.«

»Ich weiß«, sagte Ella kleinlaut und ärgerte sich, dass Oscar recht hatte und sie sich jetzt seine Standpauke anhören musste.

»Aber da das Heft … das Licht der Welt erblicken muss …«, fuhr Oscar fort und betonte dabei vor allem die

Worte *das Licht der Welt erblicken muss.* Dann machte er eine Pause und guckte Ella vielsagend an.

Sollte sie jetzt raten, was er damit sagen wollte oder was?

»Ja, gut, wir können auch einen alten Artikel nehmen, aber das Heft, also das muss in jedem Fall … geboren werden.« Wieder betonte er hierbei so komisch die Worte *geboren werden.*

Ella schaute Oscar befremdet an. Er schien ihr wie ein kleiner Junge, der ein Geheimnis hat, das er unbedingt ausplaudern will, vorher aber die Spannung bis zum Anschlag aufbaut. »Was ist denn heute mit dir los, Oscar?«

Oscar zog sich schnell einen Stuhl vom Nachbarschreibtisch heran und setzte sich neben Ella. Er packte ihre Hand, schaute ihr verschwörerisch in die Augen und rückte mit seinem Stuhl noch ein bisschen näher. Dann ließ er die Bombe platzen. »Ich werde Vater!«, entfuhr es ihm, und er konnte seine Freude und seinen Stolz nicht verbergen.

Ella starrte ihn an, als ob sie die Worte nicht verstanden hätte.

Oscar fuhr aufgeregt fort. »Ich weiß, es ist wie ein Wunder, und ich bin auch so aufgewühlt.« Oscar guckte Ella jetzt mit großen Augen an.

Er schien ihren Segen haben zu wollen, aber Ellas Kehle war wie zugeschnürt. Sie konnte kein Wort herausbringen. Ella schluckte und dachte nur, dass die Sterne anscheinend entschieden hatten, mit ihr ein böses Spiel zu treiben.

Oscar ließ ihre Hand los und klopfte ihr stattdessen kumpelhaft auf die Schulter. »Ich hoffe, das ist okay für dich.« Wieder blickte er sie erwartungsvoll an.

Ella nickte und versuchte, ein Lächeln zustande zu bringen, was ihr aber nicht gelang.

»Irgendwie sollte das jetzt wohl so sein.« Oscar machte eine nachdenkliche Pause, bevor er mit den Schultern zuckte und – was Ella wie eine Unendlichkeit erschien – wieder aufstand. »So was kann man halt nicht erzwingen, Ella. Es passiert einfach, nicht wahr?«

Oscar wartete wieder auf eine Reaktion von ihr und schien fast ein wenig enttäuscht, dass so gar nichts von Ella kam. Aber er wirkte auch ein wenig erleichtert, dass sie ihm keine Szene machte.

»Ja, dann …« Oscar klopfte auf Ellas Schreibtisch und war wieder ganz in der Rolle des Chefredakteurs. »Ich zähl auf dich, Ella, auf dich und deinen Artikel. Und wenn was ist, ich bin heute Abend nicht erreichbar. Ich geh nämlich mit Kiera ins Konzert – in die Philharmonie. Feiern. Sie hat Karten gekauft. Stell dir vor, ganz tolle Plätze!« Und damit tänzelte Oscar endlich wieder weg von Ellas Schreibtisch.

»Oscar ist so ein *con*«, hörte sie plötzlich François zischen, der vis-à-vis von ihr saß und das Gespräch mitgehört hatte.

»Ein was?«, fragte Ella, während sie ihrem Ex-Freund fassungslos hinterherstarrte und sich daran erinnerte, wie oft sie Karten für die Philharmonie gekauft hatte, Oscar aber nie Lust gehabt hatte, sie dorthin zu begleiten.

»Ein Arrrschloch«, antworte François empört und gurgelte dabei so schön das R, wie es nur ein Franzose kann.

*»Natürlich kann ich ohne Wald leben,
es lohnt sich nur nicht.«*

WUFF! BOZER

»›Erst unterm Blätterhimmel wird der Mensch zum Menschen‹, dichtete einst der Romantiker Ludwig Tieck.«

Ella hatte endlich ihren ersten Satz geschrieben. Es hatte lange gedauert. Denn nach der Begegnung mit Oscar hatte sie noch stundenlang regungslos an ihrem Computer gesessen und dem blinkenden Cursor zugeschaut. Erst als alle Kollegen nach Hause gegangen waren, war sie aufgestanden, hatte Bozer ins Büro geholt und sich dann erneut an den Computer gesetzt. Nach dem ersten Satz kam sie auch endlich in den Flow und schrieb kurz danach los, ohne eine Pause zu machen. Bozer merkte sofort, dass es besser war, sein Frauchen nicht zu stören, und lag regungslos zu Ellas Füßen.

Und Ella schrieb und schrieb: von den toten Mutterbaumstämmen, die Wasser speicherten; von dem Wurzelgeflecht, was sich wie ein Internet unter dem Waldboden verbreitete und die Kommunikation zwischen den Bäumen erlaubte; sie schrieb davon, wie sie einen Baum umarmt hatte, da Daniel ihr erklärt hatte, dass die Bäume in »Familiengruppen« wuchsen und sogar eine Art von »sozialem Verhalten« aufwiesen, in dem die Stärkeren die Schwächeren schützten und mit Wasser und Nährstoffen versorgten; sie schrieb davon, wie der Wald ihrer Seele gutgetan hatte, und nannte ihn einen Glücksort, an dem das Rascheln, Knacken, Zwitschern und Rauschen der Bäume beruhigend auf sie gewirkt hatten. Und sie schrieb auch über die Farbe Grün und ihre tausend Variationen, die man im Wald unterscheiden konnte, wenn man nur genau hinschaute: Tannengrün, Olivgrün, Heugrün, Pistaziengrün, Saftgrün, Kiwigrün, Blassgrün, Maigrün, Apfelgrün, Giftgrün, Neongrün, Wiesengrün, Hellgrün … Ella schrieb alle Grüntöne auf, die ihr einfielen; sie schrieb auch davon, dass die Farbe Grün im Christentum für Hoffnung und Erneuerung stand und im Mittelalter mit dem Gefühl der Liebe verbunden wurde. Aber für sie ganz persönlich, schrieb Ella, war Grün – in all seinen Tönen – die Farbe geworden, die ihr Ruhe, Harmonie und ein Gefühl von Ausgeglichenheit und Zufriedenheit gab. Der Wald, schrieb sie, sei wie ein Sehnsuchtsort, an den man zurückkehren konnte, um die Dinge im Inneren zu ordnen, den Kopf frei zu kriegen und das Herz zu öffnen, um wieder lieben und leben zu können.

Als Ella endlich fertig geschrieben hatte, las sie ihren Artikel noch einmal sorgfältig durch und verschickte ihn zufrieden per Mail an Oscar. Aber sie wollte ihn auch unbedingt Daniel senden. Sie überlegte kurz, was sie in die Betreffzeile schreiben sollte, und tippte langsam: *Ich habe keinen Schwachsinn geschrieben. Danke.*

Dann drückte sie auf »Senden« und stand auf. »Komm, Bozer. Wir kaufen jetzt 'ne Flasche Wein. Und dann betrinken wir uns«, sagte Ella, streckte ihre müden Glieder und merkte gar nicht, dass ihr Hund sich gleichzeitig in den »Aufschauenden Hund« reckte.

Während Ella in der dunklen Nacht mit Bozer an ihrer Seite durch die Stadt radelte, um den nächsten Spätkauf-Laden anzusteuern, war das Konzert im Kleinen Saal der Philharmonie fast zu Ende. Immer wieder hatte Cecile gemerkt, wie Max ihr von der Bühne aus Blicke zuwarf, in denen eine Mischung aus Liebe, Angst und Leidenschaft zu erkennen waren. Liebe für sie, seine Frau; Angst vor dem Tumor und der bevorstehenden Operation; und Leidenschaft, für das Stück, das er komponiert hatte und jetzt spielte. Cecile saß in der zweiten Reihe des Saals, so platziert, dass sie direkt im Blickfeld ihres Mannes war. Ihn an diesem besonderen Abend von hier aus in seiner ganzen Empfindsamkeit zu erleben, bewegte sie zutiefst. Noch nie in ihrem Leben hatte sie ihren Mann verletzlicher gesehen als an diesem Abend vor der Operation.

Als Ella in den Spätkauf kam, fragte sie den Verkäufer, ob er Alkohol und Zigaretten habe. Sie stand so neben sich, dass sie seinen komischen Blick gar nicht wahrnahm, so wie sie auch die Regale voll Spirituosen und Zigaretten nicht sah. Aber als sie ein paar Minuten später aus dem Laden lief, mit einer Flasche Wodka und irgendwelchen Zigaretten in der Hand, die ihr der Verkäufer empfohlen hatte, durchfuhr es sie wie ein Blitz, und sie war wieder voll da. »Bozer?!« Ella schaute auf den Fahrradständer, wo sie ihren Hund vor ein paar Minuten angeleint hatte. Aber dort stand nur ihr Fahrrad, ohne Leine und Bozer. *»Bozer!«* In Ellas Stimme lag die blanke Panik. Der Verkäufer trat aus seinem Laden. Ella rief ihm aufgebracht zu: »Haben Sie meinen Hund gesehen? Der war hier ... ich hab ihn angeleint, bevor ich reingekommen bin!«

Der Verkäufer schüttelte den Kopf. »Ja, ja, die stehlen hier Hunde, und dann lassen sie die illegal gegeneinander kämpfen!«, sagte der Mann und ging kopfschüttelnd zurück in seinen Laden.

»Bozer!« Ein kalter Schauer jagte Ella den Rücken hinunter bei dem Gedanken, dass Bozer für immer weg sein könnte. Es durfte nicht sein. *»Bozer! Bozer!«*, schrie Ella und schwang sich auf ihr Fahrrad. Die Flasche Wodka rutschte ihr aus der Hand und zersprang in tausend Stücke. Aber das war ihr völlig egal. Ellas Herz klopfte wie wild, Schweißperlen standen auf ihrer Stirn, und sie fing an, in die Pedale zu treten. *Ich muss Bozer finden ... Bozer ... ich muss ihn finden.* Das war alles, was Ella denken konnte, als sie durch die Nacht radelte und immer wieder nach ihrem Hund rief. Und mit jedem Rufen zitterte ihre Stimme mehr.

Irgendwann stellte Ella erschöpft fest, dass sie auf einem breiten betonierten Weg entlang der Spree radelte. Und dass es genau die Stelle war, wo sie vor Wochen überlegt hatte, sich wegen Oscar mit dem Rad ins Wasser zu stürzen. Wie doof sie doch damals gewesen war! Oscar hatte sie nicht verdient, und sie war ohne ihn glücklich geworden. Und auch der Gedanke, dass sie Daniel womöglich für immer verloren hatte, wäre kein Grund gewesen, sich heute Abend in die Spree zu stürzen. Denn als sie ihren Artikel fertig geschrieben und ihn Daniel geschickt hatte, hatte sie gespürt, dass sie endlich akzeptieren konnte, dass man die Dinge nicht erzwingen kann. Sie hatte sich in jenem Augenblick irgendwie leicht gefühlt. Ella war bereit, endlich den Moment zu leben. Und das hatte sie keinem anderen zu verdanken als Bozer. In der kurzen Zeit, in der sie und Bozer nun schon als Hund und Frauchen zusammengelebt hatten, hatte Bozer nicht nur ihr Leben verändert, er hatte auch jeden Tag ein kleines bisschen Glück in ihr Leben gebracht. Es war dieses unspektakuläre Alltagsglück, das man erst im Nachhinein spürte, wenn es nicht mehr da war. Natürlich liebte Ella Bozer dafür, dass er sie in der Nacht, in der sie im Wald in die Kuhle gefallen war, gerettet hatte, aber sie liebte ihn noch mehr für all die kleinen Sachen, mit denen er ihr Leben bereicherte. Es fing damit an, wie er sie manchmal anschaute … Ja, sie liebte auch diesen treuen Hundeblick, den alle Hundebesitzer kennen, aber den meinte sie nicht. Es war ein anderer Blick, mit dem Bozer sie manchmal anschaute. So als würde er sagen wollen … *Ist es nicht schön, wir sind zwei verschiedene Spezies, und trotzdem können wir kommunizieren, weil alle Lebewesen auf dieser Welt mit allen Lebewesen zu tun haben, nur dass ihr (Menschen) auf uns andere Lebewesen aufpassen müsst.*

Es berührte sie auch, wie ihr Hund ihr tagein, tagaus auf Schritt und Tritt folgte; er war wie ein zweiter Schatten geworden, und auch, wenn sie manchmal mit ihm schimpfte, vermisste sie ihren zweiten Schatten, wenn sie allein unterwegs war. Auch musste sie jeden Abend aufs Neue lächeln, wenn Bozer mit seinen vier – in die Luft ausgestreckten – Pfoten eingeschlafen war und genüsslich schnarchte; oder wie er mit ihr flirtete, wenn er sie zum Spielen aufforderte. Oder wie er durchdrehte vor Freude, wenn sie sich wiedersahen, auch wenn sie nur für fünf Minuten weg gewesen war. Sie liebte auch immer die Momente, wenn er so dankbar und zufrieden war, weil sie ihn gefüttert hatte. Und welche Freude er an den Tag legte, wenn sie die Schuhe anzog und er erkannte, dass es Gassigehen-Zeit war! Sie fand es spannend zu beobachten, wie die Sinne ihres Hundes im Wald noch wacher wurden und er seine wilde ursprüngliche Seite ausleben konnte. Dann nahm er unaufhörlich Witterung auf, seine Ohren zuckten noch mehr als sonst, und seinem aufmerksamen Blick entging nichts. Ella erinnerte sich, wie Bozer irgendwann mal wieder im Wald stehen geblieben war – wie versteinert den Blick auf einen Baumwipfel gerichtet. Nur der Schwanz wedelte aufgeregt hin und her. Ella hatte genau hingucken müssen, bis auch sie endlich das Eichhörnchen entdeckte, das ähnlich versteinert von einem hohen Ast auf den Hund runterschaute. Tier und Tier starrten sich an und schienen zu wissen, dass sie Erzfeinde waren. Ella hatte lächeln müssen.

Aber es gab noch eine Erinnerung, die sie in ihrem Innersten zutiefst berührt hatte, und diesen Moment würde sie nie vergessen: Sie und Bozer waren in der Abenddämmerung am Prenzlauer Berg spazieren gegangen, zum Wasserturm, von wo aus man einen wunderbaren 360-Grad-Blick auf die Stadt hatte. Bozer hatte mitten im Spiel plötzlich innegehalten und nach oben geschaut. Ella, die vor ihrem Hund stand, hatte im ersten Moment gedacht, dass der Blick ihres Hundes ihr galt. Aber dann stellte sie fest, dass Bozer nicht sie, sondern etwas hinter ihr anstarrte. Und seinem Blick nach zu urteilen, faszinierte ihn dieses Etwas nicht nur, es schien ihn komplett verzaubert zu haben. Ella drehte sich um und hielt kurz den Atem an, als sie es auch sah: Der Mond war leise hinter ihr aufgegangen und hing als eine große, rosarot schimmernde Scheibe am saphirfarbenen Himmel. Es war wohl der schönste aufgehende Mond, den Ella je in ihrem Leben gesehen hatte. Aber was sie noch viel mehr beeindruckte, war die Tatsache, dass ihr Hund den Mond wahrgenommen hatte und offensichtlich einen Sinn für dessen Schönheit hatte. Noch lange erinnerte sie sich daran, wie Bozer und sie gemeinsam bewundernd und staunend den glänzenden Himmelskörper angesehen hatten und Ella sich in diesem Moment ihrem Hund noch verbundener gefühlt hatte.

»Bozer!«, rief Ella jetzt noch einmal, kaum hörbar, in die Berliner Nacht hinein. Ihr Rufen hallte über das Wasser der

Spree, verklang dann aber in der Dunkelheit. Ella hatte einfach keine Kraft mehr. Aber die Vorstellung, dass sie Bozer womöglich für immer verloren hatte und sie nie wissen würde, ob ihm was Schreckliches zugestoßen war … diesen Gedanken konnte Ella nicht ertragen. Und so traf sie eine Entscheidung. Sie fuhr zu exakt derselben Stelle, an der sie vor Wochen abgebremst hatte – nicht wegen Oscar und auch nicht wegen Daniel, sondern allein wegen ihres geliebten Hunds Bozer, dem sie gefolgt war, ihn aber dann verloren hatte. Sie gab sich die Schuld dafür – und dann fuhr sie mit dem Rad schnurstracks in die Spree, und diesmal bremste sie nicht vorher ab.

»Dass es ein für alle Mal klar ist:
Ja, Hunde trauern.«

WUFF! ELFRIEDE

»Ach, Herr Simon! Ich bin ja so froh, Sie zu sehen!«, hatte Frau Klein gerufen, an jenem Morgen, damals vor ein paar Wochen. Es war der Tag gewesen, an dem Frau Klein später noch ins Krankenhaus kam und Oli Elfriede in seine Obhut nehmen musste. Aber das wusste er zu diesem Zeitpunkt noch nicht.

Oli hatte seinen Rausch wieder einmal auf einer Parkbank ausgeschlafen, die an einen Schrebergarten angrenzte und ganz in der Nähe seines Hauses stand. Er hatte sich die Nacht davor volllaufen lassen, auch weil er beim Zocken sein ganzes Geld verloren hatte. Seine Spielschulden von vorher waren jetzt noch viel höher.

»Herr Simon, Sie haben doch nicht etwa hier draußen geschlafen?«, tönte die Stimme von Frau Klein, aber diesmal ein wenig entsetzt. Oli seufzte, als er die Stimme hörte. So liebenswürdig er seine Nachbarin fand, anstrengend war sie schon auch irgendwie. Und an manchen Tagen versteckte er sich sogar, wenn er der alten Dame im Treppenhaus nicht begegnen wollte. Seit ihrer ersten Begegnung und der Einladung zum Eierlikör waren viele weitere Einladungen gefolgt. Aber mal ehrlich: Wie viel Zeit konnte ein junger Mann wie er mit einer Frau verbringen, die seine Großmutter hätte sein können? Da half auch der viele Eierlikör nichts.

Frau Klein rief schon wieder seinen Namen. Oli hätte sich gerne hinter dem Gebüsch versteckt, aber es war zu spät. Sie hatte ihn längst entdeckt und kam bereits auf ihn zugeeilt, ihren Rollator vor sich herschiebend.

»Ach du meine Güte, jetzt hab ich doch glatt vergessen, dass wir uns ja beim Vornamen nennen, Herr Simon. Alles in Ordnung, Oli?«, fragte sie, als sie vor ihm stand und ihn angrinste.

Oli hielt die Hand vor die Augen, als er sich aufsetzte, um Frau Klein im Gegenlicht erkennen zu können. Sie sah extrem blass aus, stellte er erschrocken fest. »Ja, alles okay bei mir, Frau Klei… äh … Esther. Aber Sie sehen gar nicht so gut aus!«

»Ja, das ist mein Herz, es rast so. Ich glaub, ich hab mich heute im Schrebergarten ein bisschen überanstrengt. Könnten Sie mich bitte nach Hause fahren?«

Oli guckte Frau Klein an. »Äh … mein Auto … ist kaputt.«

»Doch nicht in Ihrer alte Karre, die seit Ewigkeiten im Hof steht! Schieben, lieber Oli, Sie sollen mich schieben«, sagte Frau Klein und zeigte auf den Rollator, während sie sich gleichzeitig rücklings darauf setzte.

Oli rollte innerlich die Augen, aber er tat, wie ihm befohlen war und fing gerade an, die gebrechliche alte Dame mit dem Rollator zu schieben, als diese plötzlich laut und theatralisch aufschrie.

»*Halt! Oh my God, I left my baby on the bus!*« Sie zeigte auf Elfriede, die sich ein paar Meter entfernt hingesetzt hatte, weil sie wahrscheinlich keine Lust hatte auf eine Begegnung mit Oli.

Oli ging rüber zu Elfriede und wollte sie hochheben, aber da knurrte der Frenchie ihn an. Oli hob seinen Finger und guckte Elfriede mahnend an. »Keine Zicken. Sonst schmeiß ich dich das nächste Mal in die große Abfalltonne, die im Hof steht, kapiert?«, sagte er leise, sodass Frau Klein ihn nicht hören konnte. Elfriede schien zu verstehen, denn sie ließ sich nun von Oli aufheben und in das Körbchen setzen, das am Rollator befestigt war.

Frau Klein grinste. »Schön, dass ihr Freunde geworden seid. Und jetzt ab nach Hause!«

Während Oli Frau Klein und Elfriede auf dem Rollator Richtung Parkausgang schob, quasselte sie ihm unentwegt die Ohren voll. Sie erzählte ihm gerade irgendwas von … der Geist ist willig, aber der Körper eine alte Hülle …, als Frau Klein plötzlich mitten im Satz aufhörte zu sprechen. Oli erkannte den Ernst der Lage sofort, denn Frau Klein war wie eine Stoffpuppe bewusstlos zusammengesackt. Oli hatte sein Handy gezückt und den Notarzt gerufen.

Das war der Tag gewesen, an dem Frau Klein ins Krankenhaus gekommen war und Oli Elfriede übernommen hatte. Er war immer davon ausgegangen, dass er Elfriede bald seinem Frauchen wieder zurückgeben könne.

Jetzt aber saß er da, auf derselben Parkbank wie damals, nur dass es nicht frühmorgens, sondern schon spätabends war. Und Frau Klein, wie er ein paar Stunden zuvor erfahren hatte, war tot. Elfriede war jetzt sein Hund. Als ob sie merkte, dass Oli über das Leben nachdachte und es auch sie betraf, schaute ihn Elfriede mit ihren runden braunen Augen fragend an, und ihre großen Ohren schimmerten rosarot im Gegenlicht der Parklaterne.

»Ich weiß auch nicht, Elfriede … Bei mir kannste nicht bleiben, hast ja gesehen. Ich bin nicht gut mit Hunden … tut mir leid.« Elfriede schien zu verstehen und legte ihr Köpfchen auf ihre Pfoten.

Oli schaute um sich und fand es schon eigenartig, dass er ausgerechnet wieder in diesem Park gelandet war, in dem Frau Klein ihren Schlaganfall erlitten hatte.

Nachdem er von der Dame am Empfang die Nachricht von Frau Kleins Tod bekommen hatte, war er aus der Charité gestolpert und hatte nicht gewusst, wohin. Nach Hause wollte er nicht, und zu Silke traute er sich nicht. Und den Brief von Frau Klein konnte er nicht einfach so auf der Straße lesen, auch weil es inzwischen in Strömen regnete. Also war er mit Elfriede einfach drauflosgelaufen und blindlings durch die Stadt gewandert, bis er plötzlich feststellte, dass er wieder dort angekommen war, wo der Anfang von Frau Kleins Ende begonnen hatte.

Oli merkte jetzt, dass es endlich aufgehört hatte zu regnen. Er holte den Brief vorsichtig aus seiner inneren Jackentasche heraus. Er war zum Glück trocken geblieben. Oli hielt den Brief hoch, damit Elfriede ihn auch sehen konnte. »Ist von deinem Frauchen, Elfriede.« Und dann fing er an, dem Hund den Brief laut vorzulesen.

Lieber Herr Simon,
jetzt hab ich's schon wieder gemacht. Noch mal von vorn. Lieber Oli, ich weiß, dass Sie harte Zeiten hinter sich haben und dass Sie sich ein Leben ohne Fußball und Hertha nur schwer vorstellen können, aber ich hoffe sehr, dass Sie inzwischen durch Elfriede auf andere Gedanken gekommen sind. Glauben Sie mir, es gibt nicht nur den einen *Beruf, der glücklich macht, so wie es nicht nur den* einen *Liebhaber gibt im Leben einer Frau …*

Oli hielt überrascht inne und blickte zu Elfriede. Elfriede warf Oli einen wissenden Blick zu. Also las Oli weiter:

Was ich sagen will, lieber Oli, ist: Sie werden mit Elfriede so viele charmante Frauen kennenlernen, wie ich charmante Männer kennengelernt habe. Oder haben Sie vielleicht schon eine neue Liebe gefunden, während ich diese Zeilen schreibe? Na egal, trotzdem möchte ich es mal ganz platt und deutlich sagen, lieber Oli: Vom Fußball mögen Sie Ahnung haben, aber es ist die Liebe, die uns am Leben hält!

Oli ließ Frau Kleins Brief nachdenklich in seinen Schoß sinken, und plötzlich spürte er das Bedürfnis loszuheulen. Er fühlte, dass er die alte Dame vermissen würde. Und ihre Worte erinnerten ihn schmerzlich daran, dass es in seinem Leben keine Liebe gab.

Ungefähr zur selben Zeit saß Silke in ihrem kleinen Häuschen regungslos auf dem Sofa. Seit fast schon einer Stunde hatte sie auf einen Berg aus Rechnungen und Mahnungen gestarrt, der sich vor ihr auf dem Kaffeetischchen stapelte. Auf einmal ging das Licht aus. Die plötzliche Dunkelheit ließ sie aufschrecken und verwirrte sie. Dann dämmerte ihr langsam, dass die Berliner Elektrizitätswerke gerade ihren Strom abgeschaltet hatten. Aber statt irgendwas zu unternehmen, blieb sie einfach sitzen. Sie wusste nicht, wie lange sie so im Dunkeln gesessen hatte, als es an ihrer Tür klopfte.

»Silke?! Bist du da? Ich weiß, du willst mich nicht mehr sehen, aber ich muss dir was geben.«

Silke erkannte Olis Stimme sofort. »Lass mich in Ruhe«, rief sie.

»Ich hab dir doch gesagt, dass es mir leidtut. Ich hab Kohle gebraucht, aber jetzt ...«

»Mann, ich versteh das nicht! Du hast doch vier Jahre Bundesliga gespielt! Was haste denn mit deiner ganzen

Kohle gemacht? Alles verzockt und verprasst für Alkohol, Autos, Partys und wahrscheinlich Frauen oder was?«

Eine peinliche Pause entstand. Silke hatte den Nagel auf den Kopf getroffen.

»Ja, kann schon sein. Aber das ist alles ein bisschen komplizierter.«

»Ja. Bei mir auch! Ich kann nämlich jetzt Insolvenz anmelden.«

»Aber deshalb bin ich hier. Komm, Silke, mach jetzt auf, ich will dir doch was sagen.«

»Dann sag's doch endlich!«

»Versuch ich ja schon die ganze Zeit! Also, was ich dir sagen will, jetzt, wo ich hier so vor dir steh …«

»Du stehst nicht vor mir, sondern vor meinem Haus.«

»Ja, weiß ich. Warum hast du eigentlich kein Licht an? Ich kann dich durchs Fenster gar nicht sehen.«

»Weil ich nicht von dir gesehen werden will.«

»Silke, ich weiß, ich war scheiße zu dir, und ich bin auch scheiße zu den Hunden gewesen, und deshalb wollte ich dich fragen, ob du Elfriede nimmst. Ihr Frauchen ist gestorben. Und wie du gesehen hast, hab ich kein Händchen für Hunde. Obwohl es mir echt Spaß gemacht hat mit denen. Ich glaub, ich war schon lange nicht mehr so glücklich wie in den Tagen, als ich mit denen Hundefußball gespielt hab.«

»Das ist ja das Problem.«

»Was ist das Problem?«

»Das Gemeine ist, du hast ja Ahnung von Hunden, ohne

Ahnung zu haben! Und dich mögen dazu noch die Hundebesitzer.«

»Meinst du das jetzt im Ernst?«, fragte Oli erstaunt. Er hatte alle möglichen Vorwürfe erwartet, aber nicht diese Aussage.

Silke antwortete nicht sofort. Stattdessen zündete sie ein paar Kerzen an und stellte sie auf den Sofatisch. Dann ließ sie sich wieder aufs Sofa fallen, wobei sie wusste, dass Oli sie jetzt sehen konnte.

»Ja. Ich geb's nur ungern zu, aber du hast Talent. Bist ein geborener Rudelführer, so wie Martin Rütter. Und frag mich jetzt nicht, wer Martin Rütter ist! Aber du bist so wie er. Sonst hätte es schon viel früher Chaos gegeben, beim Fußballspielen mit so vielen Hunden.«

Oli wusste tatsächlich nicht, wer dieser Martin Rütter war, aber er ging davon aus, dass er ein echter Hundeflüsterer sein musste. Und durch das Fenster sah Oli auch, dass Silke ernst meinte, was sie da sagte. Dann sah Oli den Berg an Rechnungen, der sich auf dem Sofatisch auftürmte. Er schluckte. Er wusste, dass er Silke mit den Rechnungen helfen konnte, denn in dem Umschlag von Frau Klein waren neben dem Brief auch viele Hunderteuroscheine gewesen, sehr viele sogar. Um seine Schulden abzuzahlen, hatte Frau Klein geschrieben. Aber Oli hatte gerade entschieden, die ersten Schulden, die er damit tilgen würde, waren die von Silke. Schließlich war er ihr was schuldig. Oli wusste auch, dass er mit dem Geld vielleicht Silkes Insolvenz abwenden könnte. Aber um ihr Herz wiederzugewinnen, da müsste er sich noch was anderes einfallen lassen.

»Herrenlose Wildtiere dürfen frei herumstreunen, aber ein Hund, der ein Frauchen und einen Plan hat, nicht. Das Leben ist nicht fair.«

WUFF! BOZER

Im Wald war es nach dem Regen sehr still. Nur vereinzelt hörte man das Platschen der Regentropfen, die von den Blättern auf den nassen Waldboden fielen. Daniel war nach der Arbeit nicht nach Hause gegangen, sondern bei seinen Bäumen geblieben. Er spürte eine Unruhe und wusste, dass er sie nur im Wald loswerden würde. Es war fast dunkel, als er drauflosmarschierte. Wohin, wusste er nicht. Er wollte einfach laufen und versuchen, Ella zu vergessen. Aber genau das Gegenteil schien zu passieren. Mit jedem Schritt, den er ging, schien ihm Ella noch präsenter. Daniel ärgerte sich. Er konnte einfach nicht aufhören, an sie zu denken, obwohl er es versucht hatte. Und immer noch gingen ihm ihre letzten Worte durch den Kopf. *Du bist nicht nur feige, sondern auch selbstmitleidig*, hatte sie ihm nachgerufen, als sie sich das letzte Mal gesehen hatten. *Du versteckst dich hier im Wald vor der Welt! Aber der Welt da draußen ist es so was von egal, ob du deine Gene weitergibst oder nicht. Und mir auch! Ich will mit dir und Bozer und dem Wald zusammen sein.* Er hörte noch die Wut in Ellas Stimme, aber er erinnerte sich, dass auch ein Flehen mitgeklungen hatte. Doch Daniel war hart geblieben, wie ein Obermackerförster eben. Er hatte sich von Ella abgewendet, war gegangen und hatte auch nicht mehr zurückgeschaut. Jetzt würde er Ella und Bozer womöglich nie wiedersehen, denn es gab in Berlin noch andere Wälder, in denen man spazieren gehen konnte. Daniel seufzte tief. Die Wahrheit war: Ella hatte recht. Er war ein Feigling und hatte Angst davor, erneut verletzt zu werden. Aber mal ehrlich: Wer wusste denn schon am Anfang einer Beziehung, wie lange sie halten würde? Niemand. Daniel war schlau genug zu wissen, dass Liebe immer das Risiko barg, enttäuscht oder verletzt zu werden.

Plötzlich hörte Daniel aus dem Unterholz des Waldes einen Brunftschrei und wusste sofort, dass es sich um einen Damhirsch handeln musste. Daniel war gerade an einem Hochsitz vorbeigekommen und machte auf dem Absatz kehrt, um ihn schnell hochzuklettern. Kaum war er oben, erschien der Hirsch auf der Waldlichtung. Es war ein Zehnender, den einer seiner Waldarbeiter schon am Vortag gesichtet hatte. Daniel ärgerte sich, sein Gewehr nicht mitgebracht zu haben. So schön und anmutig diese Tiere waren, der große Hirschbestand machte den Bäumen Probleme, und auf der letzten Jagd hatten sie nicht genügend Hirsche geschossen. Aber gerade, als ihm dieser Gedanke durch den

Kopf ging, ertönte plötzlich das gewaltige Röhren eines anderen Damhirsches. Daniel wusste, dass gleich ein zweites Tier aus dem Dickicht kommen würde, und ihm war klar, welches Spektakel ihn erwartete. Die Hirschbrunft hatte begonnen. Der Zehnender würde sich, sein Revier und seine Damen jetzt gegen einen jüngeren Nebenbuhler verteidigen müssen. Der Neuling trat nun auf die Lichtung und röhrte nochmals, so laut er konnte, in der Hoffnung, dass schon allein sein lautes Gebrüll den Zehnender vertreiben würde. Dieser dachte aber nicht daran und warf seinen Kopf mit dem beeindruckenden Geweih hin und her, für alle im Wald, aber speziell für den Konkurrenten, sichtbar. Der Kampf über das Paarungsrecht hatte begonnen. Mit großem Macho-Getue schnaubten sich die beiden Hirsche an, und dann gingen sie mit einem Mal aufeinander los. Es krachte, und die Geweihe verschränkten sich ineinander. Jetzt fingen die Hirsche an, mit der ganzen Wucht ihrer Körper zu schieben und zu drehen, um den anderen aus dem Gleichgewicht zu bringen. Wer ist der Stärkere? war hier die Frage, die verhandelt wurde. Daniel musste plötzlich innerlich lachen, weil er realisierte, wie recht Ella doch hatte. Es war der Welt so was von egal, ob der eine oder der andere Hirsch gewinnen würde, entscheidend war, *dass* einer gewinnen würde. Derjenige würde seine Gene weitergeben, der andere halt nicht. So war der Lauf der Natur.

Mit diesem Gedanken im Kopf schaute Daniel dem Kampf noch lange zu, bis der Nebenbuhler endlich aufgab und sich in den Wald zurückzog. Kurz darauf verschwand auch der Zehnender wieder in der Dunkelheit.

Daniel blieb auf dem Hochsitz sitzen, auf dem er schon viele Nächte geduldig auf das eine oder andere Wildschwein gewartet hatte. Eigentlich war es die perfekte Nacht, um Wildschweine zu schießen, aber er hatte ja sein Gewehr nicht dabei. Aber selbst wenn er es dabeigehabt hätte, wusste er, dass er mit keinem Schuss getroffen hätte, denn er wäre nicht konzentriert bei der Sache gewesen. So blöd er den Gedanken fand, aber das Auftauchen der kämpfenden Hirsche schien ihm wie ein Zeichen. Und darüber musste er nachdenken … und über sein Leben … und über Ella.

Ein oder zwei Stunden später brütete Daniel immer noch vor sich hin, war aber zu keiner abschließenden Erkenntnis gekommen. Erst als er ein leises *Pling* hörte, realisierte er, dass es schon spät war und er immer noch auf dem Hochsitz saß. Er holte sein Handy aus der Hosentasche und schaute kurz drauf. Sein Herz schlug schnell, als er sah, dass er eine Mail bekommen hatte, und noch schneller, als ihm klar wurde, von wem sie war. *Ich habe keinen Schwachsinn geschrieben. Danke.*

Als Daniel Ellas Artikel zu Ende gelesen hatte, hielt er kurz inne, aber dann kletterte er den Hochsitz so schnell hinunter, wie er es in seinem Leben als Förster noch nie getan hatte. Bevor er die unterste Sprosse der Leiter erreichte, hatte er bereits entschieden, in die Stadt zu fahren und um Ella zu kämpfen.

Während Bozer vor dem Spätkauf-Laden am Fahrradständer angeleint gewesen war und brav auf Ella gewartet hatte, die sich nicht entscheiden konnte zwischen einer Flasche Chardonnay, Lillet oder einer Flasche Wodka, hatten Bozers zweihundert Millionen Geruchszellen plötzlich einen Geruch wahrgenommen, den er kannte. Aufgeregt sprang er auf und drehte seinen Blick weg vom Spätkauf und hin zur Hauptstraße, die trotz der späten Stunde noch stark befahren war. Er schaute die Leute an, die auf dem breiten Gehweg vor ihm vorbeiliefen; er guckte den Fahrradfahrern und Autos nach, die vorbeifuhren. Aber auch aus deren Richtung schien der Geruch nicht zu kommen. Oder doch? Plötzlich, in der Ferne, schien Bozer etwas entdeckt zu haben, denn seine Augen fixierten etwas, seine Ohren spitzen sich, seine Nase witterte, und er fing an zu winseln. Da vorn an der Ampel stand ein Auto, das er kannte, und aus dem offenen Fenster strömte ein bekannter Duft. Daniel. Der wartete ungeduldig darauf, dass die Ampel endlich auf Grün sprang. Er war noch nie bei Ella zu Hause gewesen, aber er wusste, dass sie am Lokdepot im Bezirk Tempelhof-Schöneberg wohnte.

Bozer überlegte nicht lange, sondern riss sich instinktiv los, um Daniel einzuholen und auf sich aufmerksam zu machen. Aber gerade in dem Moment, als Bozer das Auto fast erreicht hatte, schaltete die Ampel um, und Daniel gab Gas. Bozer rannte, die Leine hinter sich herziehend, noch zwei Straßenblocks hinterher, aber an einer großen Kreuzung verlor er Daniels Auto aus den Augen.

Dafür entdeckten ihn zwei ambitionierte Polizisten, die eigentlich wegen nächtlicher Lärmbelästigung gerufen worden waren. Aber als sie den freilaufenden Hund sahen, entschieden sie, das neue Berliner Hundegesetz kurzerhand umzusetzen und zuerst den Hund einzufangen – und sich dann um den Lärm zu kümmern.

Bozer aber schien zu ahnen, dass diese Typen in Uniform, die auf ihn zukamen, nichts Gutes verhießen. Und sowieso, er hatte gerade den unwiderstehlichen Duft einer läufigen Hündin gerochen, der aus dem Kiezpark strömte, und die wollte er unbedingt kennenlernen, bevor er zu Ella zurückkehren würde.

»Na, du Ausreißer?«, sagte der eine Polizist, während der andere ihm ein Leckerli hinhielt. »Guck mal, wat ick hier hab … lecker, lecker … Komm ma' zum lieben Onkel«.

Die Polizisten schlichen sich langsam immer näher an Bozer heran, der sie regungslos, aber aufmerksam beobachtete. Dies missverstanden die Polizisten anscheinend als Kapitulation, denn sie wurden sich ihrer Sache zu sicher und glaubten, dass der Hund auf den Leckerli-Trick reinfallen würde.

Auf den Moment hatte Bozer gewartet. Er machte einen Sprung, fast wie aus dem Stand zwischen den beiden Polizisten hindurch und flog an ihnen vorbei, peitschte sie noch mit seiner Leine, und bevor die überhaupt realisierten, was passierte, war der Hund auf und davon.

Bozer galoppierte – so schnell er konnte – in den Park, um die duftende Hundedame aufzuspüren.

All das wusste Ella natürlich nicht, als sie mit ihrem Rad vom Ufer abgehoben war und kurz über der Spree durch die Nacht flog. Als sie samt Fahrrad im Wasser landete, dachte sie als Erstes, wie kalt es doch war. Und während sie spürte, wie ihr Fahrrad sie in die Tiefe des Flusses zog, kam ihr der absurde Gedanke, dass das Springen in die Spree eine Ordnungswidrigkeit darstellte und dass ihr bestimmt eine saftige Buße drohte, falls die Wasserschutzpolizei ihren Sprung gesehen hatte, eventuell sogar eine Doppel-Buße, weil sie ja das Fahrrad mit dabeigehabt hatte. Und als sie merkte, dass das Wasser nicht nur kalt und dunkel war, sondern dass sie auch keine Luft mehr bekam, drängte sich ihr der dritte und rettende Gedanke auf. *Wenn ich jetzt nicht schwimme, dann war's das, Ella. Aus und vorbei. Du siehst deine lieben Freundinnen nie wieder. Hast deinen Eltern keinen Brief geschrieben, und womöglich denkt Oscar noch, du hättest dir seinetwegen das Leben genommen.* Bei diesem letzten Gedanken endlich ließ Ella ihr Fahrrad los und strampelte sich aus der Tiefe des dunklen Wassers nach oben an die Oberfläche, wo es nicht viel heller war.

Ella schnappte nach Luft, als sie auftauchte. »Hilfe!«, rief sie schwach und hoffte, dass vielleicht die Wasserpolizei in diesem Moment in ihrem Motorboot vorbeifuhr. Aber es war weit und breit kein Boot zu sehen. Noch nicht einmal eines dieser Partyboote für Touristen. Ella spürte, wie ihre Glieder kälter wurden und wie ihr dadurch das Schwimmen immer schwerer fiel. Sie blickte zum Ufer. Es war mindestens dreißig Meter entfernt. *Komm, Ella, du schaffst es,* dachte sie, als sie sich zwang, einen Armschlag nach dem anderen zu machen. Aber durch die Kälte setzte die Ermüdung ein, und Ella hatte das Gefühl, dass sie das Ufer nie erreichen würde. Doch plötzlich, als sie gerade aufgeben wollte, hörte sie ein Hundebellen am Ufer. *Bozer?!* Ellas Sinne waren im Nu wiedererwacht. Sie schaute zum Ufer und versuchte zu sehen, ob Bozer wirklich da war, aber in der Dunkelheit konnte sie nichts erkennen.

Wuff! tönte es erneut. Ella nahm all ihre Kraft zusammen und schwamm in die Richtung, aus der das Bellen kam, und mit jedem Wuff wurde sie ein bisschen schneller, bis sie endlich die Kanalmauer erreicht hatte. Die aber war so hoch, dass Ella sich nur mit den Händen an den Rand klammern konnte. Plötzlich spürte sie, wie eine warme Zunge ihre Hand leckte, und sie schaute auf. »Bozer? Bist du das?«, fragte sie mit zitternder Stimme. Aber es war nicht Bozer, der ihr entgegenblickte, sondern ein fremder Hund. Ein Basset Hound, was Ella daran erkannte, dass die langen Schlappohren dem Hund ins Gesicht hingen, als er neugierig über die Uferbefestigung schaute.

»Heinz! Wat machst 'en da?«, hörte Ella in dem Moment einen Hundebesitzer in tiefstem Berlinerisch sagen.

»Hallo! Ich bin hier!«, rief Ella hoffnungsvoll, dass Rettung nahte.

Der Hund leckte gerade ihre andere Hand, als sein Herrchen, ein älterer Herr, sich über seinen Hund beugte und überrascht war, als er Ella erblickte. »Na, wat machen Sie denn da?«

»Ich bin … vom Weg abgekommen«, antwortete Ella.

Der Mann zeigte auf den breit betonierten Weg, der sich neben der Spree durch das Regierungsviertel schlängelte. »Ja, aber der ist doch breit jenug, junge Frau. Früher, da war er nich' so breit, aber da hamse ja och uf enen jeschossen.«

»Entschuldigung, das ist zwar historisch sehr interessant, aber können Sie mir vielleicht hier raushelfen?«

Der Mann schaute einen Moment skeptisch, als ob er nicht sicher sei, ob er Ella helfen könnte, aber dann streckte er ihr freundlich seine Hand entgegen. »Na jut, dann jeb'n Se ma' Pfötchen.«

Als Ella zähneklappernd und triefnass durch die Straßen lief, auf dem Weg nach Hause, war ihr zwar entsetzlich kalt, aber sie war froh, noch am Leben zu sein. Das Herrchen von ihrem Erstretter, dem Hund Heinz, wollte Ella in die Charité bringen, aber sie wollte nicht ins Krankenhaus, sondern so schnell wie möglich nach Hause. Auch weil sie einen Funken Hoffnung hatte, dass Bozer vielleicht vor der Wohnungstür saß und auf sie wartete. Der Gedanke daran ließ sie schneller gehen.

Die Nacht ging langsam ihrem Ende zu, und der neue Tag kündigte sich am Horizont bereits an. Wie spät es wohl war, fragte sich Ella. Auf ihr Handy schauen konnte sie nicht, denn das lag jetzt mit dem Fahrrad auf dem Grund der Spree. Als Ella um die Ecke in ihre Straße bog, meinte sie, von Weitem Bozer zu sehen. Sie rannte drauflos, was in den nassen Klamotten gar nicht so einfach war. Aber als Ella keuchend vor ihrem Haus angekommen war, sah sie, dass es ein anderer Hund war, der vor seinem Frauchen aus dem Nebengebäude herausgekommen war. Ella spürte, wie die Tränen in ihr aufstiegen. Aber sie beschloss, erst warm zu duschen, dann hatte sie immer noch den ganzen Tag, um zu weinen.

Ihr Hausschlüssel steckte noch in der nassen Jeans; zum Glück, dachte Ella, sonst hätte sie ihre Nachbarn um diese Uhrzeit wach klingeln müssen. Sie schob die schwere Haustür auf, ging ins Treppenhaus und drückte auf den Liftknopf. Dabei schloss sie die Augen und war dankbar, dass sie einen Fahrstuhl hatte und die vier Stockwerke jetzt nicht hochlaufen musste. Als sie hörte, dass der Fahrstuhl angekommen war, richtete Ella ihren Kopf auf und öffnete die Augen. Aber statt in den Aufzug zu treten, blieb sie wie vom Blitz getroffen stehen. Fassungslos starrte sie auf etwas, was neben dem Lift hing und dort nichts zu suchen hatte: Es war ein trapezförmiges gelbes Schild, auf dem eine schwarze Eule abgebildet war. Ella rieb sich die Augen. Vielleicht halluzinierte sie ja schon, und es wäre tatsächlich besser gewesen, sie hätte sich wegen Unterkühlung in die Charité einliefern lassen. Sie schlug die Augen wieder auf. Da war sie immer noch: eine schwarze Eule auf einem gelben Schild, so wie Ella sie im Wald bei ihrer ersten Begegnung mit Daniel gesehen hatte. Damals hatte sie nicht gewusst, dass die Eule für »Naturschutzgebiet« stand.

»Daniel?«, sagte Ella verunsichert und schaute verwirrt um sich. »Daniel? Bist du hier irgendwo?«

»Nein«, hörte sie seine Stimme plötzlich von hinten.

Ella drehte sich rasch um. Es war keine Halluzination: Daniel stand wirklich vor ihr. Er war gerade die Treppen hinuntergekommen, nachdem er wohl vor ihrer Wohnungstür gewartet hatte. Wäre sie einfach in den Lift gestiegen, ohne die Eule gesehen zu haben, hätten sie sich verpasst.

Daniel schaute Ella besorgt an, als er sah, dass ihre Kleider durchnässt waren und dass sie zitterte. »Was hast du denn gemacht?«, fragte er.

»Ich … war schwimmen«, antwortete Ella und versuchte so nonchalant wie möglich zu klingen, um ihre Freude, ihn wiederzusehen, zu überspielen.

Aber als Daniel sie fragte, wo denn Bozer sei, konnte Ella die Tränen der Freude, aber auch die der Trauer nicht mehr zurückhalten.

»Er ist weg … einfach weg«, schluchzte sie. »Und ich bin schuld. Ich hab nicht aufgepasst. Und jetzt ist er weg.« Ella sackte zusammen, aber Daniel fing sie auf und küsste sie. Trotz der salzigen Tränen schmeckte er so, wie sie es in Erinnerung hatte. Und sein Duft war so vertraut, dass Ella das Gefühl hatte, endlich zu Hause zu sein.

Daniel drückte auf den Liftknopf, und als sich die Türen öffneten, hob er Ella sanft in den Fahrstuhl hinein und flüsterte ihr ins Ohr: »Wir finden Bozer, versprochen. Aber jetzt lasse ich dir erst mal ein heißes Bad ein.«

»Es gibt manch einen Menschen,
der bestimmt gerne ein Hund wäre,
aber ich bezweifle, dass es einen Hund gibt,
der gerne ein Mensch wäre.«

WUFF! SIMPSON

Während Daniel in den frühen Morgenstunden über Ella wachte, die nach ihrem heißen Bad vor lauter Erschöpfung sofort eingeschlafen war, lag Max schon im OP-Saal und hatte gerade die Anästhesie-Maske über Mund und Nase gezogen bekommen. Seine Angst wich schon bald einer bleiernen Müdigkeit, und wenige Sekunden später sackte er in einen tiefen Schlaf. Dr. Seligmann begann zu operieren.

Cecile, die Max schon vor Sonnenaufgang ins Krankenhaus gebracht hatte, war wieder nach Hause gefahren, um bei den Kindern zu sein. Lena, die schulfrei hatte, weil eine Lehrerin krank war, schlief noch, und Nico spielte mit Simpson im Wohnzimmer. Cecile aber war so nervös, dass sie nichts mit sich anzufangen wusste. Schließlich schlich sie sich heimlich in den Garten, um außer Sichtweite von Nico eine Zigarette zu rauchen. Das brauchte sie jetzt dringend. Sie inhalierte tief und blies den Rauch genussvoll raus. Nach ein paar Zügen konnte sie plötzlich wieder einen klaren Gedanken fassen. Und zwar den, dass es ein Fehler gewesen war, nicht während der OP im Krankenhaus zu warten. So weit weg von Max zu sein war unerträglich, und Cecile realisierte, dass sie sofort wieder dorthin zurückfahren musste. Schnell drückte sie die halb gerauchte Zigarette aus, versteckte den Stummel in einem kleinen Kräuterbeet, das vor dem Küchenfenster stand. Bei der Gelegenheit zwickte sie sich auch gleich zwei Basilikumblätter ab und steckte sie sich in den Mund. Cecile wusste, dass nicht nur ihr Hund, sondern auch ihre Kinder eine feine Nase hatten.

Sie ging zurück ins Wohnzimmer. »Komm, Nico, wir wecken Lena, und dann fahren wir zu Papa ins Krankenhaus.«

Ihr Sohn schaute sie kurz an und sagte dann bestimmt. »Aber Simpson kommt mit.«

Als sie keine Stunde später samt Kindern und Simpson das Krankenhausfoyer der Charité betraten, kam sofort eine der Rezeptionsdamen auf sie zugeschossen.

»Entschuldigung. Aber Hunde müssen draußen bleiben!«

»Ja, ich weiß, aber ich dachte, vielleicht kann der Hund hier …« Warten, hatte Cecile sagen wollen, aber die Dame unterbrach sie.

»Nein. Der Hund muss raus.«

Jetzt meldete sich Lena zu Wort. »Aber unser Papa …«

»Nein. Tut mir leid. Hausregeln«, wiederholte die Krankenhausangestellte stur und sah Lena streng an.

Plötzlich und ohne Vorwarnung fing Lena an zu weinen, woraufhin Nico seine Arme um Simpson warf und sein Gesicht, auch schluchzend, in das Hundefell grub. Der Anblick ihrer gestressten Kinder war zu viel für Cecile, und auch sie konnte die Tränen nicht mehr zurückhalten. Die Rezeptionsdame war vollkommen überfordert mit der Situation, und zum Glück kam in diesem Moment Dr. Seligmann vorbei.

»Frau Wagner, alles in Ordnung?«

Cecile wischte sich schnell die Tränen aus dem Gesicht und deutete auf Simpson. »Wir wollten auf Max warten, aber mein Sohn … er will ohne den Hund nicht …«

Dr. Seligmann lächelte Nico und Lena an. »Dann seid ihr Nico und Lena, und das muss wohl Simpson sein. Einen tollen Hund habt ihr da. Der hat eurem Papa das Leben gerettet.«

»Mein Mann …« Cecile wagte die Frage nicht zu Ende zu stellen. Musste sie auch nicht, denn Dr. Seligmann lächelte und nickte.

»Hat die TÜV-Plakette bekommen. Ihr Mann ist wieder krebsfrei, dank dem Hundefrüherkennungssystem von Simpson.« Er lachte und wuschelte Simpson durchs Fell. Simpson und die Kinder ahnten sofort, dass dieser Onkel Doktor auch ein Hundebesitzer war. »Ich bring Sie gleich zu ihm rauf, aber vorher will ich Ihren Kindern zeigen, wo sie mit Simpson warten können.« Dr. Seligmann streckte seine Hände zu Nico und Lena aus – und wie selbstverständlich nahmen die Kinder jeder eine Hand. Mit Simpson im Schlepptau führte Dr. Seligmann die kleine Gruppe nach draußen in den Krankenhausgarten zu einer Bank, die direkt unter dem Fenster von Max' Zimmer lag. Cecile, die dem Trupp nachschaute, dachte wieder im Stillen, dass sie diesen Michael Seligmann nicht nur gut aussehend fand, anscheinend war er auch ein guter Arzt und offensichtlich ein feiner Mensch. Schade, dass er und Lulu nicht zusammengekommen waren. Cecile dachte an ihre Freundinnen und daran, wie sie sie vermisste, während sie im Foyer stand und dem geschäftigen Kommen und Gehen des Krankenhauses zusah. Aber sie dachte auch, wie glücklich sie war, dass es Max besser ging und der Grund für Simpsons komisches Verhalten endlich gefunden war.

Dr. Seligmann öffnete leise die Tür zu Max' Zimmer, zwinkerte Cecile aufmunternd zu und ließ sie dann allein reingehen. Max lag mit geschlossenen Augen im Bett und sah geschwächt aus. Als er spürte, dass jemand im Raum war, öffnete er die Augen und lächelte glücklich, als er sah, dass es Cecile war. Seine Frau küsste ihn auf die Stirn.

»Der Arzt hat gesagt, du bist wieder gesund«, sagte sie, und Max nickte.

»Wo sind die Kinder … und Simpson?«, fragte er leise.

»Draußen, vor dem Fenster.«

Max versuchte sich aufzusetzen, aber Cecile sah, dass es ohne ihre Hilfe nicht ging. Sie stützte ihn, half ihm, aus dem

Bett aufzustehen, und öffnete beide Fensterflügel, sodass sie zusammen rausschauen konnten. Die Kinder warteten schon und winkten aufgeregt, als sie ihre Eltern erblickten. Auch Simpson bellte, aber diesmal war es ein glückliches Bellen.

Max' Augen strahlten tiefe Dankbarkeit aus. »Wie konnte ich nur auf die Idee kommen, Simpson wegzuschicken? Er hat mir das Leben gerettet.« Seine Stimme brach.

Cecile nickte. Auch sie war berührt von dem Bild ihrer Kinder mit dem Hund.

»Und er ist der Einzige, der Nico so nimmt, wie er ist«, hörte sie Max hinzufügen.

Cecile schaute ihren Mann überrascht an, und in diesem Moment wurde ihr klar, dass Max recht hatte. Cecile hatte von dem Jungen in all den Jahren zu viel gefordert, und Max hatte wahrscheinlich zu wenig von Nico erwartet. Simpson, der Familienhund, war es, der Nico im wahrsten Sinne des Wortes immer auf Augenhöhe begegnete. Cecile war so gerührt von der Erkenntnis, die ihr Mann gehabt hatte, dass sie sich an ihn schmiegte und küsste. Dann schaute sie ihn mit einem Augenzwinkern an. »Du kannst Nico ja morgen zum neuen Reittherapeuten bringen.« Als Max sie entsetzt anstarrte, fing sie an zu lachen. »Siehst du? Ich hab doch Humor.«

Während sich Max und Cecile wieder küssten und sich freuten, dass das Leben und ihr Hund ihnen eine neue Chance gegeben hatten, wurde am anderen Ende der Stadt in jenem

Friedwald, der in Daniels Revier lag, ein Menschenleben betrauert.

»Je schöner die Erinnerung, desto schwerer ist die Trennung«, tönte die Stimme des Pastors abwechselnd mit den leisen Klängen der Windspiele durch den Wald. Elfriede, die Oli auf dem Arm trug, wimmerte schon wieder, und der Pastor schaute Oli vorwurfsvoll an.

»Schhh«, flüsterte Oli Elfriede ins Ohr. »Sonst fangen die anderen Hunde auch noch an.«

Oli schaute die anderen Trauergäste an. Es waren ausschließlich Männer im besten Alter, die alle ihre Hunde dabeihatten. Insgesamt waren es acht Verehrer, die zur Beerdigung von Frau Klein gekommen waren. Heinz, der Basset Hound, der Ella gerettet hatte, war auch mit seinem Herrchen dabei.

»Aber die Erinnerungen an die gemeinsame Zeit, die wir mit der Verstorbenen verbracht haben, die werden uns niemals verlassen«, fuhr die Stimme des Pfarrers fort, aber keiner der Trauergäste hörte so richtig zu.

Denn während Oli staunte, dass Frau Klein allem Anschein nach in ihrem hohen Alter nicht nur einen, sondern viele Liebhaber gehabt hatte, beäugten die älteren Herren Oli und staunten, dass ihre geliebte Esther einen so drahtigen jungen Lover gehabt hatte.

»Unsere Schwester, Esther Maria Klein, möge in Frieden ruhen.« Damit beendete der Pfarrer endlich sein Gebet. Er warf Erde in das Loch, in dem die Urne bereits ihren Ruheplatz gefunden hatte, und ging.

Oli wartete, bis auch die anderen Trauergäste, von denen alle ein paar Tränen vergossen hatten, vor allem das Herrchen von Heinz, gegangen waren, dann setzte er Elfriede ab und trat ebenfalls an das Grab.

»Hey, Frau Klein … ich meine … Esther. Ich hoffe, Sie sind im Himmel gut angekommen. Und dass die da auch Eierlikör haben. Also, machen Sie's gut und bis bald.« Oli korrigierte sich schnell. »Hoffentlich nicht ganz so bald, aber irgendwann … und danke auch noch für den Brief und Ihre weisen Worte. So. Und jetzt komm, Elfriede.«

Doch Elfriede, die sich vor dem Grab hingelegt hatte, dachte nicht daran zu gehen. Sie wimmerte jetzt noch lauter.

»Elfriede. Komm jetzt. Du hast ihr die letzte Ehre erwiesen.«

Elfriede ließ sich zur Seite rollen und lag jetzt, alle viere von sich gestreckt, wie tot neben dem Grab. Sie hörte sogar auf zu wimmern.

»Mann, Elfriede …« Oli fuhr sich frustriert mit der Hand durch die Haare.

Als Antwort schloss Elfriede jetzt demonstrativ noch ihre Augen. Oli seufzte tief und setzte sich neben den Hund.

»Versteh doch, Elfriede, meine Mama und mein Paps sind gestorben, als ich klein war. Ich hab nie gelernt, was Familie ist oder wie man Verantwortung füreinander übernimmt.«

Elfriede stieß als Antwort oder als Zeichen dafür, dass sie zuhörte, einen tiefen Seufzer aus, rührte sich aber immer noch nicht.

»Ich meine, du hast doch gesehen, dass ich nicht gut auf

dich aufgepasst hab, obwohl mir das nie mehr passieren würde … weil ich würd' jetzt immer auf dich aufpassen. Und eigentlich … glaube ich, dass ich ohne dich auch wieder ziemlich am Arsch sein würde, weil ich dann niemanden mehr hab, der mir die ganzen ausgetrunkenen Bierdosen vor Augen führt, und ich hab auch niemanden mehr, mit dem ich schimpfen kann, oder jemanden, mit dem ich mal wieder ein Steak essen kann.«

Elfriede spitzte die Ohren. Ob sie es tat, weil das Wort »Steak« gefallen war oder weil es für Oli ein Zeichen sein sollte weiterzusprechen, wusste er nicht. Aber weil sie immer noch nicht so aussah, als würde sie sich vom Grab auch nur einen Millimeter wegbewegen, holte Oli tief Luft.

»Also, wenn du wirklich willst, kannst du auch bei mir bleiben, dann verspreche ich dir, dich für immer lieb zu haben.« Oli schien über seine eigenen Worte überrascht, aber noch überraschter war Elfriede. Auch wenn sie die Worte nicht verstanden hatte, so verstand sie die Bedeutung. Denn Olis Stimme hatte ihr verraten, dass Oli sie lieb hatte.

Elfriede öffnete die Augen und starrte Oli aus ihrer liegenden Position an. Jetzt schien sie zu überlegen. Ihr Herrchen hatte sich ja wirklich gemausert. Seit jenem Abend bei Silke teilte Oli jetzt immer sein Essen mit Elfriede, und im Bett neben Oli schlafen durfte sie auch. Und sie durfte ihm auch Küsschen geben auf die Wange, ohne dass er mit ihr schimpfte. Und er hatte ihr ein Spielzeug gekauft, das sie liebte, eine Stoffkatze, die Oli hoch durch die Luft warf und dabei rief: »Elfriede, mach sie fertig!« Worauf Elfriede dann kläffend durch die Dachwohnung jagte, die Katzenkreatur packte und schüttelte, bis das Stofftier allen Widerstand aufgab. Dann lobte Oli sie überschwänglich und gab ihr immer ein Leckerli. Nein, Elfriede musste zugeben, wider Erwarten ging es ihr gut bei Oli. Und nicht nur das. Elfriede hatte Oli auch lieb gewonnen. Also traf sie eine Entscheidung. Mit einem Mal stand der kleine Frenchie auf, schüttelte sich kurz, setzte sich vor Oli hin und schaute ihn erwartungsvoll an, genau wie Elfriede es immer tat, wenn sie bereit war, angeleint zu werden.

»Ab und zu ist es schön,
nicht immer der Retter zu sein,
sondern auch mal gerettet zu werden.«

WUFF! BOZER

Ella fragte sich, ob sie geträumt hatte. Ihr Geruchssinn sagte ihr, dass Daniel ganz in der Nähe war. Sie schlug die Augen auf. Sie hatte nicht geträumt. Daniel stand neben ihrem Bett und lächelte sie an.

»Guten Morgen – oder besser gesagt Guten Tag, denn es ist schon Mittag! Ich hätte dir gerne was gekocht und ans Bett gebracht, aber wie ich dich kenne, willst du gleich los.«

Ella war verwirrt. »Wohin?«, fragte sie.

»Bozer abholen.«

Kaum hatte er ausgesprochen, war Ella auch schon aus dem Bett gesprungen. Ihre Freude war so groß, dass sich die Fragen überschlugen. »Wo ist er? Du hast ihn gefunden?! Wo war er? Ist er in Ordnung?«

Daniel nickte und grinste.

Als Ella und Daniel zusammen mit dem Mitarbeiter des Tierheims, der immer noch seine komische Siebzigerjahrefrisur trug, den Mittelgang des Gebäudes entlanggingen und Ella den vertrauten Geruch der Hunde wahrnahm, musste sie sich zusammenreißen, um nicht loszurennen. Kurz bevor Daniel, der Mitarbeiter und sie in den separaten Bereich traten, wo die Zwinger waren, hielt sie jedoch inne.

»Warten Sie, bitte.« Der Mitarbeiter hatte die Hand schon auf die Türklinke gelegt, die zu den Hunden führte, drückte sie aber nicht hinunter.

Auch Daniel schaute sie neugierig an.

»Sie haben mir nie gesagt, warum Bozer früher immer weggelaufen ist. Vielleicht ist das der Grund, warum er auch jetzt wieder weggelaufen ist?«, fragte Ella und war sich nicht sicher, ob sie die Antwort wirklich hören wollte. Zu spät.

Der Mitarbeiter hatte die Türklinke schon losgelassen und schaute Ella mit einem ernsten Gesichtsausdruck an. »Also, ich glaube, dass er immer noch seine Familie sucht.« Ella schien nicht zu verstehen, also fuhr der Mitarbeiter fort. »Bozers Familie ist bei einem Autounfall ums Leben gekommen. Er war zu Hause und hat auf sie gewartet. Nach zwei Tagen hat man ihn dann in der Wohnung gefunden. Danach ist er immer wieder weggelaufen, wenn wir ihn vermittelt haben. Und irgendwann wollte ihn dann auch keiner mehr aufnehmen. Tja, er scheint immer noch weiterzusuchen … nach einer Familie.«

Daniel sah, wie sehr die Worte Ella berührten, aber er erkannte in ihrem Gesichtsausdruck auch, dass sie bei ihr

Zweifel ausgelöst hatten. Er ahnte, dass Ella sich in dem Moment fragte, ob sie Bozer das bieten könnte, wonach er suchte – oder ob er wieder wegrennen würde.

Daniel zögerte nicht länger. Er ergriff Ellas Hand und schaute sie an, mit einem Blick, der ihr all das sagte, was sie gehofft hatte, von ihm zu hören, als sie das letzte Mal zu ihm in den Wald gegangen war. Und deshalb verstand Ella die Bedeutung der Worte, als Daniel sich zu dem Mitarbeiter des Tierheims wandte und kurz und knapp sagte: »Bozer hat jetzt eine Familie.«

Während Bozer Ella und Daniel überschwänglich vor Freude begrüßte, stand Silke vor einer Gruppe Hundebesitzer, die in einem Halbkreis auf weißen Plastikstühlen vor ihr saßen und sie mit großen Augen anstarrten und darauf warteten, dass sie die Stunde begann. Doch Silke war abgelenkt, und ihre Gedanken waren noch bei Oli, Elfriede und dem, was am Vorabend geschehen war.

Als Silke gemerkt hatte, dass Oli hartnäckig vor ihrem Häuschen stehen bleiben würde, war sie schließlich aufgestanden und hatte Oli und Elfriede reingelassen. Oli hatte sich wortlos neben Silke auf das Sofa gesetzt und den Zettelberg von Rechnungen und Mahnungen an sich genommen. Ihren Protest hatte er mit einer Handbewegung abgewürgt. Daraufhin hatte er in Ruhe jeden fälligen Posten angeschaut, den Betrag jeweils großzügig aufgerundet und dann alles im Kopf zusammengezählt. Zum Schluss hatte er einen Umschlag geöffnet, Hunderteuroscheine herausgenommen und die Gesamtsumme hingeblättert. Silkes erste Reaktion war, das Geld abzulehnen, auch weil sie nicht wusste, woher es kam. Außerdem wollte sie bei niemandem in der Schuld stehen. Aber als Oli ihr sagte, dass er das Geld von Frau Klein, Elfriedes Frauchen, geerbt hatte, und er sie daran erinnerte, dass sie kurz davor war, alles, was sie sich aufgebaut hatte, zu verlieren, nahm sie das Geld schließlich dankbar an.

Während sie das Bündel Scheine stumm in den Händen hielt, saß Oli ebenso stumm neben ihr. Silke blickte ihn von der Seite an. Sie hatte auf ihn böse sein wollen, aber jetzt konnte sie es nicht mehr. Und Ella hatte recht gehabt. Sie mochte ihn und sollte ihm eine zweite Chance geben. »Wenn du willst, kannst du hier übernachten.«

Aber Oli war aufgestanden und hatte seinen Kopf geschüttelt. ›Heute nicht, Silke.‹ Und dann war er gegangen.

Silke ermahnte sich jetzt wieder zur Konzentration, denn die Hundebesitzer und ihre Hunde waren unruhig geworden und wollten, dass die Trainingsstunde endlich losging. Sie räusperte sich. »Also …«, sagte sie, klatschte in ihre Hände und schaute dabei einen Mann in der Gruppe an, neben dessen Stuhl ein Dackel saß. »Bevor wir mit dem praktischen Teil anfangen, würde ich gern von euch hören, warum ihr euch einen Hund angeschafft habt? Denn wenn die Erwartungen an eure Hunde zu hoch oder nicht realistisch sind, dann haben wir von Anfang an Probleme, und das wollen wir ja nicht, stimmt's?« Silke war jetzt wieder voll in ihrem Element. Sie lächelte in die Runde und nickte den Dackelbesitzer auffordernd an. Sie hatte sich vorgenommen, genauso freundlich zu sein mit den Menschen wie mit den Hunden.

»Ja, also … ich weiß auch nicht …«, sagte der Mann und blickte traurig auf seinen Dackel, der sein Herrchen mit einem genauso traurigen Blick anschaute.

»Es gibt immer einen Grund, warum sich der Mensch einen Hund anschafft«, sagte Silke in einem aufmunternden Ton.

Der Mann sackte plötzlich zusammen. »Meine Frau Helga, sie ist letztes Jahr gestorben …« Seine Stimme brach. Silke verstand. Sie schaute in die Runde.

»Einsamkeit. Für viele Menschen ist das die Hauptmotivation, sich einen Hund anzuschaffen, aber ich kann euch aus Erfahrung sagen: Ein Hund ist ein Hund und kein Mensch. Also lernt durch eure Hunde andere Menschen kennen. So, wer ist als Nächster dran?«

»Darf ich?«, hörte sie plötzlich eine familiäre Stimme fragen. Silke war überrascht, Oli plötzlich dastehen zu sehen. Er setzte sich zu den anderen Hundebesitzern auf einen noch freien Plastikstuhl, und Elfriede sprang auf seinen Schoß. Silke entschied sich, sein Spiel mitzuspielen.

»Okay. Und du? Warum hast du dir deinen Hund …?« Sie brach ihre Frage mitten im Satz ab und musste plötzlich lächeln, denn sie hatte gerade eine Erkenntnis gehabt. »Also, anders gefragt. Warum hast du dich entschieden, deinen Hund zu behalten?« Silke hoffte, dass es tatsächlich so war, und schaute Oli erwartungsvoll an.

»Ja, also, ich hab nachgedacht. Ich hab die letzten Jahre

nur deprimiert in meiner Wohnung rumgesessen und Mist gebaut. Wenn ich Elfriede jetzt abgeben würde, dann würde ich wahrscheinlich wieder nur deprimiert herumsitzen. Also hab ich mich dafür entschieden, mir mit Elfriede mal 'ne Auszeit zu gönnen.«

Die anderen Hundebesitzer schauten Oli irritiert an. Sie verstanden nicht, wovon er sprach.

Als ob Oli das bemerkt hätte, hielt er kurz inne und schaute in die Runde. »Normalerweise sterben Hunde ja vor ihren Besitzern.« Er sah den Mann mit dem Dackel an. »Mein Beileid.« Dann fuhr er fort. »Aber im Fall von Elfriede war es nicht so; ihr Frauchen ist heute früh beerdigt worden.« Ein Raunen und Nicken voll Mitgefühl ging durch die Runde.

»Das heißt, du hast dich entschieden, Verantwortung zu übernehmen?«, fragte Silke vorsichtig.

Oli nickte. »Ja. Ich denke schon. Ich hab Elfriede versprochen, auf sie aufzupassen, bis dass der Tod uns scheidet.« Elfriede bellte kurz als Zeichen ihres Einverständnisses.

Silke musste schmunzeln.

»Ja, und deshalb wollte ich mich verabschieden. Wir gehen weg. Und ich wollte dir das hier geben.« Oli warf einen Autoschlüssel durch die Luft. Silke fing ihn auf.

»Weg? Wohin gehst du denn? Und was ist das?« Silke schaute erst die Schlüssel, dann Oli fragend an und konnte ihre Enttäuschung nicht verbergen.

Oli zeigte auf das Hundemobil, das er in Silkes Auffahrt

geparkt hatte. »Ich dachte, vielleicht hast du Lust, mein Hundemobil zu fahren, in der Zeit, in der wir weg sind. Es machte gute Laune, und die Hundebesitzer haben Spaß dran.«

»Aber warum?«, fragte Silke und verstand immer noch nicht. »Ich will mit Elfriede auf Wanderschaft gehen. Nach Südfrankreich, in die Nähe von Bordeaux, da kommt Elfriede nämlich her, hat mir Frau Klein mal gesagt.«

»Nach Bordeaux?«, fragte Silke und wusste inzwischen nicht, ob sie lachen oder weinen sollte.

»Ja, und deshalb wollte ich Auf Wiedersehen sagen.«

Silke schluckte. So groß ihre Enttäuschung war, Olis Entscheidung hatte sie auch positiv überrascht, und das freute sie. Silke gab sich einen Ruck. »Dann hoffe ich auch auf ein Wiedersehen.«

»Natürlich gibt es ein Wiedersehen. Es gibt doch immer ein Rückspiel!«

»Rückspiel?«, fragte Silke und war im ersten Moment verwirrt, aber dann verstand sie und musste grinsen. »Ach, du meinst *so* ein Rückspiel.«

Oli zwinkerte ihr zu. »Ja genau. Und ich wollte dich fragen, ob ich, also nach dem Rückspiel, wenn ich von meiner Wanderschaft zurück bin … ob ich dann vielleicht hier mithelfen kann?«

Die Hundebesitzer, die das Gespräch verfolgt hatten, verstanden immer noch nicht genau, was hier gerade verhandelt wurde. Dass es aber um etwas Wichtiges ging, war jedem klar.

Weil Silke nicht sofort antwortete, war Oli verunsichert und hatte das Gefühl, seine Frage ein bisschen relativieren zu müssen.

»Na ja, ich weiß, das kommt jetzt alles ein bisschen plötzlich, aber du hast ja viel Zeit zu überlegen, während wir weg sind.« Oli stand auf. »Komm, Elfriede, wir müssen los.« Er winkte Silke noch einmal lächelnd zu, dann wandte er sich ab.

»Warte!« Silke stand auf und ging auf Oli zu. »Willst du meine Antwort nicht hören?«, fragte sie ihn.

»Ich dachte, du musst erst mal länger überlegen.«

»Da gibt's nichts zu überlegen«, sagte Silke und küsste Oli, der ihren Kuss erwiderte.

Jetzt endlich kapierten die Hundebesitzer, dass es hier um Liebe ging, und sie fingen an, begeistert zu klatschten – auch der Dackelbesitzer klatschte mit. Die Hunde steuerten ein aufgeregtes Bellen bei. Der Kuss war lang und leidenschaftlich und endete nur, weil Silke nach Luft schnappen musste, auch weil sie Oli immer noch eine Antwort schuldete.

»Rückspiel ist gut. Und wegen des Jobs: Ich denke, ich könnte auch noch in ein paar Monaten jemanden gebrauchen, der so gut mit Hunden und Hundebesitzern klarkommt wie du.«

»Manche Menschen haben das große Glück,
den richtigen Hund
zum richtigen Zeitpunkt in ihrem Leben zu haben.«

WUFF! BOZER, SIMPSON, ELFRIEDE UND GALILEO

Die Sterne funkelten am Zeltdach der Jurte, und die Katzen saßen wieder auf den Ästen des Katzenbaums. Sie schauten hinunter zu den vier Freundinnen, die endlich wieder einmal glücklich auf den farbigen Kissen am runden Tisch zusammensaßen. Eine Flasche Prosecco war schon leer. Es herrschte eine heitere und ausgelassene Stimmung, auch weil Ella gerade von der ersten Begegnung ihrer Eltern mit Daniel erzählt hatte und davon, wie ihre Mutter Daniel jedes Mal fragte, wenn sie ihn allein zu fassen kriegte, ob da auch wirklich nichts zu machen sei?

»Und? Ist da auch wirklich nichts zu machen?«, fragte Cecile vorsichtig. Ella lächelte als Antwort in die Runde. »Wir werden Kinder adoptieren. Mindestens drei … vielleicht sogar fünf … oder gar sieben.«

»Wie jetzt, gleich so viele?!«, rief Silke entsetzt. Auch Cecile schüttelte den Kopf. »Also, Ella, ich glaub, du unterschätzt, wie anstrengend …«

»Aber wahrscheinlich werden es sieben. Von jedem Kontinent eines: aus Asien, Europa, Nordamerika, Südamerika, Afrika, Australien und aus der Antarktis«, fuhr Ella fort, bis sie auf die entsetzten Blicke ihrer Freundinnen hin schließlich losprusten musste.

»Genauso hat meine Mutter geguckt, als ich ihr das gesagt habe!«, rief Ella lachend.

Jetzt fingen auch die Freundinnen an zu lachen. Ella hob ihr halb leeres Glas in die Höhe.

»Lasst uns anstoßen: auf unsere Freundschaft und unsere Hunde!«

»Miau«, ertönte es von Poppie, die auf dem obersten Ast saß.

Ella schaute zu dem weißen Kätzchen rauf. »Ja, Poppie, meinetwegen – und auch auf die Katzen, aber vor allem auf die Liebe … und auf Lulu.«

Ella schaute Lulu mit einem warmen Blick an.

»Ich bin dafür, dass Lulu sich heute Abend selbst die Karten legt. Es wird Zeit, dass die Sterne auch dir den Weg zum Glück weisen, findest du nicht?« Silke und Cecile hoben auch die Gläser, aber bevor sie anstoßen konnten, trank Lulu ihr Glas mit einem Zug aus. Die Freundinnen sahen sie irritiert an.

»Wir wollten doch gerade auf dich anstoßen«, sagte Ella vorwurfsvoll.

»Es gibt da noch etwas, was ich euch erzählen wollte.« Lulu konnte sich ein schelmisches Lächeln nicht verkneifen.

»Ja, was denn? Hast du im Internet einen Katzenbesitzer kennengelernt?«, fragte Cecile aufgeregt.

»Nein.«

»Du hast dir die Karten gelegt?!«, rief Ella.

»Ja, mehrmals. Und ich hatte auch immer diese blöde Hundekarte.«

»Sag nicht ›blöd‹, sonst ...«, rief Silke.

Aber bevor sie den Satz beenden konnte, klatschte Lulu drei Mal in die Hände und rief: »Den Champagner bitte!«

Plötzlich kam ein Mann in die Jurte rein, der ein Tablett trug, auf dem eine Flasche Champagner und vier Gläser standen. Sein Gesicht war durch das Tablett verdeckt, sodass die Frauen Dr. Michael Seligmann erst erkannten, als er alles auf dem runden Tisch abgesetzt hatte.

»Guten Tag, die Damen. Schön, euch alle wiederzusehen.«

»Danke, Schatz«, hauchte Lulu mit einer sexy Stimme und warf ihm einen Kuss zu. Wissend, dass die Überraschung geglückt war, verabschiedete sich der als Kellner verkleidete Arzt so schnell, wie er gekommen war, aber nicht ohne Lulu auch einen verliebten Abschiedskuss zuzuwerfen.

Lulu guckte ihre Freundinnen vergnügt an, denen es offensichtlich die Sprache verschlagen hatte, und sagte überflüssigerweise: »Jetzt einfach mal die Klappe halten.« Dann nahm sie die Champagnerflasche, schüttelte sie kurz, ließ den Korken knallen und rief begeistert: »Auf die Liebe!«

Später erzählte Lulu ihren Freundinnen natürlich, wie alles gekommen war: Vor ein paar Tagen hatte sie sich nach einem Einkaufsbummel in einem kleinen Park in ihrem Kiez auf eine Bank gesetzt, um die warme Herbstsonne zu genießen. Mit geschlossenen Augen und das Gesicht zum Himmel gewandt, grübelte sie darüber nach, warum ihr die Sterne die Liebe verweigerten, als sie plötzlich was Nasses an ihrer Hand gespürt hatte. Als Lulu die Augen öffnete, saß vor ihr ein Hund, der an ihren Fingern geleckt hatte und der sie jetzt treu anschaute. Lulu zog ihre Hand entsetzt zurück.

»Igitt, mach, dass du wegkommst«, sagte Lulu und gestikulierte mit ihrer Hand.

Aber der Hund blieb sitzen und starrte sie weiter an.

»Also, was gibt es denn da zu gucken? Ich bin eine Katzenfrau, verstanden?«

Der Hund schien sie nicht zu verstehen, denn er blieb sitzen.

»Na, hör mal, du hast ja gar kein Halsband um.« Als ihr klar wurde, dass der Hund womöglich in Not war, veränderte sich Lulus Stimme, und sie wurde freundlicher. »Hast du dich verlaufen, du Armer? Was machen wir denn da?« Lulu überlegte kurz, dann stand sie auf und rief laut in den Park hinein: »Hallo, hier ist ein Hund! Gehört der jemandem?«

Ein paar Hundebesitzer schauten zu Lulu rüber, schüttelten aber die Köpfe. Lulu seufzte tief und schaute den Hund streng an. »Also, ich kann dir auch nicht helfen. Am besten bleibst du da sitzen, bis dein Frauchen oder Herrchen dich findet.«

Lulu ging ein paar Schritte, merkte aber sofort, dass der Hund ihr folgte. Sie drehte sich auf dem Absatz um.

»Also, Hund, das geht nicht. Ich habe ganz viele Katzen zu Hause und kann dich nicht mitnehmen.« Plötzlich hörte sie lautes Rufen vom anderen Ende des Parks.

»Gaaliileeooooo!«, tönte es von weit weg. Lulu war irritiert. Hatte sie richtig gehört? In dem Moment schallte es wieder durch den Park. »Gaaliileeooooo.« Von Weitem sah sie jetzt, wie ein Mann in ihre Richtung rannte.

Lulu kniff die Augen zusammen, aber der Mann war noch zu weit weg, um zu erkennen, ob es sich wirklich um Michael handelte. Lulu guckte den Hund vor sich fragend an. »Du bist doch nicht etwa Galileo? Also Michaels Galileo?«

»Wuff!«, antwortete der Hund, und dann stand auch schon Prof. Dr. Michael Seligmann keuchend vor ihr.

»Lulu? Was machst du mit meinem Hund?«, fragte er ganz außer Atem.

»Nichts! Er saß plötzlich vor mir und …« Plötzlich hielt Lulu inne. Ihr wurde kurz schwindelig bei dem Gedanken, dass die blöden Sterne womöglich die ganze Zeit recht gehabt hatten. Aber wie sollte das zusammenpassen – Hund und Katze?

»Galileo mag Katzen. Vielleicht hat er die an dir gerochen«, sagte Michael mit diesem Blick, den Lulu so unwiderstehlich fand.

»*Er mag Katzen?*«, fragte Lulu ungläubig. Michael nickte.

»Ja, schon immer. Und ich hab überlegt … Vielleicht könnte ich mich ja auch an Katzen gewöhnen?« Michael zwinkerte Lulu zu, und sein Blick sagte alles.

Ganz vorsichtig streckte Lulu ihre Hand aus und streichelte Galileo sanft über den Kopf. Es war gar nicht so schlimm, einen Hund zu streicheln, dachte sie. Galileos Fell war anders, aber fast so samtweich wie das ihrer Katzen. Sie schaute Michael an. In diesem Moment wurde sich Lulu kurz der Ironie dessen bewusst, dass ausgerechnet sie, eine Katzenfrau, sich in einen Hundebesitzer verknallt hatte. Und bevor sie ihre Arme um Michael warf und ihn stürmisch küsste, blitzte die Erinnerung an den ersten Abend auf, als Ella sie gefragt hatte, was die Hundekarte zu bedeuten hatte, und sie, Lulu, mit einem Schulterzucken geantwortet hatte: *Folge dem Hund. Mein Beileid.*

EPILOG

»Ein Hund ist auch nur ein Mensch.«

WUFF! BOZER

Bozer lag gemütlich vor dem knisternden Kamin im Forsthaus. Plötzlich hob er seinen Kopf, als ob er den liebevollen Blick seines Frauchens gespürt hatte. Tatsächlich hatte Ella, die mit ihrem Laptop auf dem Schoß auf dem Sofa saß, kurz mit dem Weiterschreiben innegehalten, um ihren Hund anzugucken. Sie schrieb gerade für eine Sonderausgabe des Magazins. Der Chef war von den Verkaufszahlen der Wald-Ausgabe so begeistert gewesen, dass er Ella beauftragt hatte, ein ganzes Heft über das Thema »Hund« zu schreiben – mit dem Titel »Folge dem Hund«. Ella war sehr erstaunt gewesen, dass Oscar gar nicht protestiert hatte, als ihn Harald bei der Themenwahl einfach überging. Im Gegenteil, Oscar schien während des gesamten Meetings in Gedanken versunken. Ja, er wirkte fast apathisch. Und dann realisierte Ella plötzlich, dass Oscar niedergeschlagen aussah. In diesem Moment tat er ihr fast leid. Aber nur fast.

»Alles okay?«, hatte Ella ihn gefragt, als sie nach der Sitzung gemeinsam das Büro des Chefs verließen. Oscar war stehen geblieben. Er hatte geblinzelt.

Für Ella hatte es so ausgesehen, als ob er gleich losheulen würde. »Jetzt nimm's doch nicht so persönlich, Oscar!«, hatte sie schnell gesagt und ein wenig Genugtuung dabei verspürt, dass sie jetzt seine Worte von damals benutzen konnte.

Oscar aber hatte Ella daraufhin am Arm gepackt. »Nicht persönlich nehmen soll ich das?«

Der Griff hatte ihr wehgetan. »Mann, Oscar, sei doch nicht so kindisch. Die nächste Ausgabe kannst du doch wieder bestimmen.«

Oscar hatte ihren Arm losgelassen und sie irritiert angeschaut. »Ausgabe? Ich rede doch nicht über das Magazin! Das Kind, Ella … das Kind!«

Ella war verwirrt. »Welches Kind?«

»Kieras Kind ist nicht von mir! Hat sie mir gestern gesagt«, platzte es endlich aus Oscar heraus. Und dann war er in Tränen ausgebrochen. Ella war peinlich berührt. Sie hatte ihm noch mitleidig auf die Schulter geklopft und etwas gemurmelt wie: »Es wird schon ein anderes Mal klappen.«

Wie unvorhersehbar das Leben doch war, dachte Ella nun und schaute wieder dankbar und glücklich ihren Hund an. Bozer hatte sie die ganze Zeit regungslos beobachtet, und jetzt, als sich ihre Blicke wieder trafen, war Ella wie so oft berührt über diese wortlose Kommunikation zwischen ihnen. Denn Bozer schien mit seinem Blick zu sagen: *Du bist glücklich, Ella, und ich bin es auch*.

In diesem Moment kam Daniel ins Zimmer und stellte Ella eine Tasse Kaffee auf den Sofatisch. Als er sich über sie beugte, streckte Ella ihren Kopf nach oben, um seinen Kuss leidenschaftlich zu erwidern. Sie spürte, wie seine Hand über ihr Haar fuhr und dann über ihre Wange streichelte, und mit einem Mal sehnte sich ihr ganzer Körper nach mehr. Der Gedanke, einen winterlichen Sonntagnachmittag mit Daniel im Bett zu verbringen, gefiel ihr sehr.

Doch dann klingelte es schrill an der Haustür. Bozer sprang bellend auf. Ella und Daniel schauten sich überrascht an, denn sie erwarteten keinen Besuch.

Vor dem Forsthaus stand eine schlecht gelaunte Frau mit einer hübschen Hovawart-Hündin an der Leine. Etwas hinter ihr kam gerade ein Mann, der eine Kiste trug, aus der wimmernde Geräusche zu hören waren.

Die grimmige Frau verschwendete keine Zeit für eine Begrüßung, sondern zeigte gleich auf Bozer. »Das ist er. Der Strolch hat meine Tekla geschwängert! Vor drei Monaten stürzte er sich im Park am Gleisdreieck auf sie, und schwups, da war's schon geschehen.«

Bozer und die Hovawart-Hündin begrüßten sich freudig, während Ella und Daniel erst langsam kapierten, was die Hundebesitzerin ihnen damit sagen wollte. Die grimmige Frau machte ein Zeichen, und der Mann kam jetzt nach vorn und präsentierte Daniel und Ella den Inhalt der Kiste. Sieben süße wuschelige Welpen blickten heraus. »Oh nein, wie süß!«, rief Ella entzückt.

»Süß?!«, entgegnete die Frau sauer und zeigte auf die Welpen. »Ich kann die nicht verkaufen! Wissen Sie, was ein reinrassiger Hovawart-Wurf bringt? Das ist ein Ausfall von fast viertausend Euro! Über das Tierheim hab ich endlich Ihren Strolch ausfindig gemacht!«

Ella schaute Daniel an, und plötzlich mussten beide lachen, weil sie in diesem Moment genau das Gleiche gedacht hatten: Statt sieben Kindern, wie Ella es ihrer Mutter aus Spaß erzählt hatte, um sie zu ärgern, würden sie jetzt wohl sieben Welpen adoptieren müssen.

»Das ist zum Weinen und nicht zum Lachen«, sagte die Hovawart-Besitzerin pikiert.

Keine Viertelstunde später hatte Daniel der Dame den finanziellen Ausfall bezahlt, und nun standen er, Ella und Bozer im Wohnzimmer und schauten den unerwarteten Nachwuchs an. Die Welpen schnüffelten in allen Ecken und tobten im ganzen Wohnzimmer herum.

Daniel kraulte Bozer hinter den Ohren. »Na, Bozer? Was sagst du dazu?«

Bozer schien noch unentschieden, doch dann schnüffelte er der Reihe nach an seinen Welpen-Kindern. Als er fertig war, schaute er Ella und Daniel an, gab einen tiefen Seufzer von sich, der entweder bedeutete: *Jetzt sind wir ein richtiges Rudel*, oder: *Ich bin Vater! Das verschlägt sogar mir das Bellen!*

Danach trottete er aus dem Wohnzimmer zur Haustür, stellte sich auf die Hinterbeine, und Ella und Daniel hörten, wie er die Haustürklinke nach unten drückte.

»Er kann Türen aufmachen?«, fragte Daniel erstaunt.

Ella lachte und küsste Daniel auf die Wange. »Ja. Manchmal glaub ich, dass Bozer eigentlich ein Mensch ist.« Sie grinste und fuhr fort. »Ich dreh mal eine Runde mit ihm. Er soll nicht das Gefühl haben, dass er zu kurz kommt – jetzt, da die Welpen da sind.« Sie zwinkerte Daniel zum Abschied zu. »Du kannst dir ja schon mal sieben Hundenamen überlegen.«

»Bozer!«, rief Ella, als sie die Stufen vom Forsthaus in den Garten herunterlief und sich dabei die Jacke anzog. Ella blickte ihren Hund amüsiert an und wuschelte ihm über den Kopf. »Du steckst voller Überraschungen, Bozer. Jetzt bist du Vater.«

»Wuff, wuff!«, entgegnete der Hund, und Ella lachte.

»Heißt das jetzt, du freust dich? Oder hast du auf Erziehung keine Lust?«

»Wuff, wuff, wuff!«, bellte Bozer.

Ella grinste. »Verstehe. Du willst einfach nur spielen. Auch gut.«

Ella ging ein paar Schritte vom Weg ab, um nach einem Stöckchen zu suchen, und wurde bald fündig.

»Bozer! Guck mal hier«, rief sie und hob einen wirklich schönen Stock hoch. »Wenn das nicht ein perfektes Stöckchen ist.«

Bozer schien das Gleiche zu denken, denn er brach seine eigene Suche ab, stellte sich vor Ella und wedelte aufgeregt und erwartungsvoll mit dem Schwanz.

Ella holte weit aus, und kaum hatte sie den Stock weit weg durch die frische Winterluft geworfen, jagte Bozer auch schon hinterher.

Ella beobachtete ihren Hund, und es wurde ihr ganz warm ums Herz. Es machte sie einfach glücklich, ihm jeden Tag aufs Neue zu folgen, und, zusammen mit ihrem geliebten Daniel, bald sieben weiteren Hündchen.

DANKSAGUNG

Ich bedanke mich bei meiner Freundin Sissi Hüetlin, die meinen Text gelesen und redigiert hat.

Mein Dank geht auch an alle Beteiligten bei HarperCollins Germany sowie meiner Literaturagentur Graf & Graf, die professionell an diesem Buch mitgewirkt haben und von Anfang an an meine Geschichte geglaubt haben.

Ganz herzlich bedanken möchte ich mich noch bei Detlev Buck und Wenka von Mukulicz, die mir bei der Entwicklung unseres Kinofilms geholfen haben, die Geschichte so zu erzählen, wie ich sie immer erzählen wollte.

Last, but not least: Danke an meinen Hund Beau, den »echten Bozer«, der mich zu dieser Gesichte inspiriert hat, und dem ich glücklich jeden Tag folge …